读客科幻文库

跟着读客读科幻，经典科幻全看遍。

FOUNDATION AND EMPIRE

银河帝国

②基地与帝国

[美]艾萨克·阿西莫夫 著
叶李华 译

江苏凤凰文艺出版社
JIANGSU PHOENIX LITERATURE AND
ART PUBLISHING, LTD

目　录

楔　子

银河帝国正走向覆亡。

这是一个庞大的帝国，从银河每条巨大旋臂此端至彼端，其间数百万个世界，皆为帝国的势力范围。因而，帝国的覆亡也是一个巨大的、漫长的过程。

衰落进行了数世纪之后，才终于有人察觉到这个事实。此人就是哈里·谢顿，在整体性衰微中，他代表着唯一的一点创造性火花。在谢顿手中，心理史学这门科学发展到了登峰造极的境界。

心理史学的研究对象并非个人，而是人类群体。换句话说，它是研究群众（至少数十亿之众）的科学。它能预测群众对于某些刺激的反应，精确度不逊于初等科学对撞球反弹轨迹的预测。虽然直到目前为止，没有任何数学能够预测个人行为，数十亿人口的集体反应却另当别论。

哈里·谢顿描绘出当时的社会与经济趋势，从这些曲线中，他看出文明正在不断地、加速地衰退，而必须经过三万年的过渡期，另一个崭新的帝国才会从废墟中诞生。

阻止帝国的覆亡为时已晚，却还来得及设法缩短蛮荒的过渡期。于是，谢顿建立了两个基地，分别安置于“银河中两个遥相对峙的端点”。它们的位置经过特别设计，在短短一个仟年之间，许多事件会一环扣一环地发生，以促使一个更强大、更巩固、更良善的第二帝国早日实现。

《银河帝国：基地》所叙述的故事，就是其中一个基地最初两个世纪的历史。

这个基地设在端点星，该行星位于银河系某个旋臂的尽头。起初，它是一群科学家的殖民地。他们远离了帝国的动荡社会，以编纂一套汇集天地间所有知识的巨著《银河百科全书》，却不知道自己扮演着更具深意的角色，而这一切，都是已故的谢顿一手计划的。

随着帝国逐渐瓦解，银河外围区域纷纷独立称王，基地开始遭受这些王国的威胁。然而，在首任市长塞佛·哈定领导下，基地设法让这些小小“君主”彼此牵制，而能勉强维持一个独立的局面。由于其他世界科学中落，退化到石油与煤炭的时代，唯独基地拥有核能，因此享有难得的优势。最后，基地竟然成为邻近诸王国的“宗教”中心。

随着百科全书的任务退居幕后，基地慢慢开始发展贸易体系。基地所研发的核能装置，小巧程度远超过帝国全盛时期的工艺水准。负责推销这些商品的基地行商，足迹遍至银河外缘数百光年。

侯伯·马洛是基地第一位商业王侯，在他的领导下，基地发展出经济战，并藉此击败科瑞尔共和国。该国虽有帝国外缘某个星省的援助，最后仍然无条件投降。

两百年后，基地俨然成为银河系中最强大的政权，只有苟延残喘的帝国能抗衡之。此时，帝国的主体集中于银河内围三分之一处，却仍然控制着全银河四分之三的人口与财富。

基地面临的下一个威胁，似乎必然是垂死帝国的最后反扑。

基地与帝国之战，无论如何终将登场。

第一篇

将 军

贝尔·里欧思：……在其相当短暂的军旅生涯中，里欧思赢得了“最后一位大将”的头衔，而且可谓实至名归。分析他所指挥的几场战役，显示他的战略修养足以媲美大将勃利佛，而领导统御能力或许尤有过之。但是由于生不逢时，使他无法像勃利佛一样成为战功彪炳的征服者。然而，当他与基地正面对峙之时（他是第一位有如此经历的帝国将军），并非完全没有机会……

——《银河百科全书》*

* 本书所引用的《银河百科全书》数据，皆取自基地纪元1020年的第116版。发行者为“端点星银河百科全书出版公司”，作者承蒙发行者授权引用。

01

寻找魔术师

贝尔·里欧思没有带任何护卫就出门了，这样做其实违反了宫廷规范。因为他是驻扎在“银河帝国边境”某星系的舰队司令，而这里仍是民风强悍的地区。

里欧思既年轻又充满活力，并具有强烈的好奇心。正因为他太有活力，宫廷中那些深沉而又精明的大臣，自然尽可能将他派驻得愈远愈好。而在此地，他听到许多新奇而且几乎不可置信的传说——至少有几百人说得天花乱坠，还有数千人像他一样耳熟能详。这些传说令他的好奇心一发不可收拾，军事行动的可能性更使得年轻又充满活力的他按捺不住。诸多因素加在一起，便成为一股排山倒海的力量。

他刚走出那辆他征用来的老旧地面车，来到一栋古旧的大宅前，这里就是他的目的地。他等了一下，门上的光眼便亮起来。可是这道门并未自动开启，而是由一只手拉开的。

里欧思对着门后的老人微微一笑。“我是里欧思……”

“我认识你，”老人僵立在原处，丝毫不显得惊讶，“你来做什么？”

为了让对方放心，里欧思后退一步。“全然善意。如果你就是杜森·巴尔，请允许我跟你谈谈。”

杜森·巴尔向一旁侧身，室内墙壁散发出明亮的光芒。将军走进屋里，感到宛如置身白昼。

他随手摸了摸书房的墙壁，然后瞪着自己的手指。“西维纳竟然也有这种装置？”

巴尔淡淡一笑。“我相信并非到处都有。这个，是我自己尽可能修理维护的。很抱歉，刚才让你在门口久等。那个装置现在只能显示有人到访，却无法自动开门了。”

“你只能勉强修好？”将军的声音中带着一点嘲讽。

“找不到零件了。大人，你请坐，要喝茶吗？”

“在西维纳，还需要这样问吗？我的好主人，此地的风俗，不喝杯茶对主人是大不敬。”

老人缓缓对里欧思鞠了一个躬，悄无声息地退出房间。这是一种贵族礼仪，是从上个世纪较好的年头流传下来的。

里欧思望着主人离去的身影，缜密的心思泛起些许不安。他接受的是纯粹的军事教育，他的经验也都来自军旅生涯。套一句老掉牙的说法，他曾数度出生入死。但那些死亡的威胁总是非常熟悉，而且非常具体。因此之故，这位第二十舰队的英雄偶像，竟会在这个古老房间的诡异气氛中，心头感到一股寒意，也就不值得奇怪了。

在书房一角的架子上，排列着一些黑色小盒子，将军认得出那些都是“书”，但是书名他全不熟悉。他猜想房间另一端的大型机械就是阅读机，能将那些书中的讯息还原成文字与语音。他并未见过这种装置实际操作，但是曾经听说过。

有一次他听人提起，在很久以前的黄金时代，当时帝国的疆域等于整个银河系，那时十分之九的家庭拥有这种阅读机，以及一排排这样的书籍。

可是，现在帝国有了需要严防紧守的“边界”，而读书则成了老年人的消遣。算了，有关古老世代的传说，反正有一半是虚构的。不，超过一半。

茶来了，里欧思重新回到座位。杜森·巴尔举起茶杯。“敬你的荣誉。”

“谢谢，我也敬你。”

杜森·巴尔饶有深意地说：“听说你很年轻，三十五岁？”

“差不多，我今年三十四。”

“既然这样，”巴尔以稍带强调的语气道，“我想最好先跟你说明白，很遗憾，我并没有爱情符咒、痴心灵丹或发情春药之类的东西。我也无法影响任何年轻女子，让她对你死心塌地。”

“老先生，这方面我不需要什么外力帮助。”在里欧思的声音中，不但透着明显的自满，还混杂着几分戏谑。“有很多人向你索求这些东西吗？”

“够多了。真不幸，无知的人们常常将学术和魔术混淆不清，而爱情又好像特别需要魔术帮忙。”

“这点似乎再自然不过。但我却不同，我认为学术唯一的用处，是用来解答疑难的问题。”

西维纳老者神情阴郁地想了想。“你也许跟那些人错得一样严重！”

“这点很快就能获得证实，”年轻将军将茶杯插入华丽的杯套，茶杯随即注满开水。他接过香料袋，投进杯里，溅起一点水花。“老贵族，那么你告诉我，谁才是魔术师？我是指真正的魔术师。”

面对“贵族”这个久未使用的头衔，巴尔似乎有些讶异。他说：“根本没有魔术师。”

“但是百姓常常提到。西维纳充满关于他们的传说，并且发展出崇拜魔术师的教派。而在你的同胞当中，有些人痴心梦想着古老的世代，以及所谓的自由和自治权，这些人和那些教派有着奇妙的牵连。如此发展下去，终将危及国家的安全。”

老人摇了摇头。“为什么问我？你闻到叛变的气息，而我就是首领吗？”

里欧思耸耸肩。“没有，绝对没有。喔，这种想法不全然是无稽之谈。令尊当年曾被放逐，而你当年是个偏激的爱国者。身为客人，我这样说很失礼，但这是我的职责所在。如今此地还有人密谋叛变吗？我很怀疑。经过三代的改造，西维纳人心中已经没有这种念头了。”

老人吃力地回答说：“身为主人，我也要说几句失礼的话。我要提醒你，当年有一位总督，他的想法和你一样，认为西维纳人已经没有骨气。在那位总督的命令下，先父成了流亡的乞丐，我的兄长们壮烈牺牲，而我的妹妹自杀身亡。但那位总督的下场也很凄惨，他正是死在所谓卑屈的西维纳人手中。”

“啊，对了，你刚好提到我想说的事。三年前，我就查明了总督惨死的真相。在他的随身侍卫当中，有一名年轻军官行动很可疑。而你就是那名军官，我想细节不必说了吧。”

巴尔气定神闲。“不必了，你有什么建议吗？”

“建议你回答我的问题。”

“但绝不是在威胁之下。虽然并非高寿，我也活得够本了。”

“亲爱的老先生，这是个艰难的时代。”里欧思若有所指地说，“而你还有子女，还有朋友。你热爱这片土地，过去也曾信誓旦旦要保乡卫土。别这样，倘若我决定动武，对象也绝不是你这个糟老头。”

巴尔冷冷地说：“你到底想要什么？”

里欧思端着空杯子说道：“老贵族，你听我说。如今这个时代，所谓最成功的军人都在做些什么？每逢节庆典礼，他们在皇宫广场前指挥阅兵大典；当大帝陛下出游到避暑行星时，他们负责为金碧辉煌的皇家游艇护驾。我……我是个失败者。我已三十四岁却一事无成，将来还会继续落魄下去。因为，你可知道，我太好斗了。

“这就是我被派驻此地的原因。我待在宫廷中处处惹麻烦，也不能适应繁复的礼仪规范。我得罪了所有的文臣武将，但我又是深受部下爱戴的一流指挥官，所以也不能把我放逐到太空去。于是西维纳成了我的最佳归宿。这里位于边疆，是个百姓桀骜难驯、土地荒芜贫瘠的星省。它又十分遥远，远到令大家都很满意。

“我只好等着生锈发霉。现在已经没有叛乱需要平定，边境总督们最近也没有造反的迹象。至少，自从大帝陛下的父亲在帕拉美的蒙特尔星省杀一儆百之后，就再也没有了。”

“好一个威武的皇帝。”巴尔喃喃道。

“没错，我们需要更多这样的皇帝。记住，他就是我的主子，我要为他鞠躬尽瘁。”

巴尔不为所动地耸耸肩。“你这番话，跟原来的话题有何相干？”

“我马上就向你解释。我提到的那些魔术师，他们来自很远的地方——在我们的边境戍卫之外，那儿星辰稀疏……”

“星辰稀疏，”巴尔吟哦道，“寒气自天而降，浸染心头……”

“那是一首诗吗？”里欧思皱起眉头，这种关头吟诗实在不得体。“反正，他们来自银河外缘——唯有在那个角落，我有充分自由为大帝的光荣而战。”

“这样一来，你既可为大帝陛下尽忠，自己又能赚得几场酣战。”

“正是如此。但我必须知道敌人的真面目，而你能帮我这个忙。”

“你怎么知道我能帮你？”

里欧思咬了一口小点心。“因为过去三年来，我追查了有关魔术师的每一项谣言、每一个传说，以及每一点蛛丝马迹。在我搜集到的各种资料中，只有两件互不相干的事实是大家一致同意的，所以也就一定是真的。第一，那些魔术师来自西维纳对面的银河边缘；第二，令尊曾经遇到一位魔术师——活生生的真人，并且和他交谈过。”

西维纳老者目不转睛地瞪着对方，里欧思继续说：“你最好把知道的事都告诉我……”

巴尔语重心长地说：“我很乐意告诉你一些事，就当做是我自己的心理史学实验。”

“什么实验？”

“心理史学实验。”老人的笑容中掺杂着几丝不悦，然后他又爽快地说，“你最好再倒点茶，我会有一段长篇大论。”

他把上半身沉入椅背的柔软衬垫中。此时壁光的色彩转为粉红色，让将军刚直的轮廓也柔和了一些。

杜森·巴尔开始叙述：“我会知道这些事，主要源自两个巧合。其一，他恰好是我的父亲；其二，西维纳恰好是我的故乡。事情要从四十年前说起，那是‘大屠杀’之后不久，当时先父逃亡到南方森林，而我在总督的私人舰队中担任炮手。喔，对了，那位总督就是‘大屠杀’的主谋，也就是后来惨死的那位。”

巴尔冷笑一下，又继续说：“先父是帝国的贵族，也是西维纳星省的议员。他名叫欧南·巴尔。”

里欧思不耐烦地插嘴道：“我对他的流亡生活知道得非常清楚，你不必再费心重复。”

西维纳老者完全不理会，仍然自顾自地说：“先父流亡之际，曾经有一个浪人找上门来。他其实是来自银河边缘的年轻商人，说话带有奇怪的口音，对帝国最近的历史一无所知，并且佩带着个人力场防护罩护身。”

“个人力场防护罩？”里欧思怒目而视，“你吹牛不打草稿。需要多大功率的产生器，才能将防护罩浓缩成一个人的大小？银河啊，他是不是把五千万吨的核能发电机，放在手推车上到处推着走？”

巴尔镇定地答道：“你从口耳相传的谣言、故事、传说中听到的魔术师就是他。‘魔术师’这个头衔可不是轻易得来的。他身上的产生器小到根本看不见，可是即使再强力的随身武器，也不能令他的防护罩损伤分毫。”

“这就是你要讲的故事吗？这会不会是一个颠沛流离的老人，由于精神衰弱而产生的幻想？”

“大人，早在先父转述之前，有关魔术师的故事已经不胫而走。而且，还有更具体的证明。那名商人，也就是所谓的魔术师，他和先父分手之后，根据先父的指引，到城里去拜访过一名技官。他在那里留下一个防护罩产生器，跟他自己佩戴的属于同一型。等到那个残虐的总督恶贯满盈之后，先父结束了流亡生涯，他花了很久的时间，终于找到那个防护罩产生器。

“大人，那个产生器就挂在你身后的墙上。它已经失灵，其实它只有最初两天有效。不过你只要看一看，就会了解帝国的工程师从未设计出这种装置。”

贝尔·里欧思伸出手，扯下粘附在拱壁上的一条金属腰带。随着附着场的撕裂，带起一下轻微的嘶嘶声。腰带顶端的那个椭圆体吸引了他的注意，它只有胡桃般大小。

“这是……”他问道。

“这就是防护罩产生器。”巴尔点点头，“不过已经失灵了。我们根本没办法研究它的工作原理。电子束探测的结果，发现内部整个熔成一团金属，不论怎样仔细研究那些绕射图样，也看不出它原来是由哪些零件构成的。”

“那么，你的‘证明’仍然只是虚无缥缈的言词，没有具体的证据支持。”

巴尔耸耸肩。“是你威迫我告诉你这一切的。如果你选择怀疑，我又有什么办法？你要我住口吗？”

“继续说！”将军以严厉的口吻道。

“先父过世后，我继续他的研究工作。此时，我提到的第二个巧合发生了作用，因为哈里·谢顿对西维纳极为熟悉。”

“哈里·谢顿又是谁？”

“哈里·谢顿是克里昂一世时代的一位科学家。他对心理史学的贡献，可说前无古人、后无来者。他曾经造访过西维纳，当时西维纳是个庞大的商业中心，科学和艺术都蓬勃发展。”

“哼，”里欧思不以为然地喃喃道，“哪颗没落的行星，不曾夸耀过去那段富甲天下的光荣历史？”

“我所说的过去是两个世纪前，当时的皇帝还统治着银河中每一颗行星，西维纳还是处于内围的世界，而不是半蛮荒的边陲星省。就在那个时候，哈里·谢顿预见帝国即将衰败，整个银河终将成为一片蛮荒。”

里欧思突然哈哈大笑。“他预见了这种事？我的大科学家，他简直大错特错——我相信你自命是科学家。听好，当今帝国的国势，乃是仟年以来最强盛的。你一直待在遥远荒凉的边区，才会有眼无珠。哪天你到内围世界参观一次，看看银河核心的富庶和繁华。”

老人却阴沉沉地摇了摇头。“淤滞现象首先发生在最外围。经过一段时间之后，衰微才会到达心脏地带。我所说的，是表面上显而易见的衰微，而不是已经悄悄进行了十五个世纪的内在倾颓。”

“所以，那个哈里·谢顿预见了整个银河变做一片蛮荒？”里欧思感到可笑，“然后呢？啊？”

“所以，他在银河系两个遥遥相对的尽头，分别建立了一个基地。两个基地的成员，都是最优秀、最年轻、最强壮的精英，他们在那里生活、成长、发展。两个基地的所在地都经过仔细的挑选，设立时机和周遭环境也不例外。这些精心的安排，都是为了配合心理史学的数学对未来所做的准确预测，使得基地上的居民，一开始就脱离帝国文明的主体，之后渐渐独立发展，终于成为第二银河帝国的种子。如此，就能将不可避免的蛮荒过渡期，从三万年缩短成仅仅一千年。”

“你又是如何发现这一切的？你似乎知道不少细节。”

“我从来也没有发现什么。”老贵族沉着冷静地说，“我将先父所发掘的一些证据，加上自己找到的蛛丝马迹，费尽心血拼凑起来，就得到以上的结论。这个理论的基础很薄弱，而许多巨大的空隙则靠我自己的想象力填补。不过我深信，大体上是正确的。”

“你很容易被自己说服。”

“是吗？我的研究足足花了四十年的时间。”

“哼，四十年！我只要四十天，就能解决这个问题。事实上，我相信一定做得到。而得到的答案——会和你的不同。”

“你又打算怎么做呢？”

“用最直接的办法，我决定亲自去探索。我可以把你口中的基地找出来，用我自己的眼睛好好观察一番。你刚才说共有两个基地？”

“文献上说有两个。但是在所有的证据中，却都指出只有一个。这是可以理解的，因为另一个基地位于银河长轴的另一极。”

“好吧，我们就去探访那个近的。”将军站起来，随手整理了一下腰带。

“你知道怎么去吗？”巴尔问。

“我自有办法。上上一任总督——就是你用干净利落的手法行刺的那位——留下一些记录，上面有些关于外围蛮子的可疑记载。事实上，他曾经把自己的一个女儿，下嫁给某个蛮族的君主。我一定找得到。”

他伸出手来。“感谢你的热情款待。”

杜森·巴尔用手指轻握着将军的手，行了一个正式的鞠躬礼。“将军造访，蓬荜生辉。”

“至于你提供给我的资料，”贝尔·里欧思继续说，“我回来之后，自然知道该如何报答你。”

杜森·巴尔恭敬地送客人到门口，然后对着逐渐驶远的地面车，轻声地说：“你要回得来才行。”

基地：……经过四十年的扩张，基地终于面临里欧思的威胁。哈定与马洛的英雄时代已经一去不返，基地人民的勇敢与果决精神也随之式微……

——《银河百科全书》

02

魔术师

这个房间与外界完全隔绝，任何外人都无法接近。房间里有四个人，他们迅速地互相对望，然后盯着面前的会议桌良久不语。桌上有四个酒瓶，还有四个斟满的酒杯，却没有任何人碰过一下。

最接近门口的那个人，此时忽然伸出手臂，在桌面上敲出一阵阵缓慢的节奏。

他说："你们准备永远呆坐在这里吗？谁先开口又有什么关系？"

"那么你先发言吧，"坐在正对面的大块头说，"最该担心的人就是你。"

森内特·弗瑞尔咯咯冷笑了几声。"因为你觉得我最富有？或者，因为我开了口，你就希望我继续说下去。我想你应该还没忘记，抓到那艘斥候舰的，是我旗下的太空商船队。"

"你拥有最庞大的船队，"第三个人说，"以及最优秀的驾驶员；换句话说，你是最富有的。这是可怕的冒险行为，我们几个都无法担当这种风险。”

森内特·弗瑞尔又咯咯一笑。“我从家父那里，遗传到一些喜爱冒险的天性。总之，只要能有足够回报，冒险就是有意义的。眼前就有一个实例，你们也看到了，我们将敌舰先孤立再逮捕，自己完全没有损失，也没让它有机会发出警告。”

弗瑞尔是伟大的侯伯·马洛旁系的远亲，这是基地众所周知的事实。不过大家也都心知肚明，事实上他是马洛的私生子。

第四个人悄悄眨了眨小眼睛，从薄薄的嘴唇中吐出一段话：“这并没有多大的利润，我是指抓到那艘小船这件事。我们这样做，很可能会更加激怒那个年轻人。”

“你认为他需要任何动机吗？”弗瑞尔以讽刺的口吻问道。

“我的确这么想。这就有可能——或者一定会替他省却炮制一个动机的麻烦。”第四个人慢慢地说，“侯伯·马洛的做法则刚好相反，塞佛·哈定也一样。他们会让对方采取没有把握的武力途径，自己却神不知鬼不觉地掌握了胜算。”

弗瑞尔耸耸肩。“结果显示，那艘斥候舰极具价值。动机其实卖不了那么贵，这笔买卖我们是赚到了。”这位天生的行商显得很满意，他继续说：“那个年轻人来自旧帝国。”

“这点我们知道。”那个大块头吼道，声音中带着不满的情绪。

“我们只是怀疑。”弗瑞尔轻声纠正，“假如一个人率领船队、带着财富而来，表明了要和我们建立友谊，并且提议进行贸易，我们最好别把他当敌人，除非我们确定了他的真面目并非如此。可是现在……”

第三个人再度发言，声音中透出一点发牢骚的味道。“我们应该更加小心谨慎，应该先弄清楚真相，弄清楚之后才把他放走。这才算是真正的深谋远虑。”

“我们讨论过这个提议，后来否决了。”弗瑞尔断然地挥挥手，表示不愿再讨论这个问题。

“政府软弱，”第三个人忽然抱怨，“市长则是白痴。”

第四个人轮流看了看其他三人，又将衔在口中的雪茄头拿开，顺手丢进右边的废物处理槽。一阵无声的闪光之后，雪茄头便消失无踪。

他以讥讽的口吻说：“我相信，这位先生刚才只是脱口而出。大家千万不要忘记，我们几人就是政府。”

众人喃喃表示同意。

第四个人用小眼睛盯着会议桌。“那么，让我们把政府的事暂且摆在一边。这个年轻人……这个异邦人可能是个好主顾，这种事情有过先例。你们三个都曾试图巴结他，希望跟他先签一份草约。我们早已约定不做这种事，这是一项君子协定，你们却明知故犯。”

“你还不是一样。”大块头反驳道。

“我不否认。”第四个人冷静地回答。

“那么，我们就别再讨论当初该做什么，”弗瑞尔不耐烦地插嘴道，“继续研究我们现在该做些什么。总之，假使当初我们把他关起来，或者杀掉，后果又如何呢？直到目前为止，我们还不确定他的真正意图；往坏处想，杀一个人绝对不能毁掉帝国。在边境的另一侧，或许有一批又一批的舰队，正在等待他的噩耗。”

“一点都没错，”第四个人表示同意，“你从掳获的船舰上发现了什么？我年纪大了，这样讨论可吃不消。”

“几句话就可以讲明白。”弗瑞尔绷着脸说，“他是一名帝国将军，即使那里不称将军，也是相同等级的军衔。我听说，他年纪轻轻就表现出卓越的军事天分，部下都将他视为偶像。他的经历十分传奇。他们告诉我的故事，无疑有一半是虚构的，即使如此，仍然可以确定他是个传奇人物。”

“你所说的‘他们’，指的是什么人？”大块头追问。

“就是那些被捕的舰员。听好，我把他们的口供都记录在微缩胶片上，存放在安全的地方。你们若有兴趣，等会儿可以看看。假如觉得有必要，还可以亲自和那些舰员谈谈。不过，我已经将重点都转述了。”

“你是怎么问出来的？又怎么知道他们说的是实话？”

弗瑞尔皱皱眉。“老兄，我对他们可不客气。拳打脚踢之外，还配合药物逼供，并且毫不留情地使用心灵探测器。他们通通招了，你可以相信他们说的话。”

“在过去的时代，”第三个人突然岔开话题，“光用心理学的方法，就能让人吐露实情。你知道吗，毫无痛苦，却非常可靠。对方绝对没有撒谎的机会。”

“是啊，过去的确有许多好东西，”弗瑞尔冷冰冰地说，“现在时代不同了。”

“可是，”第四个人说，“这个将军，这个传奇人物，他来这里到底有什么目的？”他的声音中带着固执与坚持。

弗瑞尔以锐利的目光瞥了他一眼。“你以为他会把国家机密透露给部下？他们都不知道。从他们口中没法问出这些来，银河可以作证，我的确试过。”

“所以我们只好……”

“我们只好自己导出一个结论。”弗瑞尔又开始用手指轻敲桌面，“这个年轻人是帝国的一名军事将领，却假扮成银河外缘某个偏僻角落一个小国的王子。这就足以显示，他绝不希望让我们知道他的真正动机。在我父亲的时代，帝国就已经间接援助过一次对基地的攻击，如今他这种身份的人又来到这里，这很可能是个坏兆头。上次的攻击行动失败了，我不相信帝国会对我们心存感激。”

“你难道没有发现任何确定的事吗？”第四个人以谨慎的语气问道，“你没有对我们保留什么吗？”

弗瑞尔稳重地答道：“我不会保留任何情报。从现在开始，我们不能再为了生意钩心斗角，大家一定要团结一致。”

“基于爱国心吗？”第三个人微弱的声音中带着明显的嘲弄。

“什么鬼爱国心。”弗瑞尔轻声说，“你以为我会为了将来的第二帝国，而愿意捐出一丁点核能吗？你以为我会愿意让哪批行商船队冒险为它铺路？但是——难道你认为被帝国征服之后，对你我的生意会更有帮助吗？假使帝国赢了，不知道有多少贪婪成性的乌鸦，会忙不迭地飞来要求分享战利品。”

“而我们就是那些战利品。”第四个人以干涩的声音补充道。

大块头突然挪了挪庞大的身躯，压得椅子嘎嘎作响。“可是何必讨论这些呢？帝国绝对不可能赢的，对不对？谢顿保证我们最后能够建立第二帝国，这只不过是另一个危机而已。在此之前，基地已经度过三次危机。”

“只不过是另一个危机而已，没错！”弗瑞尔默想了一下，“但是最初两个危机发生的时候，我们有塞佛·哈定领导我们；第三次的危机，则有侯伯·马洛。如今我们能指望谁？”

他以忧郁的目光望着其他人，继续说道：“支撑心理史学的几个谢顿定律，其中也许有一个很重要的变数，那就是基地居民本身的主动性。唯有自求多福，谢顿定律方能眷顾。”

“时势造英雄，”第三个人说，“这句成语你也用得上。”

“你不能指望这一点，它并非百分之百可靠。”弗瑞尔喃喃抱怨，“现在我的看法是这样的：倘若这就是第四次危机，那么谢顿应该早已预见。而只要他预测到了，这个危机就能化解，一定能够找到化解的办法。

“帝国比我们强大，一向都是如此。然而，这是我们第一次面临它的直接攻击，所以也就特别危险。假使能安全过关，一定如同过去那些危机一样，是借助于武力以外的办法。我们必须找出敌人的弱点，然后从那里下手。”

“他们的弱点又是什么呢？”第四个人问，“你想提出一个理论吗？”

“不，我只是想把话题拉到这里。我们以往的伟大领导者，都有办法看出敌人的弱点，然后予以痛击。可是现在……”

他的声音中带着无奈的感慨，一时之间，没有任何人愿意搭腔。

然后，第四个人说：“我们需要找人卧底。”

弗瑞尔热切地转向他。“对！我不知道帝国何时发动攻击，也许还有时间。”

“侯伯·马洛曾经亲身潜入帝国疆域。”大块头建议道。

可是弗瑞尔却摇了摇头。“没有那么简单。严格说来，我们都已经不再年轻；而且天天处理行政事务，让我们都生锈了。我们需要正在外面跑的年轻人……”

“独立行商？”第四个人问。

弗瑞尔点点头，悄声道：“但愿还来得及……”

03

幽灵之手

副官走进来的时候，贝尔·里欧思正心事重重地踱着方步，他立刻停下来，满怀希望地抬起头。“有没有小星号的消息？”

“完全没有。分遣队在太空中搜寻多时，但是并没有侦测到任何结果。尤姆指挥官报告说，舰队已经作好准备，随时能进行报复性攻击。”

将军摇了摇头。“不，犯不着为一艘巡逻舰这样做，还不到时候。告诉他加强……慢着！我亲自写一封信。你把它译成密码，用密封波束传出去。”

他一面说，一面写好了信，顺手便将信笺交给副官。“那个西维纳人到了吗？”

“还没到。”

“好吧，他抵达后，一定要立刻把他带来这里。”

副官行了一个利落的军礼，然后随即离去。里欧思继续在房间中来回踱步。

房门再度打开的时候，站在门口的正是杜森·巴尔。他跟在副官后面，缓缓走了进来。在他眼中，这间办公室布置得华丽无比，天花板还装饰着银河天体的全息模型。而贝尔·里欧思这时穿着野战服，正站在房间中央。

“老贵族，你好！”将军把一张椅子踢过去，并挥手表示要副官离开，手势中带着“他人绝对不准开门”的意思。

他站在这位西维纳人面前，双脚分开，两手背在背后，慢慢地、若有所思地把重心放在前脚掌。

突然间，他厉声问道：“老贵族，你是大帝陛下的忠诚子民吗？”

始终漠然不发一语的巴尔，这时不置可否地皱起眉头。“我没有任何理由喜爱帝国的统治。”

“但这并不代表你是一名叛国者。”

“没错。然而并非叛国者，绝不代表我会答应积极帮助你。”

“这样说通常没错。但在这个节骨眼上，你若是拒绝帮助我——”里欧思若有深意地说，“就会被视为叛国，会受到应有的惩治。”

巴尔双眉深锁。“把你的语言暴力留给属下吧。你到底需要什么、想要什么，对我直说就行了。”

里欧思坐下来，跷起二郎腿。“巴尔，半年前，我们做过一次讨论。”

“关于你所谓的魔术师？”

“对。你记得我说过要做什么吧。”

巴尔点点头，他的一双手臂无力地垂在膝上。“你说要去探访他们的巢穴，然后就离开了四个月。你找到他们了？”

“找到他们了？我当然找到了。”里欧思吼道。他的嘴唇这时显得很僵硬，似乎努力想要避免咬牙切齿。“老贵族，他们不是魔术师，他们简直就是恶魔。他们的离谱程度，就像银河外的其他星系一般遥远。你想想看！那个世界只有一块手帕、一片指甲般大小，天然资源和能源极度贫乏，人口又微不足道，连‘黑暗星带’那些微尘般的星郡中最落后的世界都比不上。即使如此，那些人却傲慢无比又野心勃勃，正在默默地、有条有理地梦想着统治整个银河。

“唉，他们对自己充满信心，甚至根本不慌不忙。他们行事稳重，绝不轻举妄动；他们摆明了需要好几个世纪。每当心血来潮，他们就吞并一些世界；平时则得意洋洋地在恒星间横行无阻。

“他们一直很成功，从来没有人能阻止他们。他们还组织了卑鄙的贸易团体，它的触角延伸到他们自己的玩具太空船也不敢去的星系。他们的行商——他们的贸易商自称行商——深入许多秒差距的星空。”

杜森·巴尔打断对方一发不可收拾的怒意。“这些信息有多少是确定的，又有多少只是你的气话？”

将军喘了一口气，情绪逐渐平复。“我的怒火没有让我失去理智。我告诉你吧，我所探访的那些世界，其实比较接近西维纳，离基地仍然还很远。而即使在那里，帝国已经成了神话传说，行商却是实实在在的人物。就连我们自己，也被人误认为行商。”

“基地当局告诉你，他们志在一统银河？”

“告诉我！”里欧思又发火了，“没有任何人直接告诉我。政府官员什么也没说，他们满口都是生意经。但是我和普通人交谈过。我探听到了那些平民的想法；他们心中有个‘自明命运’，他们以平常心接受一个伟大的未来。这种事根本无法遮掩，他们甚至懒得遮掩这个无所不在的乐观主义。”

西维纳人明显地表露出一种成就感。“你应该注意到，直到目前为止，你所说的这些，跟我利用搜集到的零星资料所做的推测都相当吻合。”

“这点毋庸置疑，”里欧思以恼怒的讽刺口吻答道，“这证明你的分析能力很强。然而，这也是对帝国疆域受到的逐渐升高的威胁，所做的一种发自肺腑的傲慢评论。”

巴尔不为所动地耸耸肩，里欧思却突然俯身抓住老人的肩头，以诡异的温和眼神瞪着他。

他说：“好了，老贵族，别再说什么了。我根本不想对你动粗。对我而言，西维纳人对帝国一代又一代的敌意，简直像是芒刺在背，我愿意尽一切力量将它消灭。然而我是一名军人，不可能介入民间的纠纷。否则我会立刻被召回，再也无法有所作为。你懂了吗？我知道你已经懂了。既然你早已手刃元凶，你我就当它是扯平了四十年前那场暴行，把这一切都忘掉吧。我需要你的帮助，我坦白地承认。”

年轻将军的声音中充满焦急的情绪，杜森·巴尔则从容却坚决地摇了摇头。

里欧思以祈求的口吻说：“老贵族，你不了解，我大概也没有能力让你明白。我无法像你那样说理；你是一名学者，而我却不是。但我可以告诉你，不论你对帝国的观感如何，你仍然得承认它的伟大贡献。纵使帝国的军队曾经犯下少数罪行，可是大体来说，这是一支维护和平与文明的军队。数千年来，银河各处得以享有帝国统治下的和平，完全是帝国星际舰队的功劳。请将帝国‘星舰与太阳’旗帜下的数千年和平，和在此之前数千年的无政府状态相比。想想那时的烽火战乱，请你告诉我，纵有诸多不是，帝国难道不值得我们珍惜吗？

“你再想想，”他继续中气十足地说，“这些年来，银河外围的世界四分五裂，纷纷独立，可是他们衰退到什么地步？请你扪心自问，仅仅为了自己微不足道的私仇，你就忍心让西维纳从帝国强大舰队保护下的星省，变成一个蛮荒世界，加入蛮荒的银河——各个世界相互孤立，尽数陷入衰败而悲惨的命运吗？”

“会那么糟——那么快吗？”西维纳人喃喃道。

“不会。”里欧思坦然承认，“即使我们的寿命再延长三倍，我们自己也绝对安然无事。然而我是为帝国而战；这是我个人所信奉的军事传统，我无法让你体会。这个军事传统，建立在我所效忠的帝国体制之上。”

“你愈说愈玄了，对于他人的玄奥思想，我一向难以参透。”

“没关系。你了解这个基地的危险性了。”

“在你尚未从西维纳出发之前，我就已经指出这个所谓的危险性了。”

“那么你应该了解，我们必须趁这个威胁刚萌芽时就将它铲除，否则可能永远来不及了。当别人还不知道基地是什么的时候，你就已经对它很有研究。在整个帝国中，你对基地的认识超过任何人。你也许知道如何攻打基地最有效，也许还能预先警告我它将采取的对策。来，我们结为盟友吧。”

杜森·巴尔站起来，断然说道：“我能给你的帮助根本一文不值。所以，无论你如何要求，我也不会提供任何意见。”

“是否一文不值，我自己会判断。”

“不，我是说正经的。帝国所有的力量加在一起，也无法打垮那个小小世界。”

“为什么？”贝尔·里欧思双眼射出凶狠的光芒，“别动，给我坐好。你能走的时候我自然会告诉你。为什么不能呢？假如你认为我低估了我所发现的敌人，那你就错了。老贵族，”他有点不情愿地说道，“我回来的途中，损失了一艘星舰。我无法证明它是落在基地手中，但我们一直找不到它的行踪；倘若只是单纯的意外，沿途必定能够发现一些残骸。这并不是什么重大损失——九牛一毛都谈不上，却有可能代表基地已经对我们开战。他们那么急切，完全不顾后果，也许意味着他们拥有我闻所未闻的秘密武器。所以你能不能帮个忙，回答我一个特定的问题？他们的武力究竟如何？”

“我没有任何概念。”

“那么你用自己的理论解释一下，为什么你会说帝国无法打败这个小小的敌人？”

西维纳人重新坐下，避开了里欧思的灼灼目光。他以严肃的口吻说：“因为我对心理史学的原理深具信心。这是一门奇特的科学，它的数学结构在一个人手中臻于成熟，却也随着他的逝去而成为绝响，他就是哈里·谢顿。从此以后，再也没有人能够处理那么复杂的数学。可是就在那么短的时期内，它的学术地位已经确立，公认是有史以来研究人类行为最有力的工具。心理史学并不试图预测个人的行为，而是发展出几个明确的定律，利用这些定律，借着数学的分析和外推，就能决定并预测人类群体的宏观动向。”

“所以说……”

“谢顿和他手下的一批人，在建立基地的过程中，正是以心理史学作为最高指导原则。无论基地的位置、时程或初始条件，都是用数学推算出来的，它让基地必然会发展成为第二银河帝国。”

里欧思的声音带着愤怒的颤抖。“你的意思是说，他的这门学问，预测到了我将进攻基地，并且会由于某些原因，使我在某场战役中被击败？你是想告诉我，我只是个呆板的机器人，根据早已决定好的行动，走向注定毁灭的结局？”

“不！”老贵族尖声答道，“我已经说过了，这门科学和个人行动没有任何关系。它所预见的是宏观的历史背景。”

“那么，我们都被紧紧捏在‘历史必然性’这个女神掌心中？”

“是‘心理史学’的必然性。”巴尔轻声纠正。

“假如我运用自己的自由意志来应变呢？如果我决定明年才进攻，或者根本不进攻呢？这位女神究竟有多大的弹性？又有多大的法力？”

巴尔耸耸肩。“立刻进攻或者永不进攻；动用一艘星舰，或是整个帝国的武力；用军事力量也好，用经济手段也罢；光明正大地宣战，或者发动阴谋奇袭。无论你的自由意志如何应变，你终归都要失败。”

“因为有哈里·谢顿的幽灵之手在作祟？”

“是‘人类行为的数学’这个幽灵，这是任何人都无法抵挡、无法扭转，也无法阻延的。”

两人面对面僵持良久，将军才终于向后退了一步。

他毅然决然地说：“我愿意接受这个挑战。这是幽灵之手对抗活生生的意志。”

克里昂二世：……世称“大帝”。身为第一帝国最后一位强势皇帝，他最重要的贡献，是多年执政期间所促成的政治与文艺复兴。然而，在野史记载中，他最著名的事迹，却是他与贝尔·里欧思的关系；而在一般人心目中，他根本就是“里欧思的皇帝”。必须强调的是，绝不能因为他在位最后一年所发生的事，否定了他四十年来的……

——《银河百科全书》

04

皇帝

克里昂二世是天地间的共主。克里昂二世身染病因不明的恶疾。人生有许多不可思议的波折，因此上述两件事实并不矛盾，甚至不算特别不调和。历史上，这一类的例子简直数也数不清。

可是克里昂二世对那些先例毫不关心。缅怀那一长串同病相怜的历史人物，无法使他自己的病痛减轻一个电子的程度。即使他想到，曾祖父只是一名在尘埃般的行星上占山为王的土匪，自己却承继了银河帝国一脉相传的正统，躺在这座由安美尼迪克大帝建造的离宫中；而父皇曾经在银河各处，消灭了此起彼落的叛乱，恢复了斯达涅尔六世的和平与统一，因此自己在位这二十五年，从未发生任何令荣誉蒙尘的反叛事件——所有这些得意的事，都不会让他感到一丝一毫的安慰。

这位银河帝国的皇帝、万物的统治者，正在一面哼哼唉唉，一面将脑袋沉入枕头上的精力充沛场。“精力场”产生一种无形的柔软舒适，在轻微的兴奋刺激中，克里昂二世舒服了一点。他又吃力地坐起来，愁眉苦脸地盯着远方的墙壁。这个寝宫太大了，不适合一个人待在里面。其实，任何房间都显得太大了。

不过当病痛发作、动弹不得的时候，还是一个人独处比较好，至少不必忍受廷臣们俗丽的装扮，还有他们浮滥的同情以及卑躬屈膝的蠢行。独自一个人，也就看不到那些令人倒胃口的假面具。那些面具底下的脸孔，都在拐弯抹角地臆测他何时驾崩，并幻想着他们自己有幸继承帝位。

他的思绪开始脱缰。他想到自己有三名皇子，三个堂堂正正的年轻人，充满美德与希望。在这些不幸的日子里，他们都到哪里去了？无疑都在等待。三兄弟互相监视，又一起紧盯着自己。

他不安地动来动去。此时大臣布洛缀克在外求见。那个出身卑微而忠诚的布洛缀克，他之所以忠诚，是因为他是朝廷上上下下一致憎恶的对象。廷臣总共分成十二个派系，他们唯一的共识就是痛恨布洛缀克。

布洛缀克——忠诚的宠臣，也就必须加倍忠诚。因为除非他拥有银河中最快速的星舰，能在大帝驾崩当日远走高飞，否则第二天一定会被送进放射线室。

克里昂二世伸出手来，碰了碰巨大躺椅扶手上的光滑圆钮，寝宫一侧的大门立刻消失。

布洛缀克沿着深红色地毯走过来，跪下来亲吻大帝软弱无力的手。

“陛下无恙？”这位枢密大臣的低声问候中掺杂着适度的焦虑。

“我还活着，”大帝怒气冲冲地说，“却过着非人的生活。只要看过一本医书的混蛋，都敢拿我当活生生的实验品。无论出现了什么新式疗法，只要尚未经过临床实验，不管是化学疗法、物理疗法还是核能疗法，你等着看吧，明天一定会有来自远方的庸医，在我身上测试它的疗效。而只要有新发现的医书，即使明明是伪造的，都会被他们奉为医学圣典。

“我敢向先帝发誓，”他继续粗暴地咆哮，“如今似乎没有一个灵长类，能用他自己的眼睛诊断病情。每个人都要捧着一本古人的医书，才敢为病人把脉量血压。我明明病了，他们却说这是‘无名之症’。这些笨蛋！假使在未来的世代，人体中又冒出什么新的疾病，由于古代医生从来没有研究过，也就永远治不好了。那些古人应该活在今日，或者我该生在古代。”

大帝的牢骚以一句低声咒骂收尾，布洛缀克始终恭谨地等在一旁。克里昂二世以不悦的口气问：“有多少人等在外面？”

他向大门的方向摆了摆头。

布洛缀克耐心地回答：“大厅中的人和往常一样多。”

“好，让他们去等吧。就说我正在为国事操心，让禁卫军队长去宣布。慢着，别提什么国事了。直接宣布我不接见任何人，让禁卫军队长表现得很悲伤。那些怀有狼子野心的，就会一个个原形毕露。”大帝露出阴险的冷笑。

“启禀陛下，有个谣言正在流传，”布洛缀克不急不徐地说，“说您的心脏不舒服。”

大帝脸上的冷笑未见丝毫减少。“倘若有人相信这个谣言，迫不及待采取行动，他们一定得不偿失。可是你自己又想要什么呢？我们说个清楚吧。”

看到大帝做了一个平身的手势，布洛缀克这才站起来。“是关于西维纳军政府总督，贝尔·里欧思将军。”

“里欧思？”克里昂二世双眉紧锁，“我不记得这个人。等一等，是不是在几个月前，呈上一份狂想计划的那位？是的，我想起来了，他渴望得到御准，让他为帝国和皇帝的光荣而征战。”

“启禀陛下，完全正确。”

大帝干笑了几声。“布洛缀克，你曾想到我身边还有这种将军吗？这个人有意思，他似乎颇有古风。那份奏章是怎么批的？我相信你已经处理了。”

“启禀陛下，臣已经处理了。他接到的命令，是要他继续提供更详细的资料；在尚未接到进一步圣命前，他旗下的舰队不准轻举妄动。”

“嗯，够安全了。这个里欧思到底是怎样的人？他有没有在宫中当过差？”

布洛缀克点点头，嘴唇还稍微撇了一下。“他最初在禁卫军担任见习官，那是十年前的事。在列摩星团事件中，他有不错的表现。”

“列摩星团？你也知道，我的记性不太……喔，是不是一名年轻军官，阻止了两艘主力舰对撞的那件事……嗯……或类似的事情？”他不耐烦地挥挥手，“我不记得细节了，反正是一桩英勇的行为。”

“那名军官就是里欧思。他因为这件功劳而晋升，”布洛缀克淡淡地说，“于是被外调，担任一艘星舰的舰长。”

“现在，他则是某个边境星系的军政府总督，仍然还很年轻。布洛缀克，他是个人才！”

“启禀陛下，他很危险。他一直活在过去；他天天梦想着古代，或者应该说，对传说中的古代朝思暮想。这种人本身倒也没有什么危险，可是他们这么不愿接受现实，却会成为其他人的坏榜样。”他又补充道：“据臣了解，他的部下百分之百受他掌握。他是最孚众望的将军之一。”

“是吗？”大帝沉思了一下，“嗯，很好，布洛缀克，我不希望身边个个都是废物。无能之辈根本不会对我忠心耿耿。”

“无能的叛徒其实并不危险，有才干的人却必须加以防范。”

“布洛缀克，你也是其中之一吗？”克里昂二世哈哈笑了几声，随即流露出痛苦的表情。“好了，你暂且别再说教了吧。这个年轻的勇将，最近又有什么新的事迹？我希望你不是专门来提陈年旧事的。”

“启禀陛下，里欧思将军又送来一份奏章。”

“哦？关于什么？”

“他已经打探出那些蛮子的根据地，主张用武力去征服他们。他的报告写得又臭又长。大帝陛下如今御体欠安，不值得为他的奏章烦心。何况在‘诸侯大会’中，诸侯们会对这件事进行详细讨论。”他朝大帝瞟了一眼。

克里昂二世皱起眉头。“诸侯？布洛缀克，这种问题也跟他们有关吗？这样一来，他们会再度要求扩大解释‘宪章’。每次总是这样子。”

“启禀陛下，这是无可避免的。当年英明神武的先帝，在荡平最后一场叛乱之际，若是没有接受那个宪章就好了。可是既然有这个东西，我们必须暂且忍耐一阵子。”

“我想，你说得没错。那么这件事必须跟诸侯讨论。嘿，不过为什么要这样郑重其事？毕竟，这只是小事一桩。在遥远的边境以有限兵力进行的征战，根本算不上国家大事。”

布洛缀克露出一丝微笑，沉着地回答：“这件事的主角，是一个不切实际的呆子；可是即使是不务实的呆子，倘若被很务实的叛徒利用，也会成为致命武器。启禀陛下，此人过去在京畿就深得人心，如今在边境仍极受拥戴。他又很年轻。假如他吞并了一两颗蛮荒行星，就会成为一名征服者。这么年轻的征服者，而且显然又有能力煽动军人、工人、商人，以及其他各阶层群众的情绪，他随时随地可能带来危险。即使他自己没有野心，并不想如先帝对付伪君莱可那般对付陛下，可是我们那些忠心的诸侯之中，难免有人会想到拿他当武器。”

克里昂二世突然动了动手臂，立刻痛得全身僵硬。过了好一会儿，他才稍显轻松，但是他的笑意锐减，声音听来有如耳语。“布洛缀克，你是个很难得的忠臣，你的疑心总是超过实际需要，而你的警告我只要采纳一半，就绝对能高枕无忧。我们就把这件事向诸侯提出来，看看他们怎么说，再决定我们该采取什么策略。那个年轻人，我想，应该还没有轻举妄动吧。”

“他在奏章中是这么说的。可是他已经要求增援。”

“增援！”大帝眯起眼睛，露出不解的神情。“他目前的兵力如何？”

“启禀陛下，他麾下有十艘主力舰，每艘的附属舰艇完全满额。其中两艘的发动机，是从旧时‘大舰队’的星舰上拆下来的，还有一艘的火炮系统也是接收自‘大舰队’。其他星舰则是过去五十年间建造的，虽然如此，都还管用。”

“十艘星舰应该足以执行任何正当任务了。哼，先帝当年麾下的星舰还没有那么多，就在推翻伪君的战役中旗开得胜。他要去攻打的，究竟是什么蛮子？”

枢密大臣扬了扬那对高傲的眉毛。“他称之为‘基地’。”

“基地？那是什么东西？”

“启禀陛下，臣仔细翻查过档案，却没有发现任何记录。里欧思提到的那个地方，位于旧时的安纳克里昂星省，在两个世纪前，该区就陷入了罪恶、蛮荒、无政府的状态。然而，在那个星省中，并没有一颗叫做‘基地’的行星。有一则很含糊的记录，提到在该星省脱离帝国保护之前不久，曾经有一群科学家被派到那里去。他们是要去编纂一套百科全书。”布洛缀克淡淡一笑，“臣相信，他们称那颗行星为‘百科全书基地’。”

“嗯，”克里昂二世蹙眉沉思了一下，“这么勉强的关联，不值得提出来。”

“启禀陛下，臣并没有提出什么。自从该区陷入无政府状态之后，就再也没有那一支科学远征队的消息。假如他们的后代仍然居住在那颗行星上，并且仍然沿用原来的名称，他们无疑也退化到蛮荒时代。”

“而他还要求增援？”大帝将严厉的目光投到宠臣身上，“这真是太奇怪了；他计划以十艘星舰攻打野蛮人，却未发一枪一弹就要求增援。我现在终于想起这个里欧思了，他是个美男子，出身于忠诚的家族。布洛缀克，这件事另有蹊跷，但我一时还看不透。这里头或许有更重要的问题，只是表面上看不出来。”

他抚弄着盖在僵硬的双腿上那床发亮的被单。“我得派一个人到那里去，一个有眼睛、有头脑又有忠心的人。布洛缀克——”

宠臣恭谨地垂下头。“启禀陛下，他要求的星舰呢？”

“还不到时候！”大帝一面小心翼翼地一点点挪动身子，一面发出低声的呻吟。他举起一根摇摇欲坠的手指，又说：“我们还需要了解更多内情。下星期的今天就召开诸侯大会，这也是提出新预算案的好时机。我一定要让它通过，否则活不下去了。”

大帝将头痛欲裂的脑袋沉进力场枕的舒缓刺激中。“布洛缀克，你退下吧。把御医叫来，虽然他是最不中用的庸医。”

05

战端

从设在西维纳的集结点，帝国舰队小心翼翼地向未知的、险恶的银河外缘进发。巨大的星舰横越银河边缘群星间的广袤太空，谨慎地接近基地势力范围的最外环。

那些在新兴的蛮荒中孤立了两个世纪的世界，再度感受到帝国威权的降临。在重型火炮兵临城下之际，他们一致宣誓对大帝矢志效忠。

每个世界都留下若干军队驻守；那些驻军个个身穿帝国军服，肩上佩戴着“星舰与太阳”的徽章。老年人注意到这个标志，想起了那些早已遗忘的故事——在他们曾祖父的时代，整个宇宙都统一在这个“星舰与太阳”旗帜之下；当时的天下浩瀚无边，人民的生活富裕而和平。

然后巨大的星舰不断穿梭，在基地周围继续建立更多的前进据点。每当又一个世界被编入这个天罗地网时，就会有报告送回贝尔·

里欧思的总司令部。这个总部设在一个不属于任何恒星的行星上，整颗星都是岩石构成的不毛之地。

此时里欧思心情轻松，对着杜森·巴尔冷笑。“老贵族，你认为如何？”

“我？我的想法有什么价值？我又不是军人。”他颇不以为然地四下看了看，这是一个由岩石凿成的房间，显得拥挤而凌乱，石壁上还挖出一个孔洞，引进人工空气、光线与暖气。在这个荒凉偏僻的世界上，这里要算是唯一具有生机的小空间。

“我所能给你的帮助，”他又喃喃道，“或说我愿意提供的帮助，值得你把我送回西维纳去。”

“还不行，还不行。”将军把椅子转向房间的一角，那里有个巨大而闪烁的透明球体，上面映出旧时的安纳克里昂星郡以及邻近星空。“再过一段时间，等战事告一段落，你就可以回到书堆中，还能得回更多的东西。我保证会把你的家族领地归还给你，你的子孙可以永远继承。”

“感谢你，”巴尔以稍带讽刺的口吻说，“但是我不像你那么有信心，无法对结局抱着如此乐观的态度。”

里欧思厉声大笑。“别再讲什么不祥的预言，这个星图比你所有的悲观理论更具说服力。”他轻抚着球体表面雕出的透明轮廓，“你懂得怎么看径向投影的星图吗？你懂？很好，那么自己看吧。金色的星球代表帝国的领土，红色的星球隶属于基地，至于粉红色的那些星球，则可能位于基地的经济势力圈之内。现在注意看——”

里欧思将手放在一个圆钮上，星图中一块由许多白点构成的区域，开始慢慢变得愈来愈蓝。它酷似一个倒立的杯子，笼罩着红色与粉红色的区域。

“那些蓝色的星球，就是我们的军队已经占领的世界。”里欧思面有得色地说，“我们的军队仍在推进，在任何地方都没有遭到反抗。那些蛮子都还算乖顺。尤其重要的是，我们从来没有遭遇基地的军队。他们还在安详地蒙头大睡呢。”

“你将兵力布置得很分散，对不对？”巴尔问道。

“其实，”里欧思说，“只是表面上如此，事实则不然。我留军驻守并建筑了防御工事的重要据点并不多，但是都经过精挑细选。这样的安排，能使兵力的负担减到最少，却能达到重大的战略目的。这样做有很多优点，没有仔细钻研过太空战术的人，根本看不出其中的奥妙；但是有些特点，仍然是人人都看得出来的。比如说，我能从包围网的任何一点发动攻击，而当我军完成包围网之后，基地就不可能攻击我军的侧翼或背面。对敌人而言，我军根本没有侧翼或背面。

“这种‘先制包围’的战略，过去也有指挥官尝试过。最著名的一次，是大约两千年前，应用在洛瑞斯六号那场战役中。但一向不完美，总是被敌方洞悉并试图阻挠。这次却不同。”

“这次是教科书中的理想状况？”巴尔显得疲惫不堪又漠不关心。

里欧思不耐烦了。“你还是认为我的部队会失败？”

“他们注定失败。”

“你应该了解，在古往今来的战史中，从来没有包围网完成后，进攻一方最后却战败的例子。除非在包围网之外，另有强大的舰队能击溃这个包围网。”

“你大可这么想。”

“你仍旧坚持自己的信念？”

“是的。”

里欧思耸耸肩。“那就随便你吧。”

巴尔让将军默默发了一会儿脾气，然后轻声问道：“你从大帝那边，得到什么回音吗？”

里欧思从身后的壁槽中取出一根香烟，再叼着一根滤嘴，然后才开始吞云吐雾。他说：“你是指我要求增援的那件事吗？有回音了，不过也只是回音而已。”

“没有派星舰吗？”

“没有，我也几乎猜到了。坦白说，老贵族，我实在不应该被你的理论唬到，当初根本不该请求什么增援。这样做反而使我遭到误解。”

“会吗？”

“绝对会的。如今星舰极为稀罕珍贵。过去两个世纪的内战，消耗了‘大舰队’一大半的星舰，剩下的那些情况也都很不理想。你也知道，现在建造的星舰差得多了。我不相信如今在银河中还能找到什么人，有能力造得出一流的超核能发动机。”

“这个我知道。”西维纳老贵族说，他的目光透出沉思与内省，“却不知道你也明白这个道理。所以说，大帝陛下没有多余的星舰了。心理史学应该能预测到这一点，事实上，它也许真的预测到了。我甚至可以说，哈里·谢顿的幽灵之手已经赢了第一回合。”

里欧思厉声答道：“我现有的星舰就足够了。你的谢顿什么也没有赢。当情势紧急时，一定会有更多的星舰供我调度。目前，大帝还没有了解全盘状况。”

“是吗？你还有什么没告诉他？”

“显而易见——当然就是你的理论。”里欧思一副挖苦人的表情，“请恕我直言，你说的那些事，根本不可能是真的。除非事情的发展能证实你的理论，除非让我看到具体证明，否则我绝不相信会有致命的危险。”

“除此之外，”里欧思继续轻描淡写地说，“像这种没有事实根据的臆测，简直就有欺君的味道，绝不会讨大帝陛下欢心。”

老贵族微微一笑。“你的意思是，假如你禀告大帝，说银河边缘有一群衣衫褴褛的蛮子，可能会推翻他的皇位，他一定不会相信也不会重视。所以说，你不指望从他那里得到任何帮助。”

“除非你将特使也当成一种帮助。”

“为什么会有特使呢？”

“这是一种古老的惯例。凡是由帝国支持的军事行动，都会有一位钦命代表参与其事。”

“真的吗？为什么？”

“这样一来，每场战役都能保有陛下御驾亲征的意义。此外，另一项作用就是确保将领们的忠诚，不过后者并非每次都成功。”

“将军，你将发现这会带来不便，我是指这个外来的威权。”

“我不怀疑这一点，”里欧思的脸颊稍微转红，“但是我也没有办法……”

此时将军手中的收讯器亮了起来，并且发出轻微的摩擦声，然后传送槽中便跳出一个圆筒状的信囊。里欧思将信囊打开，叫道：“太好了！来了！”

杜森·巴尔轻轻扬起眉毛，表示询问之意。

里欧思说：“你可知道，我们俘虏到一名行商。是个活口——他的太空船也还完好。”

“我听说了。”

“好，他们把他带到这里来了，我们马上就能见到他。老贵族，请你坐好。在我审问他的时候，我要你也在场。这也是我今天请你来这里的本意。万一我疏忽了什么关键，你也许听得出来。”

叫门的讯号随即响起，将军用脚趾踢了一下开关，办公室的门就打开了。站在门口的人个子很高，留着络腮胡，穿着一件人造皮制的短大衣，后面还有一个兜帽垂在颈际。他的双手没有被铐起来；即使他知道押解的人都带着武器，也并未显得丝毫不自在。

他若无其事地走进来，向四周打量了一番。见到将军后，他只是随便挥挥手，稍微点了点头。

“你叫什么名字？”里欧思简洁有力地问。

“拉珊·迪伐斯，”行商将两根拇指勾在俗不可耐的宽皮带上，“你是这里的头儿吗？”

“你是基地的行商吗？”

“没错。听好，如果你是这里的头儿，最好告诉你的手下别碰我的货。”

将军抬起头，用冷峻的目光凝视这名战俘。“回答问题，不要发号施令。”

“好吧，我欣然同意。可是你有一名手下，把手指放进不该放的地方，结果胸口开了一个两英尺的窟窿。”

里欧思的目光随即转移到一名中尉身上。“这个人说的是事实吗？威兰克，你的报告明明说没有任何伤亡。”

“报告将军，当初的确没有。”中尉以僵硬而不安的语调答道，“后来我们决定搜查他的太空船，因为谣传说上面有女人。结果我们没有发现什么人，却找到很多不知名的装置，这名俘虏声称那些都是他的货品。我们正在清点时，有样东西忽然射出一道强光，拿着它的那名弟兄就遇难了。”

将军又转头面向行商。“你的太空船配备有核能武器？”

“银河在上，当然没有。那个傻瓜抓着的是核能打孔机，方向却拿反了，又将孔径调到最大。他根本不该这么做，等于是拿中子枪指着自己的头。要不是有五个人坐在我身上，我就能阻止他。”

里欧思对身旁的警卫做了一个手势。“你去传话，不准任何人进入那艘太空船。迪伐斯，你坐下来。”

行商在里欧思指定的位置坐下，满不在乎地面对帝国将军锐利的目光，以及西维纳老贵族好奇的眼神。

里欧思说：“迪伐斯，你是个识相的人。”

“谢谢你。你是觉得我看起来老实，还是对我另有所求？不过我先告诉你，我可是一个优秀的商人。”

“两者没有什么分别。你识时务地投降了，并没有让我们浪费多少火炮，也没有让你自己被轰成一团电子。如果你保持这样的态度，就能受到很好的待遇。”

“头儿，我最渴望的就是很好的待遇。”

“好极了，而我最渴望的就是你的合作。”里欧思微微一笑，低声向一旁的杜森·巴尔说：“但愿我们所说的‘渴望’指的是同一件事。你知道市井俚语里面它有其他意义吗？”

迪伐斯和和气气地说：“对，我同意你的话。头儿，但你说的是什么样的合作呢？老实跟你说，我连身在何处都不知道。”他四下看了看，“比方说，这是什么地方？带我来这里干什么？”

“啊，我忘了还没有介绍完毕呢，真抱歉。”里欧思的心情很好，“这位老绅士是杜森·巴尔，他是帝国的贵族。我名叫贝尔·里欧思，是帝国的高级贵族，在大帝麾下效忠，官拜三级将军。”

行商目瞪口呆，然后反问：“帝国？你说的是教科书中提到的那个古老帝国吗？哈！有意思！我一直以为它早就不存在了。”

“看看周围的一切，它当然存在。”里欧思绷着脸说。

“我早就应该知道，”拉珊·迪伐斯将络腮胡对着天花板，

“我那艘小太空船，是被一艘外表壮丽无比的星舰逮到的。银河外缘的那些王国，没有一个造得出那种货色。”他皱起眉头，“头儿，这到底是什么游戏？或者我应该称呼你将军？”

“这个游戏叫做战争。”

“帝国对基地，是吗？”

“没错。”

“为什么？”

“我想你应该知道。”

行商瞪大眼睛，坚决地摇了摇头。

里欧思任由对方沉思半晌，然后轻声说：“我确定你知道。”

拉珊·迪伐斯喃喃自语：“这里好热。”他站起来，脱下连帽短大衣。然后他又坐下，双腿向前伸得老远。

“你知道吗，”他以轻松的口吻说，“我猜你以为我会大吼一声，然后一跃而起，向四面八方拳打脚踢一番。假使我算好时机，就能在你采取行动之前制住你。那个坐在旁边一言不发的老家伙，想必阻止不了我。”

“你却不会这么做。”里欧思充满信心地说。

“我不会这么做。”迪伐斯表示同意，口气还很亲切，“第一，我想即使杀了你，也阻止不了这场战争。你们那里一定还有不少将军。”

“你推算得非常准确。”

“此外，即使制服了你，我也可能两秒钟后就被打倒，然后立刻遭到处死，却也可能被慢慢折磨死。总之我会没命，而我在盘算的时候，从来不喜欢考虑这种可能性。这太不划算了。”

“我说过，你是个识相的人。”

“头儿，但有一件事我想弄明白。你说我知道你们为何攻击我们，希望你能告诉我这是什么意思。我真的不知道，猜谜游戏总是令我头疼。”

“是吗？你可曾听过哈里·谢顿？”

“没有。我说过，我不喜欢玩猜谜游戏。”

里欧思向一旁的杜森·巴尔瞟了一眼，后者温和地微微一笑，随即又恢复那种冥想的神情。

里欧思带着不悦的表情说：“迪伐斯，别跟我装蒜。在你们的基地有一个传统，或者说传说或历史——我不管它到底是什么，反正就是说，你们终将建立所谓的第二帝国。我对哈里·谢顿那套华而不实的心理史学，以及你们对帝国所拟定的侵略计划，都知道得相当详细。”

“是吗？”迪伐斯若有所思地点点头，“这又是什么人告诉你的？”

“这又有什么关系吗？”里欧思以诡异的温柔语调说，“你在这里不准发问，我要知道你所听过的谢顿传说。”

“但既然只是传说……”

“迪伐斯，别跟我玩文字游戏。”

“我没有。事实上，我会坦白对你说。我知道的其实你都知道了。这是个愚蠢的传说，内容也不完整。每个世界都有一些传奇故事，谁也无法使它销声匿迹。是的，我听过这一类的说法，关于谢顿、第二帝国等等。父母晚上讲这种故事哄小孩子入睡；年轻小伙子喜欢在房间里挤成一团，用袖珍投影机播放谢顿式惊险影片。但这些都不吸引成年人，至少，不吸引有头脑的成年人。”行商使劲摇了摇头。

帝国将军的眼神变得阴沉。“真是如此吗？老兄，你撒这些谎是浪费唇舌。我曾经去过那颗行星，端点星。我了解你们的基地，我亲自探访过。”

“那你还问我？我呀，过去十年间，待在那里的日子还不到两个月。你是在浪费自己的时间。不过如果你相信那些传说，就继续打这场仗吧。”

巴尔终于首度开口，以温和的口气道：“这么说，你绝对相信基地会胜利？”

行商转过身来。他的脸颊稍微涨红，一侧太阳穴上的旧疤痕却更加泛白。“嗯——嗯，这位沉默的伙伴。老学究，你是如何从我的话中得出这个结论的？”

里欧思对巴尔浅浅地点了点头，西维纳老贵族继续低声说：“因为我知道，假如你认为自己的世界可能打败仗，因而导致悲惨的遭遇，你一定会坐立不安。我自己的世界就被征服过，如今仍旧如此。”

拉珊·迪伐斯摸摸胡子，轮流瞪视对面的两个人，然后干笑了几声。“头儿，他总是这样说话吗？听好，”他态度转趋严肃，“战败又怎么样？我曾经目睹战争，也看过打败仗。领土真的被占领又如何？谁会操这个心？我吗？像我这种小角色吗？”他满脸嘲讽地摇了摇头。

“听好了，”行商一本正经、义正辞严地说，“一般的行星，总是由五六个脑满肠肥的家伙统治。战败了是他们遭殃，可是我的心情不会受到丝毫影响。懂吧！一般大众呢？普通人呢？当然，有些倒霉鬼会被杀掉，没死的则有一阵子得多付些税金。但是局势终将安定，事情总会渐渐恢复正常。然后一切又回复原状，只是换了另外五六个人而已。”

杜森·巴尔的鼻孔翕张，右手的肌肉在抽搐，他却什么都没有说。

拉珊·迪伐斯的目光停驻在他身上，将一切都看在眼里。他说："看，我一生在太空飘泊，到处兜售那些不值钱的玩意，我的微薄利润还要被'企业联营组织'抽头。那里有好几头肥猪——"他用拇指向背后比了比，"成天坐在家中，每分钟都能赚到我一年的收入——靠的就是向许许多多我们这种人抽成。假如换成你来治理基地，你还是需要我们，你会比'企业联营组织'更加需要我们。因为你根本摸不着头绪，而我们能帮你赚进现金。我们可以和帝国进行更有利的交易。没错，我们会这么做，我是在商言商。只要能有赚头，我一定干。"

他露出一副嘲弄似的挑战神情，瞪着对面两个人。

沉默维持了好几分钟之久，突然又有一个圆筒状信囊从传送槽中跳出来。将军立刻扳开信囊，浏览了一遍其中的字迹，并随手将影像通话器的开关打开。

"立刻拟定计划，指示每艘船舰各就各位。全副武装备战，等待我的命令。"

他伸手将披风取过来，一面系着披风的带子，一面以单调的语气对巴尔耳语："我把这个人交给你，希望你有些收获。现在是战时，我对失败者绝不留情。记住这一点！"他向两人行了一个军礼，便径自离去。

拉珊·迪伐斯望着他的背影。"嗯，有什么东西戳到他的痛处了。到底是怎么回事？"

"显然是一场战役。"巴尔粗声说："基地的军队终于出现了，这是他们的第一仗。你最好跟我来。"

房间中还有几名全副武装的士兵。他们的举止谦恭有礼，表情却木然生硬。迪伐斯跟着西维纳的老贵族走出这间办公室。

他们被带到一间比较小、陈设比较简陋的房间。室内只有两张床，一块电视幕，以及淋浴和卫生设备。而将两人带进来之后，士兵们便齐步离开，随即传来一声关门的巨响。

“嗯？”迪伐斯不以为然地四处打量，“看来我们要长住了。”

“没错。”巴尔简短地回答，然后这位老贵族便转过身去。

行商暴躁地问：“老学究，你在玩什么把戏？”

“我没有玩什么把戏。你现在由我监管，如此而已。”

行商站起来向对方走去。他那魁梧的身形峙立在巴尔面前，巴尔却不为所动。“是吗？可是你却跟我一起关在这间牢房。而我们走到这里来的时候，那些枪口不只是对着我，同时也对着你。听着，当我发表战争与和平的高论时，我发现你简直要气炸了。”

他没等到回应，只好说：“好吧，让我问你一件事。你说你的故乡被征服过，是被谁征服的？从外星系来的彗星人吗？”

巴尔抬起头。“是帝国。”

“真的吗？那你在这里干什么？”

巴尔又以沉默代替回答。

迪伐斯努着下唇，缓缓点了点头。他把戴在右手腕上的一个扁平手镯退下来，再递给对方。“你知道这是什么？”他的左手也戴了一个一模一样的。

西维纳老贵族接过了这个手镯。过了好一会儿，他才遵照迪伐斯的手势，将手镯戴上。手腕上立刻传来一阵奇特的刺痛。

迪伐斯的声音突然变了。“对，老学究，你感觉到了。现在随便说话吧。即使这个房间装有监听线路，他们也什么都听不到。你戴上的是一个电磁场扭曲器，货真价实的马洛设计品。它的统一售价是25信用点，从此地到银河外围每个世界都一样。今天我免费送你。你说话的时候嘴唇别动，要放轻松。这个窍门你必须学会。”

杜森·巴尔突然全身乏力。行商锐利的眼神充满怂恿的意味，令他感到无法招架。

巴尔说："你到底要我做什么？"他嘴唇几乎没动，讲得含含糊糊。

"我告诉过你了。你说得慷慨激昂，好像是我们所谓的爱国人士，但你自己的世界却曾经被帝国蹂躏。而你如今又在这里，和帝国的金发将军携手合作。这实在说不通，对不对？"

巴尔说："我已经尽了自己的责任。征服我们的那个帝国总督，就是死在我手里。"

"真的吗？是最近的事吗？"

"四十年前的事。"

"四十……年……前！"行商似乎对这几个字别有所悟，他皱起眉头，"这种陈年旧账，实在不值得提了。那个穿将军制服的初生之犊，他晓得这件事吗？"

巴尔点了点头。

迪伐斯的眼神充满深意。"你希望帝国战胜吗？"

西维纳老贵族突然大发雷霆。"希望帝国和它的一切，在一场大灾难中毁灭殆尽。每个西维纳人天天都在这样祈祷。我的父亲、我的妹妹、我的几位兄长都去世了。可是我还有儿女，还有孙儿。那个将军知道他们在哪里。"

迪伐斯默然不语。

巴尔继续细声道："但是，只要冒险是值得的，我还是会不顾一切，我的家人也已经准备牺牲。"

行商以温和的口吻说："你杀死过一名总督，是吗？你可知道，我想到了一些事。我们以前有位市长，他的名字叫做侯伯·马洛。他曾经造访西维纳，那就是你的世界，对吗？他遇到过一位姓巴尔的老人。”

杜森·巴尔以狐疑的目光紧盯着对方。“这件事你知道多少？”

“和基地上每名行商知道得一样多。你是个精明的老人，你和我关在一起也许是故意安排的。没错，他们也拿枪比着你，而你看来恨透了帝国，愿意和它同归于尽。这样，我就会把你当成自己人，对你推心置腹，如此正中将军下怀。老学究，这种机会实在很难得。

“但是话说回来，我要你先向我证明，你的确是西维纳人欧南·巴尔的儿子——他的第六个儿子，那个逃过大屠杀的老幺。”

杜森·巴尔以颤抖的手，从壁槽中拿出一个扁平的金属盒并打开来。当他将取出的金属物件递给行商的时候，带起一阵“叮当叮当”的轻微响声。

“你自己看。”他说。

迪伐斯瞪大眼睛。他将那个金属链中央的大环凑到眼前，然后低声赌咒：“这是马洛名字的缩写，否则我就是一只没上过太空的嫩鸟。这种设计的式样，也是五十年前的。”

他抬起头来，面露微笑。

“老学究，握握手吧。这副个人核能防护罩就是最好的证明。”他伸出粗大的手掌。

06

宠臣

在深邃空虚的太空中，出现了数艘小型星际战舰，以迅疾的速度冲入敌方的舰队。它们并未立即开火，而是先穿越敌舰最密集的区域，然后才发动攻势。帝国舰队巨大的星舰立即转向，像疯狂的巨兽般开始追击。不久之后，两艘如同蚊蚋的星舰消失在核爆中，两团烈焰无声无息地照亮太空深处，其他几艘则纷纷急速逃逸。

巨型星舰搜索了一阵子，又继续执行原来的任务。一个世界接着一个世界，巨大的包围网建构得愈来愈致密。

布洛缀克的制服威严而体面，那是细心剪裁加上细心穿戴的结果。现在，他正走过偏僻的万达行星上的花园，这里是帝国远征舰队的临时司令部。他的步履悠闲，神情却有些忧郁。

贝尔·里欧思与他走在一起，他穿着野战服，领子敞开，浑身单调的灰黑色令他显得阴沉。

他们来到一株吐着香气的大型羊齿树下，竹片状的巨叶遮住了强烈的阳光。里欧思指了指树下一把黑色的长椅。“大人，您看，这是帝国统治时期的遗迹。这把装饰华丽的长椅，是专为情侣设计的，如今仍然屹立，几乎完好如新。可是工厂和宫殿，都崩塌成一团无法辨识的废墟了。”

里欧思自己坐了下来。克里昂二世的枢密大臣屹立在他面前，精准地挥动着手中的象牙手杖，将头上的叶子利落地斩下一片又一片。

里欧思跷起二郎腿，递给对方一根香烟。他自己一面说话，一面也掏出一根。“大帝陛下英明，派来一位像您这么能干的监军，真是不作第二人想。我本来还有些担心，生怕有更重要、更急迫的国家大事，会把银河外缘这桩小战事挤到一边。”

“大帝的慧眼无所不在。”布洛缀克公式化地说，“我们不会低估这场战事的重要性，话说回来，你却似乎过分强调它的困难。他们那些小星舰绝不可能构成任何阻碍，我们犯不着费那么大的功夫，进行布置包围网的准备。”

里欧思涨红了脸，但是仍然勉力维持镇定。“我不能拿部下的生命冒险，他们的人数本来就不多；我也不能采取太过轻率的攻击行动，那样会损耗珍贵无比的星舰。一旦包围网完成，无论总攻击如何艰难，我军伤亡都能减低到原先的四分之一。昨天，我已经趁机向您解释了军事上的理由。”

“好吧，好吧，反正我不是军人。在这个问题上，你已经让我相信，表面上明显的事实，其实根本是错误的。这点我们可以接受。可是，你的小心谨慎也太过走火入魔。在你传回的第二份奏章中，你竟然要求增援。对付那么一撮贫穷、弱小、野蛮的敌人，在尚未进行任何接触战之前，你竟然就先做这种要求。在这种情况下要求增援，若非你过去的经历充分证明你的英勇和智慧，你一定会被视为无能，甚至引起更糟的联想。”

“我很感谢您，”将军冷静地答道，“但是请让我提醒您，勇敢和盲目是两回事。倘若我们了解敌人的虚实，而且至少能够大致估计风险，那就大可放手一搏。但是在敌暗我明的情况下贸然行动，却是一种冒失的行为。您想想看，为什么一个人，白天能在充满障碍物的道路上奔跑，晚上却会在家里被家具绊倒。”

布洛缀克优雅地挥了挥手，把对方的话挡回去。“说得很生动，但是无法令人满意。你自己曾经去过那个蛮子世界。此外你还留着一个敌方的俘虏，就是那个行商。你从那个俘虏口中，多少也该问出些什么了。”

“是吗？我祈求您别忘了，针对一个孤立发展了两个世纪的世界，不可能仅仅探查了一个月，就能计划出一个精密的军事行动。我是一名军人，而不是次乙太三维惊险影片中，那些满脸刀疤、浑身肌肉的英雄。至于那名俘虏，他只是一个商业团体中的小角色，而且那个团体和敌方世界并没有太密切的关系，我不可能从他口中，问出敌军的重大战略机密。”

“你审问过他吗？”

“审问过了。”

“结果呢？”

“有点用处，但不算太重要。他的那艘太空船很小，没有任何军事价值。他所兜售的那些小玩具，顶多只能算是新奇有趣。我拣了几件最精巧的，准备献给大帝赏玩。当然，那艘船上有许多装置和功能我都不了解，然而我又不是技官。”

“但是你身边总有些技官吧。”布洛缀克明白指出。

“这我也晓得。”将军以稍带挖苦的口吻回答，“但是那些笨蛋太差劲，根本就帮不上我的忙。我所需要的专家，必须懂得那艘船上古怪的核场线路，我也已经派人去找了。目前为止，还没有任何回音。”

“将军，这种人才十分难求。可是，在你所统治的广大星省中，总该有人懂得核子学吧？”

“假如真有这样的人才，我早就叫他帮我修理我们的发动机了；我的小小舰队中，有两艘星舰上的发动机根本不灵光。在我仅有的十艘星舰中，就有两艘由于动力不足，无法投入主要的战役。换句话说，我有五分之一的军力，只能用来担任巩固后方这种无关紧要的工作。”

大臣的手指不耐烦地拍动着。“将军，这方面的问题并非你的专利，就连大帝也有同样的困扰。”

将军把捏得稀烂却从未点燃的香烟丢掉，点着了另一根，然后耸耸肩。“嗯，这并非燃眉之急的问题，我是指缺乏一流技官这件事。不过，假使我的心灵探测器没有失灵，应该就能从那名俘虏口中获得更多情报。”

大臣扬了扬眉。“你有心灵探测器？”

“一个古董。早就过时了，我需要用的时候，它偏偏失灵。当那个俘虏熟睡时，我试着使用那个装置，结果什么也没有探测到。这并非探测器的问题。我拿自己的部下做过实验，反应都相当正常；可是我身边那些技官，却没有谁能够向我解释，为什么偏偏在那个俘虏身上就不管用。杜森·巴尔虽然不是工程师，对于理论却很精通，他说或许那名俘虏的心灵结构对探测器具有免疫性；可能是由于他自孩提时代起，就处于一种异常环境中，并且神经受过刺激。我不知道这种说法对不对。但是他仍然可能有点用处，所以我把他留了下来。”

布洛缀克倚着手杖。“我帮你找一找，看看首都有没有哪位专家有空。不过，你刚才提到的另外一个人，那个西维纳人，他又有什么用处？你身边养着太多敌人了。”

“他很了解我们的敌人。我把他留在身边，也是为了他还能提供许多建议和帮助。”

“但他是西维纳人，他的父亲还是一名遭到放逐的叛徒。”

“他已经年老力衰，家人还都被我当做人质。”

“我明白了。但我认为，我应该亲自和那名行商谈一谈。”

“当然可以。”

“单独谈。”大臣以冷峻的口气特别强调。

“当然可以。”里欧思温顺地重复了一遍，“身为大帝的忠实臣民，钦命代表就是我的顶头上司。然而，因为那个行商被关在固定的军事基地，想要见他，您需要在适当时机离开前线。”

“是吗？什么样的适当时机？”

“包围网今天已经完成了；一周内，‘边境第二十舰队’就要向内推进，直捣反抗力量的核心。这就是我所谓的适当时机。”里欧思微微一笑，转过头去。

布洛缀克有一种模糊的感觉，感到自尊心被刺伤了。

07

贿赂

莫里·路克中士是一位模范军人。他来自昂宿星团的巨大农业世界，在那里的居民若想脱离土地的羁绊，不愿终生从事单调、辛劳而没有成就感的工作，唯一的办法只有投身军旅；路克中士就是这类军人的典型。他思想单纯，作战不畏艰险，而强健矫捷的身手，又足以使他轻易过关斩将。他对命令绝对服从，对部下要求万分严格，对他的将领则崇拜得五体投地。

虽然是标准的职业军人，路克的天性却活泼开朗。即使他在战场上奋勇杀敌时毫不犹豫，心中却也毫无恨意。

进门之前，路克中士竟然先按下叫门的讯号，这更表现出他的礼貌与修养。因为在他的权限内，他绝对可以直接开门进去。

屋内的两个人正在用晚餐，看到路克中士走进来，其中一人把脚一伸，将一台破烂的口袋型阅读机关起来，原来充满室内喋喋不休的粗哑声音立刻消失。

“又送书来了吗？”拉珊·迪伐斯问道。

中士掏出一个紧紧卷成圆柱形的胶卷，搔了搔脖子。“这是欧雷技师的东西，还要还给他。他准备寄给他的孩子，当做所谓的纪念品吧。”

杜森·巴尔将胶卷拿在手中来回翻弄，显得很有兴趣。“那位技师是从哪里弄来这东西的？他也没有阅读机，对不对？”

中士用力摇了摇头，然后指了指床脚那台破烂的机器。“那是这里唯一的一台。那个家伙，欧雷，他的这本书，是从我们征服的那些猪窝般的世界里找到的。当地人把它郑重地单独藏在一栋大型建筑物中，有几个人试图阻止他，他只好把他们都杀了。”

他以赞赏的目光望着那个胶卷。“这的确是个很好的纪念品——送给孩子刚好。”

他顿了顿，然后特别压低声音说：“对了，目前有个大消息正在流传。虽然只是谣言，但我还是忍不住要告诉你们。将军又完成一件大事。”他缓慢地、严肃地点了点头。

“是吗？”迪伐斯追问，“他又做了什么？”

“完成了包围网，就是这件事。”中士咯咯笑着，显得既得意又骄傲，“他真是个绝顶人物，把这件事做得这么精彩，你们说对不对？有个说话非常夸张的哥儿们，说它就像天籁仙乐一般完美和谐，虽然谁也不知道仙乐是什么。”

“那么大规模进攻要开始了？”巴尔轻声问道。

“希望如此。”中士兴高采烈地回答，“既然我的弟兄都会合了，我想赶快回到星舰去。我实在不愿意再把屁股粘在这个地方。”

“我也一样。”迪伐斯突然粗声地喃喃道。他的牙齿轻咬着下唇，显得有点担心。

中士狐疑地瞪着他，然后说："我该走啦。队长快开始巡逻了，不能让他发现我在这里。"

他走到门口，又停了下来。"先生，还有一件事，"他突然对行商现出腼腆的神情，"内人告诉我，你送给我们的那台小型冷藏器很管用。根本不用花钱添加能源，而她每次都能冷藏几乎整整一个月的食物。真是太感谢了。"

"别客气，没什么。"

大门无声无息地关上，把中士咧嘴的笑容关在门外。

原本坐着的杜森·巴尔站了起来。"好，他送这个来回报冷藏器。让我们看看这本新书吧。啊，书名不见了。"

他将胶卷拉开大约一码，对着光线看了一下，然后喃喃道："嗯，套用中士的话，我要是猜错了，把我串在棍子上烤来吃。迪伐斯，这本书是《萨马花园》。"

"是吗？"行商显得兴趣缺缺，他将没吃完的晚餐推到一边，"巴尔，你坐下来。听这种老派文学作品对我毫无用处。你听到中士讲的话了？"

"听到了。那又怎样？"

"进攻即将开始，而我们还坐在这里！"

"你想要坐在哪里？"

"你知道我的意思，这样子等下去不是办法。"

"不是办法吗？"巴尔细心地取下阅读机上原来的胶卷，将新的那卷装上去。"过去这一个月，你跟我讲了许多有关基地的历史。好像以前每当危机来临，那些伟大的领导者几乎都是坐在那里——守株待兔。"

"哎呀，巴尔，但是他们知道局势将如何发展。"

"他们知道吗？我想是在事过境迁之后，他们才声称早有先见之明，而据我所知，也许真是这样。但是没有任何证据显示，假使他们并没有先见之明，结局就不会那么完美，甚至更好。因为深层的社会和经济巨流，绝非个人的力量所能主导。”

迪伐斯露出嘲讽的笑容。“却也没有办法证明，结局不会变得更糟。你的推理本末倒置。”他出神地沉思了一下，“你瞧，假设我把他轰掉？”

“谁？里欧思？”

“是的。”

巴尔叹了一口气。他立刻想起尘封的往事，一对老眼透出困惑的神色。“迪伐斯，行刺不是办法。我曾经试过，当时我二十岁，一时冲动——可是没有解决任何问题。我替西维纳除掉一个恶霸，却无法除去帝国的桎梏。问题的症结却在于那个桎梏，而不在恶霸身上。”

“老学究，可是里欧思不只是恶霸。他代表了整个该死的军队。没有了他，那些官兵都会作鸟兽散。他们个个像婴儿一般仰赖他；例如刚才那位中士，每次提到他都会情不自禁地悠然神往。”

“即使如此。帝国还有其他军队，还有其他将领。你得想得更远一点。比如说，布洛缀克来了——再也没有人像他那样受大帝的宠信。里欧思只能靠十艘星舰苦战，布洛缀克却能要到好几百艘。有关他的传闻，我听说得很多。”

“是吗？他这个人怎么样？”行商对这个话题很感兴趣，却不懂对方为何流露出挫折感。

“你想要我简单说说吗？他是个出身卑微的家伙，靠着无穷的谄媚赢得大帝的欢心。宫廷中所有的王公贵族，虽然自己都不是好东西，却通通恨透了他，因为他既没有显赫的家族背景，又不具备谦恭有礼的品行。他是大帝的万能顾问，也是执行最下流任务的工具。他心中毫无忠诚，又必须表现得忠心耿耿。整个帝国中，找不到另一个像他那么邪恶诡诈，又那么残忍成性的人。听说唯有透过他的安排，才能得到大帝的赏识；而唯有通过旁门左道，才能得到他的帮助。”

“唔！”迪伐斯若有所思地扯着修剪整齐的胡子，“而他就是大帝派到这里来，负责监视里欧思的老兄。你可知道我想到了一个主意吗？”

“现在我知道了。”

“假如布洛缀克对我们这位‘官兵的最爱’起了反感？”

“也许他早就起反感了。没听说他喜欢过什么人。”

“假如他们之间的关系变得很糟。那么大帝就可能知道，而里欧思就有麻烦了。”

“嗯——嗯，很有可能。可是你准备怎么挑拨呢？”

“我不知道。但我想他应该会接受贿赂？”

老贵族轻轻笑了几声。“没错，可以这样说，但可不像你贿赂那位中士那样简单——绝非一台袖珍冷藏器就能打发。而且即使你填饱他的胃口，也可能会血本无归。他大概是天地间最容易贿赂的人，却一点也不遵守贪官污吏的基本规范。不论给他多少钱，他随时会翻脸不认人。你得想想别的办法。”

迪伐斯跷起二郎腿来回摇晃，脚趾还不停地打着拍子。“至少，这是个初步灵感……”

他随即住口，因为叫门的讯号再度闪了起来，路克中士随即又在门口出现。他看来十分激动，宽大的脸庞涨得通红，却没有任何笑容。

“先生，”他开始说话，尽力想表现得很尊重对方，“我非常感谢你们送我冷藏器，而你们对我讲话又总是非常礼貌。虽然你们都是伟大的贵族，而我只是一名农家子弟。”

他那昂宿星团特有的口音愈来愈重，几乎令人有点听不太懂。他又因为极为激动，木讷的农人天性全部浮现出来，掩盖了长久艰苦训练而成的军人本色。

巴尔柔声问道：“中士，究竟怎么回事？”

“布洛缀克大人要来看你们，就是明天！我知道，因为队长命令我让手下准备好，明天……明天他要来检阅。我想——我应该来警告你们一声。”

巴尔说：“中士，谢谢你，我们很感激。不过不会有什么事的，你不必……”

可是路克中士的表情明显地布满恐惧。他压低声音，哑着嗓子说：“你们没有听过有关他的传闻。他已经将自己的灵魂卖给‘宇宙邪灵’。不，不要笑。有许多关于他的传说，净是些可怕至极的事。据说他不论到哪里，都会带着武装侍卫，当他心血来潮时，就会命令他们射杀遇到的每个人。而他们便会照做——他就哈哈大笑。据说连大帝都怕他，就是他强迫大帝增税，又不让大帝听到百姓的抱怨。

“而且大家都说，他憎恶我们的将军。据说他想要杀害将军，因为将军既伟大又睿智。可是他办不到，因为我们的将军也不是好欺负的，他早知道布洛缀克大人是个坏胚。”

中士眨了眨眼睛，突然感到自己太过失态，很不好意思地微微一笑，然后就向门口走了过去。他又猛力点了点头，并说：“你们记住我的话，要小心提防他。”

他一低头，走到了门外。

迪伐斯抬起头来，显得出奇冷静。“正中我们的下怀，老学究，对不对？”

巴尔冷淡地答道："那还得看布洛缀克的态度如何，对不对？"

但是迪伐斯已经陷入沉思，没有听到巴尔说些什么。

他在很用心地计划着。

布洛缀克大人低着头，走进太空商船的狭窄舱房。两名武装警卫紧紧跟在后面，手中大剌剌地举着武器，脸上带着职业杀手般的冷峻表情。

从这位枢密大臣的外表看来，实在看不出他已经出卖了灵魂。假使宇宙邪灵真的收买了他，他也掩饰得一点都不露痕迹。反之，布洛缀克像是带来一丝宫廷中的华丽，为这个单调粗陋的军事基地注入了一点生气。

他的服装笔挺合身而一尘不染，并且闪耀着眩目的光辉，给人一种高大挺拔的假象。从他那双冷酷无情的眼睛中，射出两道冷冽的目光，沿着他长长的鼻子，直射到行商身上。当他以优雅的姿态，将象牙手杖拄到面前时，袖口的珍珠色褶饰轻飘飘地晃来晃去。

"不，"他一面说，一面做了一个小手势，"你待在这里别动。不必展示那些玩具，我对那些东西没有兴趣。"

他拉过一张椅子，用附在白色手杖顶端、散发着晕彩的方巾仔细擦拭一番，这才放心地坐下来。迪伐斯向另外一张椅子瞄了一眼，布洛缀克却懒洋洋地说："在帝国的高级贵族面前，你得好好站着。"

说完，他微微一笑。

迪伐斯耸耸肩。"如果你对我的货品没有兴趣，为什么把我带到这里来？"

枢密大臣默然不语，迪伐斯又轻轻叫了一声："大人。"

"为了避人耳目。"大臣道，"想想看，我在太空中奔波了两百秒差距，会是专程来检视那些小饰物的吗？我真正要见的是你这个人。”他从一个雕工精美的盒子中，取出一粒粉红色药片，优雅地将它摆在两排牙齿之间。然后他慢慢舔着，显得很有滋味。

“比方说，”他继续道，“你是什么人？那个引起这场军事风暴的蛮子世界，真是你的祖国吗？”

迪伐斯郑重其事地点了点头。

“此外，你真是在这场争端——也就是他所谓的战争——爆发之后才被他抓到的吗？我是指我们这位年轻有为的将军。”

迪伐斯又点了点头。

“好！非常好，尊贵的异邦朋友。我注意到你实在很不会讲话，就让我帮你开个头吧。我们这位将军，似乎正在进行一场显然没有意义的战争，却消耗了极可观的人力物力——他用这种方式，攻打一个不见经传、偏远蛮荒、芝麻大小的世界，任何有头脑的人，都会认为不值得为此浪费一枪一弹。话又说回来，将军并不是一个没有头脑的人。反之，我还认为他聪明绝顶。你听得懂我在说什么吗？”

“大人，我不敢说懂。”

大臣一面审视着自己的指甲，一面说道：“那么再好好听下去。将军绝不肯为了徒劳无功的行动，牺牲他的部下和星舰。我知道他一向把自己的荣誉和帝国的光荣挂在嘴边，但很明显的是，他这种效法古代传奇英雄的行径只是装模作样罢了。除了追求荣誉之外，他一定还另有所谋——否则怎么会把你留在身边，又对你十分礼遇。假如你落在我手上，却只能对我提供那么一点点情报，我早就把你开膛破肚，用你自己的肠子把你勒死了。”

迪伐斯保持一副木然的表情。他的眼珠却在缓缓转动，先看看大臣身边的一名保镖，再看看另一个。看得出来，那两个保镖已经跃跃欲试。

大臣又微微一笑。“嗯，还有，你是个沉默的小坏蛋。将军告诉我，连心灵探测器对你也起不了作用。我可以告诉你，他犯了大错，因为这样反而更让我深信，我们这位年轻的军事天才在撒谎。”他似乎十分得意。

“老实的生意人啊，”他继续说，“我自己也有一种心灵探测器，应该对你特别有效。你看——”

在他的拇指与食指之间，轻轻捏着一叠粉红与黄色相间、图案复杂而精美的东西。至于那是什么，实在是再明显不过。

迪伐斯果然说:“看起来像是钞票。”

“不只是钞票——是帝国境内最佳的纸钞，因为担保品是我的领地，它们的范围甚至超过大帝的领地。总共是十万信用点，全都在这里！就在我的两指之间！通通可以给你！”

“大人，为什么给我钱呢？我是一名优秀的行商，但所有的买卖都是一手交钱，一手交货。”

“为什么？为了让你讲实话！将军到底在图谋什么？他为什么要发动这场战争？”

拉珊·迪伐斯叹了一口气，若有所思地抚着胡子。

“他在图谋什么？”迪伐斯说。此时大臣正在慢慢地、一张一张地数着那些钱，迪伐斯紧盯着大臣的双手，自问自答:“简单一句话，就是帝国。”

“哈，答得太简单！任何图谋不轨的人，最后的目标都是当皇帝。可是他要怎么做呢？从这个偏远的银河边缘，到那个魅力无比的皇宫之间，这条路他要怎么走？”

“基地藏有许多秘密。”迪伐斯以苦涩的口吻说，“那里收藏着许多书籍，都是古书——那些古书由于年代久远，上面的文字只有几个最顶尖的人看得懂。但是那些秘密隐藏在宗教和仪典中，不准任何人动用。我以身试法，就落得今天这个下场——在那里，我已经被宣判死刑了。”

“我明白了。这些古老的秘密又是什么呢？继续说，我花十万信用点的代价，理应买到一切详情。”

“就是元素嬗变的技术。”迪伐斯回答得很简单。

大臣的眼睛眯起来，开始显露出一些神采。“据我所知，根据核子学的定律，以人工达成元素的嬗变，根本没有实用价值。”

“没错，那是指使用核能的情况。但是古人还真聪明，早就发现了比核能更巨大、更基本的能源。假如基地使用那种能源……”

迪伐斯感到胃部一阵轻微的蠕动。钓饵正在晃动，鱼儿已经闻到了。

大臣突然道：“继续说。那个将军，我确信他也晓得这件事。可是一旦结束这场闹剧之后，他下一步又打算怎么做？”

迪伐斯竭力让自己的声音稳如磐石。“掌握了嬗变技术之后，他就能控制帝国所有的经济体系。当里欧思能用铝制造钨、用铁制造铱的时候，任何矿藏都会变得一文不值。过去整个的产销系统，都是根据各种元素不同的丰盈程度而建立的，这时就会完全被推翻了。帝国将会出现前所未有的大解体，只有里欧思一个人能阻止。我提到的那种新能源，还有另外一项优点，就是不会为里欧思带来宗教上的心理负担。

“如今已经没有什么能阻止他了。他已经扼住基地的咽喉，而一旦征服了基地，两年内他就一定能称帝。”

“原来如此。”布洛缀克轻声笑了笑，“你刚才是怎么说的，用铁来制造铱，对不对？来，我也告诉你一件国家机密。你可知道，基地已经主动跟将军接触了。”

迪伐斯的背脊僵住了。

“你看来很吃惊。这又有何不可？现在看来，一切都很合逻辑。为了求和，基地向他提出年缴一百吨铱的提议。也就是说，他们宁愿违反宗教禁忌，愿意将一百吨的铁变成铱来解危。这个提议很公平，却怪不得我们那位守正不阿的将军断然拒绝——他马上就能自行制造铱，还能把帝国弄到手。可怜的克里昂，还称许他是最忠诚的将领呢。大胡子商人，你已经赚到这笔钱了。”

他用力一掷，迪伐斯立刻追赶四散纷飞的钞票。

布洛缀克大人走到舱门口，又转过身来。“行商，记住一件事。我这些带着枪的游伴，他们不但是聋子、哑巴，而且没有受过教育，也没有什么智慧。他们不能听、不能说、不会写字，甚至不会对心灵探测器有任何反应。可是对于各种新奇的杀人手法，他们却是专家中的专家。老兄，我花了十万信用点的代价收买你，你就应该乖乖地作个好商品。万一你忽然忘了这一点，而试图要……比如说……把我们的谈话转述给里欧思，你就会被处死。不过，是以我指定的方式处死。”

在布洛缀克优雅高贵的脸上，突然浮现出许多狰狞的线条，老奸巨猾的笑容也一下子变成骇人的嗥叫。在这一瞬间，迪伐斯看到他的买主的买主“宇宙邪灵”，正借着这位买主的眼睛向外瞪视。

在布洛缀克的两名“游伴”携械押解之下，迪伐斯沉默地走回自己的房间。

面对杜森·巴尔的问题，他以饶富深意的满意口吻说：“不，说来可真奇怪，反而是他贿赂了我。”

两个月的艰苦征战，在贝尔·里欧思身上刻划出痕迹。他笼罩在凝重严肃的气氛中，而且变得暴躁易怒。

他正在用很不耐烦的口气，向最崇拜他的路克中士说：“中士，到外面等着，等我问完了话，再把这两个人送回他们的房间。没有我的命令，任何人不准进入。任何人都不准，听懂了吧。”

中士行了一个标准的军礼，便走了出去。里欧思心烦气躁地抓起桌上待批的公文，一股脑儿丢进最上层的抽屉，再用力把抽屉关起来。

“坐啊。”他对面前的两个人不耐烦地说，“我没有多少时间。严格说来，我根本不应该来这里，可是我又必须见你们一面。”

他转身面向杜森·巴尔，老贵族站在一个立方水晶饰物之前，正饶有兴味地用细长的手指抚摸玩赏。水晶内部镶嵌着大帝陛下——克里昂二世满脸皱纹、威严无比的拟像。

“老贵族，首先我要告诉你，”将军说，“你的谢顿就要输了。当然，‘他’打得很好，因为基地的战士一波波蜂拥而出，个个都不要命般英勇作战。每颗行星都誓死抵抗，而一旦被攻下来，又毫无例外地兴起反抗活动，给征服者带来无穷的麻烦。但它们终究被攻下来，也终于被占领了。你的谢顿眼看就要输了。”

“可是他还没有输。”巴尔恭敬地轻声回答。

“基地本身没有什么指望了。他们想用重金求和，求我别让这个谢顿接受最后的考验。”

“怪不得有这种谣言。”

“啊，谣言来得比我还快吗？有没有提到最新的发展？”

“什么最新的发展？”

“喔，那个布洛缀克大人，大帝最宠爱的大臣，由于他自己要求，现在已经是远征舰队的副总司令。”

迪伐斯这时第一次开口。“头儿，由于他自己要求？怎么搞的？还是你开始对他产生好感了？”他咯咯大笑起来。

里欧思镇定地说："不，不能说是我改变了观感。是他用了我认为合理而足够的代价，买到那个职位的。"

"比方说？"

"比方说，他答应向大帝要求增援。"

迪伐斯脸上的轻蔑笑意更浓了。"他已经和大帝联络过了，啊？头儿，我想你现在正在等待增援舰队，但不知道他们哪天会来。对不对？"

"你错了！他们已经来了。五艘主力舰，性能良好，武力强大，带着大帝的亲笔祝福函前来，还有更多的星舰正在途中。行商，有什么不对劲吗？"他以讽刺的口吻问道。

迪伐斯的嘴唇突然僵硬了，他勉强说："没什么！"

里欧思从办公桌后面走出来，面对着行商，一手放在腰际的核铳上。

"行商，我问你，有什么不对劲吗？这个消息似乎令你很不安。当然，你没有突然关心起基地的安危吧？"

"我没有。"

"有——而且你还有很多古怪的地方。"

"头儿，是吗？"迪伐斯笑得很不自然，双手在口袋里握紧拳头，"你通通提出来，我来逐一为你破解。"

"听好了。你被捕的过程太容易；你的太空船只受到一次攻击，防护罩就被摧毁，而你便投降了。你轻易就背弃自己的世界，没有要求任何代价。这些都令人起疑，对不对？"

"头儿，我渴望投靠胜利的一方。我是个识相的人，这可是你自己说的。"

里欧思声音嘶哑地说："姑且接受！但从此以后，我们再也没有逮捕到任何行商。基地的每艘太空商船都速度奇快，只要想逃都能轻易逃走。而那些奋力迎战的商船，每艘都有强力的屏蔽，足以抵挡轻型巡弋舰的攻击。只要情况允许，行商都宁愿战死也不投降。在我们占领的行星上和星空中，那些游击战的组织者和领导者，他们原来的身份也都是行商。

“难道你是唯一识相的人吗？你既不抵抗又不逃走，还自动自发地出卖基地。你可真特殊，特殊得奇怪——事实上，特殊得太可疑了。”

迪伐斯却轻声说：“我懂得你的意思了，但是你没有什么具体证据。我在这里已经六个月了，这段期间我一直很乖。”

“你的确很乖，而我也因此待你不薄。我没有碰你的太空船，对待你也处处设想周到。可是你却令我失望。你还可以提供更多的情报给我，比方说，你推销的那些装置，也许就对我们很有用。那些装置所应用的核子学原理，在基地所发展的一些难缠武器中，想必也用上了。对不对？”

“我只是行商，”迪伐斯说，“又不是那些伟大的技师。我只负责兜售货品，并不负责制造。”

“好吧，这点很快就能知道，这正是我到此的目的。比如说，我要仔细搜一搜你的太空船，看看有没有个人力场防护罩。你虽然并未佩戴，可是每名基地战士都有。倘若给我搜到，那就是个重要的证据，证明你有意保留了一些情报。对不对？”

迪伐斯没有回答，里欧思继续说：“我还能取得更直接的证据，我把心灵探测器也带来了。虽然它上次失灵，不过，跟敌人打交道可是一门深奥的学问。”

他的声音充满威胁的意味，迪伐斯还感觉到有东西抵住胸口——那是将军的核铳，刚从皮套掏出来的。

将军以平稳的口气说：“把你的手镯摘掉，把身上其他的金属饰物也都除下来交给我。动作慢一点！电磁场会被干扰，你知道吧，而心灵探测器只能在静电场中工作。对，把它给我。”

此时，将军办公桌上的收讯器突然亮起来，一个信囊随即出现在传送槽中。巴尔仍然站在那附近，仍然抱着大帝的三维半身像。

里欧思走到办公桌后面，手中紧握核铳。他对巴尔说：“老贵族，你也一样。你的手镯令你也有嫌疑。虽然你原先帮了不少忙，我跟你也没有仇恨，但是我要根据心灵探测器的结果，来决定你一家人的命运。”

正当里欧思俯身拾取那个信囊，巴尔突然举起镶着克里昂半身像的水晶，出其不意地往将军头上砸去。

这个突如其来的变化把迪伐斯吓呆了。仿佛老人家忽然间遭到恶魔附身。

“走！”巴尔压低声音说，“赶快！”他捡起掉在地上的核铳，藏进自己的上衣。

当他们推开一个窄到不能再窄的门缝，钻出办公室的时候，路克中士立刻转过头来。

巴尔故作镇定地说：“中士，带路吧！”

迪伐斯则赶紧关起门来。

路克中士一言不发地将他们带回房间，稍微停了一下，直到一把核铳指着中士的肋骨，还有一个严厉的声音在他耳旁说：“带我们到太空商船去。”三人才又继续向前走。

抵达后，迪伐斯走到前面去开气闸，巴尔则对中士说：“路克，你就站在那里别动。你是个老好人，我们不想杀你。”

不料中士认出核铳上镂刻的字母，他脱口怒吼：“你们杀了将军！”

他发出一声疯狂而毫无意义的叫喊，不顾一切扑向前去，却正好撞上核铳冒出的烈焰，顿时化作一团焦炭。

不久之后，太空商船便从这颗死寂的行星起飞。又过了一会儿，强烈的信号灯才射出阴森的光芒，与此同时，在巨型透镜状的乳黄色银河背景中，另有许多黑影腾空而起。

迪伐斯绷着脸说："巴尔，抓紧啦——让我们看看，他们到底有没有追上我们的船舰。"

他知道根本没有！

他们到达外太空后，行商的声音几乎嘶哑了，但他仍然勉强说："我给布洛缀克吃的饵恐怕太香了一点。他似乎跟将军站在一条线上了。"

说着，他们已经冲进银河稠密的群星之间。

08

首途川陀

拉珊·迪伐斯俯身观看一个黯淡的球形小仪器，寻找任何一丝生命反应的迹象。方向控制器射出强力的讯号波束，在太空中缓慢地、彻底地过滤着各个方位。

巴尔坐在角落的便床上，耐心地看着迪伐斯工作。他问道：“没有他们的踪迹了吧？”

“帝国的阿兵哥吗？没有。”行商吼道，声音中带着明显的不耐烦，“我们早就把那些王八蛋甩掉了。太空保佑！我们在超空间中盲目跃迁，幸好没有跳进恒星肚子里。即使他们的速度够快，想必也不敢追来，何况他们不可能比我们快。”

他靠向椅背，猛力将衣领扯松。“不知道帝国阿兵哥在这里动了什么手脚。我觉得有些超空间裂隙的排列被搞乱了。”

“我懂了，这么说，你是试图回基地去。”

“我正在呼叫‘协会’——至少一直在试。”

“协会？那是什么组织？”

“就是‘独立行商协会’，你从未听说过，啊？没关系，没听过的人很多。我们还没有做出惊天动地的大事！”

两人沉默了一阵子，盯着毫无动静的收讯指示器，然后巴尔又问：“你在通讯范围内吗？”

“我不知道。对于目前的位置，我只有一点模糊的概念，那是靠盲目推算得来的。这就是我得借助方向控制器的原因。你知道吗，也许要好几年的时间。”

“会不会是那个？”

巴尔指了指显像板；迪伐斯赶紧跳起来调整耳机。在显像板上一团球状昏暗之中，出现一个发光的微小白点。

接下来半小时中，迪伐斯仔细控制着微弱的通讯超波。经由超空间，相隔五百光年的两地能瞬间取得联系；倘若换成“迟缓”的普通光波，必须花上五百年的时间。

然后，他失望地靠在椅背上，抬起头来，把耳机向后一推。

“老学究，我们吃点东西吧。如果你想洗澡，浴室中有针雨淋浴，但热水要省着点用。”

他在舱壁旁一排柜子前蹲下来，伸手往里面掏。“希望你不是吃素的，对吗？”

巴尔答道：“我什么都吃。但是协会联络得怎么样，又中断了吗？”

“似乎如此。距离太远了，实在有点太远了。不过，没关系，我早就通通料到了。”

他站起来，把两个金属容器放到桌上。“老学究，只要等五分钟，然后按下这个接点，它就会自动撕开来。可以用它当盘子，里面除了食物还有叉子——的确是很方便的速食，只要你不介意没有餐巾。我想你一定希望知道，我从协会那里得到什么消息。”

“倘若不是什么秘密。”

迪伐斯摇了摇头。“对你不用保密。里欧思说的都是实情。”

“关于纳贡的事？”

“嗯——嗯。他们的确提议过，但是被拒绝了。现在情况很糟，已经打到洛瑞斯的外围恒星。”

“洛瑞斯离基地很近吗？”

“啊？喔，你不可能知道的。它是当初的四王国之一，可算是内缘防御阵线的一环。但这还不是最糟的。他们所对抗的，是前所未见的巨型星舰。这就代表里欧思并没有向我们吹牛，他的确得到了增援。布洛缀克已经倒向他那边，而我已经把事情搞砸了。”

他一面说，一面按下速食容器外面的开关，并冷眼看着容器灵巧地打开。容器里面是炖熟的食物，舱房中立时弥漫着香气。杜森·巴尔已经开始吃了。

“那么，”巴尔说，“我们别再随机应变了。在这里我们什么也不能做；我们不能突破帝国的防线回到基地；我们唯一能做的，也就是最合理的一件事——耐心等待。然而，倘若里欧思已经攻到内缘阵线，我相信也不需要等太久了。”

迪伐斯放下叉子。“等待，是吗？”他瞪大了眼睛，咆哮道：“对你而言当然没关系，反正你没有任何切身的危险。”

“我没有吗？”巴尔淡淡一笑。

“没有。事实上，我告诉你，”迪伐斯的怒气浮上台面，“我对你这种态度厌烦透了，你把整个事件当成有趣的研究对象，放在显微镜底下仔细观察。可是那里有我的朋友，他们正处于生死关头；那里的整个世界，我的故乡，也正处于存亡之秋。你是个局外人，你不会明白的。”

“我曾经亲眼看着朋友死去。”老人的双手无力地垂在膝盖上，双眼紧紧闭起来，“你结婚了没有？”

迪伐斯答道：“行商是不结婚的。”

“好吧，我有两个儿子，还有一个侄儿。他们都接到我的警告，但是——基于某些原因——他们不能有所行动。你我这次逃出来，等于宣判他们死刑。我希望，至少我的女儿和两个孙儿，在此之前已经平安离开那个世界。即使如此，我所冒的风险以及我的损失，已经比你大得多了。”

迪伐斯恼羞成怒。“我知道，但是你有选择的余地。你仍然可以跟里欧思合作，我从来没有要求你……”

巴尔摇了摇头。“迪伐斯，我并没有选择的余地。你不必良心不安，我并非为了你而牺牲两个儿子。当初我跟里欧思合作，已经豁出了一切。可是没想到会有心灵探测器。”

西维纳老贵族睁开眼睛，目光中流露出深切的悲痛。“里欧思之前找过我一次，那是一年多以前的事。他提到一个崇拜魔术师的教派，却不了解真实内情。严格说来那并不是教派。你知道吗，已经四十年了，西维纳仍然受到无可忍受的高压统治，所以你我的世界有一个共同的敌人。前后发生过五次起义事件，都被镇压下去了。后来，我发现了哈里·谢顿的古老记录——那个‘教派’所等待的，就是其中的预言。

“他们等待‘魔术师’到来，也为这一天作好了准备。我的两个儿子就是这批人的首领。我心中的这个秘密，绝对不能被探测器发现。所以我的儿子必须以人质的身份牺牲；否则他们仍然会被当做叛徒处死，但半数的西维纳人却也会陪葬。你瞧，我根本没有选择的余地！而我也绝对不是局外人。”

迪伐斯垂下眼睑，巴尔继续柔声说：“西维纳唯一的指望，就是基地能够胜利。我的两个儿子，可算是为了基地的胜利而牺牲。当哈里·谢顿推算到基地必然胜利的时候，并未将西维纳必然获救计算在内。对于同胞的命运，我没有什么把握——只是希望而已。”

“可是你仍然愿意在此等待，即使帝国舰队已经打到洛瑞斯。”

“我会怀着百分之百的信心，一直等待下去。”巴尔直截了当地答道，“即使他们登陆了那颗端点星。”

行商无可奈何地皱起眉头。“我不知道。不可能照你说的那样发展；不可能像变魔术那样。不管有没有心理史学，反正他们强大得可怕，而我们太弱了。谢顿又能做些什么呢？”

“什么都不必做。该做的已经做过了，一切仍在进行中。虽然你没有听见鸣金擂鼓，并不代表就没有任何发展。”

“也许吧，但我仍然希望你能把里欧思的脑袋打碎。他一个人比整支军队还要可怕。”

“把他的脑袋打碎？你忘了布洛缀克是他的副总司令？”巴尔的面容顿时充满恨意，“所有的西维纳人都等于是人质，而布洛缀克早就证明了他的厉害。有一个世界，五年前十分之一的男子遭到杀害——只因为他们无法付清积欠的税款。负责征税的，正是这个布洛缀克。不，应该让里欧思活下去。比起布洛缀克，他施加的惩罚简直就是恩典。”

“但是六个月了，整整六个月了，我们都待在敌营，却看不出任何迹象。”迪伐斯粗壮的双手相互紧握，压得指节格格作响，“却看不出任何迹象！”

“喔，慢着。你提醒了我——”巴尔在衣袋中摸索了一阵子，“这个也许有点用处。”他将一个小金属球丢到桌上。

迪伐斯一把抓起来。“这是什么？”

“信囊，就是里欧思被我打晕前收到的那个。这东西能不能算有点用处？”

“我不知道。要看里面装的是什么！”迪伐斯坐下来，将金属球抓在手中仔细端详。

当巴尔洗完冷水浴，又在“空气干燥室”舒舒服服地享受了暖流的吹拂之后，发现迪伐斯正全神贯注、默然不语地坐在工作台前。

西维纳老贵族一面有节奏地拍打自己的身体，一面扯着喉咙问道：“你在干什么？”

迪伐斯抬起头来，他的胡子上粘着许多亮晶晶的汗珠。“我想把这个信囊打开。”

“没有里欧思的个人特征资料，你打得开吗？”西维纳老贵族的声音中带着几分惊讶。

“如果我打不开，我就退出协会，这辈子再也不当船长。我刚才拿三用电子分析仪，详细检查了它的内部；我身边还有些帝国听都没听过的小工具，专门用来撬开各种信囊。你知道吗，我曾经干过小偷。身为行商，什么事都得懂一点。”

他低下头继续工作，拿着一个扁平的小仪器，轻巧地探着信囊表面各处，每次轻触都会带起红色的电花。

他说：“无论如何，这个信囊做得很粗陋。我看得出来，帝国工匠对这种小巧的东西都不在行。看过基地出品的信囊吗？只有这个的一半大，而且能屏蔽电子分析仪的探测。”

然后他屏气凝神，衣服下的肌肉明显地鼓胀起来。微小的探针慢慢向下压……

信囊悄无声息地打开，迪伐斯却大大叹了一口气。他将这个闪闪发光的金属球拿在手中，信笺有一半露在外面，好像是金属球吐出的纸舌头。

“这是布洛缀克写的信，”然后，他又以轻蔑的语气说，“信笺用的还是普通纸张。基地的信囊打开后，信笺在一分钟内就会氧化成气体。”

杜森·巴尔却摆手示意他闭嘴，自己很快读了一遍那封信。

发文者：大帝陛下钦命特使，枢密大臣，帝国高级贵族，安枚尔·布洛缀克

受文者：西维纳军政府总督，帝国星际舰队将军，帝国高级贵族，贝尔·里欧思

谨致贺忱。第一一二〇号行星已放弃抵抗，攻击行动依预定计划继续顺利进展。敌已显见疲弱之势，定能达成预期之最终目标。

看完这些蝇头小字，巴尔抬起头来怒吼道：“这个傻瓜！这个该死的狗官！这算哪门子密函？”

“哦？”迪伐斯也显得有些失望。

“什么都没有提到。”巴尔咬牙切齿地说：“这个只会谄媚阿谀的大臣，现在竟然也扮演起将军的角色。里欧思不在的时候，他就是前线指挥官。他为了自我安慰，拿这些和自己无关的军事行动大做文章，做出这种自大自夸的报告。‘某某行星放弃抵抗’、‘攻击继续进展’、‘敌见疲弱之势’。他简直就是空心大草包。”

“嗯，不过，慢着。等一等——”

“把它丢掉。”老人转过身去，一脸羞愧悔恨的表情。“银河在上，我原本也没有希望它会是多了不起的重要机密。可是在战时，即使是最普通的例行命令，倘若没有送出去，也会使得军事行

动受到干扰，而影响以后的若干局势。我当时正是这么想，才会把它抢走的。可是这种东西！还不如把它留在那里呢。让它耽误里欧思一分钟的时间，也比落在我们手中更有建设性。”

迪伐斯却已经站起来。“看在谢顿的份上，能不能请你闭嘴，暂时不要发表高论？”

他将信笺举到巴尔眼前。“你再读一遍。他所谓的‘预期之最终目标’究竟是什么意思？”

“当然就是征服基地。不是吗？”

“是吗？也许他指的是征服帝国呢。你也知道，他深信那才是最终的目标。”

“果真如此又怎样？”

“果真如此！”迪伐斯的笑容消失在胡子里，“哈，注意啦，让我做给你看。”

迪伐斯只用一根手指，就将那个有着龙飞凤舞标志的信笺塞了回去。伴着一声轻响，信笺立刻消失，而金属球又恢复原状，变成光滑而没有缝隙的球体。在它的内部，还传出一阵零件转动的响声，那是控制装置借着随机转动来搅乱密码锁的排列。

“现在，没有里欧思的个人特征资料，就没有办法打开这个信囊了，对不对？”

“对帝国而言，的确没办法。”巴尔说。

“那么，无论它装着什么证据，我们都不知道，所以绝对假不了。”

“对帝国而言，的确如此。”巴尔又说。

“可是皇帝有办法打开它，对不对？政府官员的个人特征资料一定都已建档。在我们基地，政府就保有官员们的详细资料。”

“帝国首都也有这种资料。”巴尔再度附和。

“那么，当你这位西维纳的贵族，向克里昂二世那位皇帝禀报，说他手下那只最乖巧的鹦鹉，和那头最勇猛的猎鹰，竟然勾结起来密谋将他推翻，并且呈上信囊为证，他对布洛缀克的‘最终目标’会作何解释？”

巴尔有气无力地坐下来。“等一等，我没有搞懂你的意思。”他抚摸着瘦削的脸颊，问道：“你不是要玩真的吧？”

“我是要玩真的。”迪伐斯被激怒了，“听好，先前十个皇帝之中，有九个是被野心勃勃的将军杀头或枪毙的。这是你自己跟我讲了许多遍的事。老皇帝一定立刻会相信我们，令里欧思根本措手不及。”

巴尔细声低语：“他的确是要玩真的！看在银河的份上，老兄，你用这种牵强附会、不切实际、三流小说中的计划，是不可能解决谢顿危机的。假设你从来就没有得到这个信囊呢？假设布洛缀克并未使用‘最终目标’这几个字呢？谢顿不会仰赖这种天外飞来的好运。”

“假如天外真的飞来好运，可没有任何定律阻止谢顿善加利用它。”

“当然，可是……可是……”巴尔突然打住，然后以显然经过克制的镇定口吻说：“听好，首先，你要怎样到达川陀？你不知道那颗行星在太空中的位置，我也根本不记得它的坐标，更别提星历表了。甚至连你身在太空何处，你都还搞不清楚呢。”

“你是不会在太空中迷路的，”迪伐斯咧嘴一笑，他已经坐到控制台前，“我们立刻登陆最近的行星，等我们回到太空的时候，就会把我们的位置弄得明明白白，还会带着最好的宇航图，布洛缀克给我的十万信用点会很有用处。”

“此外，我们的肚子还会被射穿一个大洞。帝国这一带的星空，每颗行星一定都知道我们长什么样子。”

“老学究，”迪伐斯耐着性子说，“你别那么天真好不好。里欧思说我的太空船投降得太容易了，哈，他并不是在说笑。这艘船拥有足够的火力，防护罩也有充足的能量，在这个边区星空不管遇到任何敌人，我们都有能力应付。此外，我们还有个人防护罩。帝国的阿兵哥一直没有发现，但你要知道，那是因为我不要让他们找到。”

“好吧，”巴尔说，“好吧。假设你到了川陀，你又如何能见到大帝？你以为他随时恭候大驾吗？”

“这一点，等我们到了川陀再担心吧。”迪伐斯说。

巴尔无奈地喃喃道：“好吧，好吧。我也一直希望死前能去川陀看看，已经想了半个世纪。就照你的意思做吧。”

超核能发动机立刻启动。舱内的灯光变得闪烁不定，两人体内也感觉到轻微抽搐，代表他们已经进入超空间。

09

川陀

群星如同荒野间的杂草一般浓密，而拉珊·迪伐斯直到现在才发现，在计算超空间的航线时，小数点以下的数字有多么重要。由于需要进行许多次一光年内的跃迁，令他们感到强烈的压迫感。如今，四面八方都是闪耀的光点，又带来一种诡异的恐惧感。太空船仿佛迷失在一片光海中。

前方出现一个由万颗恒星组成的疏散星团，光芒扯裂了周围黑暗的太空。帝国的巨大首都世界“川陀”就藏在那个星团的中央。

川陀不只是一颗行星，还是银河帝国二千万个星系的心脏。它唯一的功能就是行政管理，唯一的目的就是统治帝国，唯一的产物就是法律条文。

整个川陀世界的机能呈畸形发展。表面上仅存的生物是人类、人类的宠物与人类的寄生虫。除了皇宫周围一百平方英里之外，找不到一根小草或一块裸露的土壤。在皇宫范围之外的地方，也看不到任何天然水源，因为这个世界所需的一切用水，全储藏在巨大的地下蓄水池中。

整个行星覆盖着不会损坏、不会腐蚀且闪闪发光的金属外壳，作为无数巨大金属建筑的地基。这些星罗棋布的金属建筑物，相互间藉由通道或回廊联系，里面分割成大小不一的机关部门；底层是占地数平方英里的大型零售中心，顶楼则是五光十色的游乐场所，每到晚上就会热闹非凡。

走过一个接一个的金属建筑，即可环游川陀世界各个角落，根本不必离开这些建筑群，却也没有机会俯瞰这座城市。

为了供应川陀四百亿人口所需的粮食，每天都有庞大的太空船队起降，数量超过帝国有史以来任何一支星际舰队。川陀居民消耗这么多的粮食，他们唯一能做出的回报，就是帮助这个人类有史以来最庞杂的政府的行政中心，处理来自银河各处的无数疑难杂症。

川陀有二十个农业世界作为它的谷仓，而整个银河都是它的仆人……

太空商船两侧被巨大的金属臂紧紧夹住，缓缓地经由斜坡滑向船库。在此之前，迪伐斯已经耐着性子办好了许多繁杂琐碎的手续。这个世界唯一的功能便是生产“一式四份”的公文，各种手续的复杂程度可想而知。

他们还在太空的时候，就被拦下来进行初步检查，填好了一张问卷表格。但他们绝对想不到，之后还有上百张表格有待填写。他们接受了上百次的盘问，以及例行的初级心灵探测。海关还为他们的太空船拍照存档，并为两人做个人特征分析，然后详细记录下来并存档。接着是搜查违禁品与私货，缴交关税……最后的一关，是检查两人的身份证件与游客签证。

杜森·巴尔是西维纳人，因此是帝国的百姓，迪伐斯却没有必备的证件，因而变得来历不明。负责询问他们的海关官员，立时露出万分悲伤的表情，表示不能让迪伐斯入境。事实上，他还将遭到扣押，接受正式的调查。

突然间，一张崭新的、由布洛缀克大人领地担保的一百信用点钞票，出现在海关官员眼前，并且悄悄被易手。官员装模作样地轻咳一声，悲伤的表情随即消失。他从某个文件格中掏出一张表格，熟练而迅速地填写完毕，并将迪伐斯的个人特征郑重其事地附在后面。

在表格上，行商与老贵族的居住地都是“西维纳”。

而在太空船库中，他们的太空船被安置在一角，照相存档、记录相关资料、清点内部物品、复印乘客的身份证明，然后缴交手续费，做好缴清费用的记录，这才终于领到收据。

不久之后，迪伐斯来到一个巨大的天台，耀眼的白色太阳高挂在头顶。天台上有许多妇女在谈天，许多儿童在嬉戏，男士们则懒洋洋地一面喝着酒，一面听着巨型电视幕中高声播报的帝国新闻。

巴尔走进一间新闻传播室，付了足够的铱币，从一堆报纸中取走最上面的一份。他买的是川陀的《帝国新闻报》，亦即帝国政府的机关报。新闻传播室后面传出印刷机轻微的噪音，那是正在赶印更多的报纸。帝国新闻报总社离此地很远——地面距离一万英里；空中距离六千英里，但是由于印刷机与总社直接联线，所以能够实时印制最新的新闻。在这颗行星上各个角落，类似的新闻传播室共有上千万，每间皆以这种方式印制实时新闻。

巴尔看了看报纸的标题，然后轻声说：“我们应该先做什么？”

迪伐斯正在尽力摆脱沮丧的情绪。如今他置身于一个距离故乡极为遥远的世界，这个世界令他眼花缭乱、心情沉重，居民的行为与语言也都是他无法理解的。而在他身旁，耸立着无数闪耀金属光泽的高大建筑，一直延伸到地平线的尽头，也令他有很大的压迫感。在这个由整个行星所构成的大都会中，人人过着忙碌而疏离的生活，这又使他感到可怕的孤独，体认到自己的微弱与渺小。

他回答说："老学究，现在最好一切由你做主。"

巴尔显得很镇定，低声说道："我曾经试图告诉你这里的情形，可是我知道，倘若没有亲眼见到，很多事情你是不会相信的。你知道每天有多少人想觐见大帝吗？大约一百万。你知道他接见多少吗？大约十个人。我们得先向政府机关提出申请，而这样做非常麻烦。可是我们又请不起贵族帮忙。"

"我们的十万信用点，几乎都还没有动用。"

"一个帝国高级贵族就能吃掉那么多钱，可是想要见到大帝，至少得透过三四个高级贵族牵线。而另一个途径，大约需要找五十个局长、主任之类的行政长官，但是他们大概每人只收100信用点。让我来负责跟他们交涉。原因之一，他们听不懂你的口音；原因之二，你也不懂帝国的贿赂文化。我向你保证，这可是一门艺术。哎呀！"

在《帝国新闻报》第三版，巴尔发现了他想要找的消息，赶紧将报纸递给迪伐斯。

迪伐斯读得很慢。报上的遣词用字很陌生，但他至少还读得懂。然后，他抬起头来，眼神中充满不安，还气呼呼地用手背拍着报纸。"你认为这种消息可靠吗？"

"在某个限度之内。"巴尔冷静地回答，"上面说基地的舰队已被扫平，这是很不可能的事。这个首都世界距离前线那么远，若是当成普通的战地新闻来处理，他们可能已经把这则新闻报了好几遍。它真正的意思，我想是指里欧思又赢了一场战役，这并不值得大惊小怪。上面说他拿下洛瑞斯，是不是指洛瑞斯王国的首都行星？"

“是的，”迪伐斯沉思了一下，“或者应该说，是历史上的洛瑞斯王国。它距离基地还不到二十秒差距。老学究，我们的动作得快一点。”

巴尔耸耸肩。“在川陀可快不得。如果你想快，很可能就会死在核铳之下。”

“需要多久的时间呢？”

“运气好的话，一个月吧。一个月的时间，再赔上我们的十万信用点——如果够用的话。这还需要有个前提，那就是大帝没有突然心血来潮，移驾到避暑行星去，他在那里不会接见任何请愿者。”

“可是基地——”

“——会安然无事的，就像之前一样。来，我们该解决晚餐问题了，我好饿。吃完饭之后，傍晚这段时间可以好好利用一下。你该知道，此后我们再也见不到川陀或是类似的世界了。”

外围星省内政局长摊开两只肥胖的手掌，露出一副爱莫能助的表情，还用猫头鹰似的近视眼瞪着两位申请者。“两位，可是大帝御体欠安。实在不必再去麻烦我的上司了。一周以来，大帝陛下没有接见过任何人。”

“他会接见我们的。”巴尔装着一副胸有成竹的样子，“只要告诉大帝，我们是枢密大臣的手下。”

“不可能。”局长高声强调，“这么做，我会连饭碗都砸掉。这样吧，请你们把来意说得更明白一点。我很乐意帮你们，懂吧，但我自然要知道得很详细，才能向我的上司提出来，请他做进一步的考虑。”

“假如我们的来意可以透露给任何人，而不是只能禀报大帝，”巴尔振振有词地说，“那就没什么重要性，我们也就根本不必觐见大帝陛下。我建议你把握住这个难得的机会。也许我该提醒你，如果大帝陛下认定我们的事情很重要，其实我保证一定会，那么你必定会因此获得嘉奖。”

“没错，可是……”局长耸了耸肩，没有再说下去。

“这是你的大好机会。”巴尔再度强调，“当然，冒险总该得到回报。我们知道要请你帮的是个大忙，而你肯给我们这个机会向你解释我们的问题，我们已经万分感激你的好意。但是如果能让我们有一点实际的表示……”

迪伐斯皱起了眉头。过去的这一个月，类似的话他已经听了有二十遍。而每次的结局，一律是在遮遮掩掩中，有几张钞票迅速易手。但是这次的结局稍有不同。通常钞票会立刻从视线中消失；这回却仍然留在台面上，局长好整以暇地一张张数着，还顺便把每张钞票翻来覆去检查了一遍。

他的口气起了微妙的变化。“由枢密大臣担保，啊？真是好钞票！”

“让我们回到正题……”巴尔催促道。

“不，等一等，”局长打断了巴尔，“让我们一步一步来。我实在很想知道你们真正的来意。这些钱都是新钞，而你们口袋里一定装了不少，因为我突然想到，你们来见我之前，已经见过许多官员。好了，这究竟是怎么回事？”

巴尔答道：“我不明白你这话是什么意思。”

“唉，听好了，这也许就能证明你们是非法入境本星的。因为这位不说一句话的朋友，他的身份证明和入境表格显然不完整，他根本不是大帝的子民。”

“我否认。”

"你否认也不要紧，"局长的态度突然变得粗暴，"那个拿了你们一百信用点、在他的入境表格上签字的海关已经招供了，所以我们对你们两人的了解，要比你们想象中多得多。"

"大人，如果你是在暗示，我们请你收下的钱，还不足以让你冒这个险……"

局长微微一笑。"正好相反，简直太够了。"他将那叠钞票丢在一边，"回到我刚才的话题，其实是大帝自己注意到了你们的案子。两位先生，你们是不是最近当过里欧思将军的座上客？你们是不是刚从他的军队里逃出来，可是，说得婉转点，实在太容易了？你们是不是拥有一小笔财富，全是由布洛缀克大人领地所担保的钞票？简单地说，你们是不是两名间谍和刺客，被派到这里来……好了，你们自己说，是谁雇用你们，任务又是什么！"

"你知道吗，"巴尔带着怒意说，"你只是个小小的局长，没有权力指控我们犯了任何罪。我们要走了。"

"你们不准走。"局长站了起来，眼睛似乎不再近视，"你们现在不必回答任何问题，以后有的是机会——更好的机会。我根本不是什么局长，而是帝国秘密警察的一名副队长。你们已经被捕了。"

他微微一笑，手中突然出现一把亮晶晶的高性能核铳。"比你们更重要的人物，今天也已经被捕了。我们要把你们一网打尽。"

迪伐斯大吼一声，想要拔出自己的核铳，可惜慢了一步。那名秘密警察一面绽开笑容，一面使劲按下扳机。铳口立刻吐出强力射线，正中迪伐斯的胸膛，迸发出一阵毁灭性的烈焰——迪伐斯却完全没有受伤，个人防护罩将所有的能量反弹回去，溅起一片闪烁的光雨。

迪伐斯立刻还击，秘密警察的上半身瞬间消失，头颅随即滚落地面。墙壁也被打穿一个洞，一束阳光射进屋内，正好照在那个依然微笑的头颅上。

两人赶紧从后门溜走。

迪伐斯用粗哑的声音吼道："赶快回到太空船去，他们随时会发布警报。"他又压低了声音，恶狠狠地咒骂："又一个计划弄巧成拙。我敢打赌，一定是宇宙邪灵在跟我过不去。"

冲到外面之后，他们发现巨型电视幕前已经围了一群人在交头接耳。他们没有时间停下来弄明白；虽然听到断断续续的吼叫声，也顾不得发生了什么事。但在钻进巨大的太空船库之前，巴尔顺手抓了一份《帝国新闻报》。迪伐斯开炮将顶棚打穿一个大洞，便仓皇地驾着太空船从洞口升空。

"你逃得掉吗？"巴尔问道。

他们的太空船跳脱了由无线电波导航的合法离境航线，速度超过了一切速限。有十艘交通警察的太空船紧追在后，其后更有秘密警察的星舰——他们的目标是一艘外型明确的太空船，由两名已被确认的凶手所驾驶。

"看我的。"迪伐斯说完，便在川陀上空两千英里处硬生生切入超空间。由于此处的重力场太强，这个跃迁令巴尔陷入昏迷状态，迪伐斯也由于剧痛而感到一阵晕眩。好在飞过几光年之后，就没有其他太空船的踪迹了。

对于太空商船的精彩表现，迪伐斯的骄傲溢于言表。他说："无论在哪里，都没有任何帝国星舰追得上我。"

然后，他改用苦涩的口气说："可是我们现在已经走投无路，又无法和他们那么强大的势力为敌。谁能有办法？又有什么办法？"

巴尔在便床上无力地挪动着。切入超空间的生理反应还没有消退，他全身各处的肌肉仍然疼痛不堪。他说："谁也不必做什么，一切都结束了。你看！”

他把紧捏在手中的《帝国新闻报》移到迪伐斯眼前，行商看到标题就明白了。

“里欧思和布洛缀克——召回并下狱。”迪伐斯喃喃念道，然后又茫然地瞪着巴尔。“为什么？”

“报道中并没有提到，但是这又有什么关系？帝国征伐基地的战争已经结束，与此同时，西维纳也爆发了革命。你仔细读一读这段新闻。”巴尔的声音愈来愈小，“我们找些地方停下来，打探一些后续的发展。如果你不介意，现在我想睡觉了。”

他真的呼呼大睡起来。

借着一次比一次幅度更大的连续跃迁，太空商船横越银河，一路向基地的方向进发。

10

终战

拉珊·迪伐斯感到浑身不自在，甚至有点不高兴。刚才市长颁赠一枚挂在红色缎带上的勋章给他时，他以世故的沉默忍受着市长浮夸的言辞。受勋后，他在这个典礼中的演出就结束了，可是为了顾及礼仪，他当然不得不留在原地。这些繁琐的虚礼令人难以忍受，他既不敢大声打哈欠，又不能把脚抬到椅子上晃荡，所以他巴不得赶快回到太空，那里才是他的天地。

接着，由杜森·巴尔所率领的西维纳代表团在公约上签字，西维纳从此加入基地体系。从帝国的政治势力脱离，直接转移到基地的经济联盟，西维纳是首开先例的第一个星省。

五艘帝国的主力舰掠过天空——它们原本属于皇家边境舰队，是西维纳起义中的战利品。在通过市区时，五艘硕大的星舰一齐发出巨响，向地面的贵宾致敬。

大家开始饮酒狂欢，高声交谈……

迪伐斯听到有人叫他，那是弗瑞尔的声音。迪伐斯心知肚明，像自己这种角色，弗瑞尔一上午的利润就能买到二十个。可是弗瑞尔竟然表现得万分亲切，对他弯了弯手指，示意请他过去。

于是迪伐斯走到阳台，沐浴在夜晚的凉风中。他恭敬地鞠躬行礼，将愁眉和苦脸藏在胡子底下。巴尔也在那里，他带着微笑说："迪伐斯，你得救救我。他们硬要说我过分谦虚，这个罪名实在太可怕又太诡异了。"

弗瑞尔把咬在嘴里的粗雪茄拿开，然后说："迪伐斯，巴尔爵爷竟然坚称，里欧思会被皇帝召回，和你们去川陀这件事并没有关系。"

"阁下，完全没有关系。"迪伐斯简单明了地回答，"我们根本没有见到那个皇帝。我们逃回来的时候，沿途打探那场审判的消息，根据那些报道，这纯然是罗织罪名。我们还听到很多传闻，说那个将军和宫廷中有意谋反的党派勾结。"

"那么他是无辜的吗？"

"里欧思？"巴尔插嘴道，"是的！银河在上，他是无辜的。布洛缀克虽然在各方面都算是叛徒，但这次的指控却是冤枉他了。这是一场司法闹剧，却是必然发生的闹剧，不难预测，而且不可避免。"

"我想，是由于心理史学的必然性吧。"弗瑞尔故意把这句话说得很大声，表示他很熟悉这些术语。

"一点都没错。"巴尔的态度转趋严肃，"事先难以看透，可是事情结束之后，我就能……嗯……就像在书本末页看到谜底一样，问题变得很简单了。现在，我们可以了解，由于帝国当前的社会背景，使它无法赢得任何一场征战。当皇帝软弱无能的时候，将军们会蠢蠢欲动，为了那个既无聊又必然招祸的帝位，搞得整个帝国四分五裂。假如皇帝大权在握，帝国便会麻痹僵化，虽然暂时阻止表面上的瓦解趋势，却牺牲了一切可能的成长和发展。”

弗瑞尔一面吞云吐雾，一面直率地吼道：“巴尔爵爷，你说得不清不楚。”

巴尔缓缓露出笑容。“我也这么认为。我没有受过心理史学的训练，所以会有这种困难。和数学方程式比较起来，语言只是相当含糊的替代品。不过，让我们想想——”

巴尔陷入沉思，弗瑞尔趁机靠在栏杆上休息，迪伐斯则望着天鹅绒般的天空，心中遥想着川陀。

然后巴尔开始说：“阁下，你瞧，你——以及迪伐斯——当然还有基地上每一个人，都认为想要击败帝国，首先必须离间皇帝和他的将军。你和迪伐斯，还有其他人其实都没错——在考虑内部不和这个原则上，这种想法始终是正确的。

“然而，你们所犯的错误，在于认为这种内在的分裂，必须源自某种个别的行动，或是某人的一念之间。你们试图利用贿赂和谎言；你们求助于野心和恐惧。但是你们吃尽苦头，最后还是白忙一场。事实上，每一次的尝试，反而使得情势看起来更糟。

“这些尝试，就像是你在水面上拍击出的涟漪，而谢顿的巨浪则继续向前推进，虽悄无声息，却势不可当。”

杜森·巴尔转过头去，目光越过栏杆，望向举市欢腾的灯火。他又说：“有一只幽灵之手在推动我们每个人——英武的将军、伟大的皇帝、我们的世界和你们的世界——那就是哈里·谢顿的手。他早就知道里欧思这种人会失败，因为他的成功正是失败的种籽；而且愈大的成功，便会导致愈大的失败。”

弗瑞尔冷淡地说：“我还是认为你说得不够清楚。”

"耐心听下去。"巴尔一本正经地说，"让我们想想看。任何一个无能的将军，显然都无法对我们构成威胁。而当皇帝软弱昏庸时，能干的将军同样不会威胁到我们，因为有更有利的目标，会吸引他向内发展。历史告诉我们，过去两个世纪，四分之三的皇帝都出身于叛变的将军或总督。

"所以只剩下一种组合，只有强势的皇帝加上骁勇的将军才能威胁到基地的安全。因为想拉下一个强势皇帝并不容易，骁勇的将军只好越过帝国的疆界向外发展。

"可是，强势皇帝又如何维持强势呢？是什么在维持着克里昂的强势领导？这很明显。他不允许文臣武将能力太强，所以能够唯我独尊。假如某个大臣太过富有，或是某个将军太得人心，对他而言都是危险。帝国的近代史足以证明，凡是明白这一点的皇帝都能变成强势皇帝。

"里欧思打了几场胜仗，皇帝便起疑了。当时所有的情境都令他不得不起疑。里欧思拒绝了贿赂？非常可疑，可能另有所图；他最宠信的大臣突然支持里欧思？非常可疑，可能另有所图。

"并非哪些个别行动显得可疑，任何行动都会使他起疑——因此我们的计划全都没有必要，而且徒劳无功。正是里欧思的成功使他显得可疑，所以他被召回，被指控谋反，被定罪并遭到杀害。基地又赢得了一次胜利。

"懂了吧，无论是哪种可能的组合，都能保证基地是最后的赢家。不论里欧思做过些什么，也不论我们做过些什么，这都是必然的结局。"

基地大亨听到这里，若有所悟地点了点头。"很有道理！可是如果皇帝和将军是同一人呢。嘿，这时又会如何？你并没有讨论到这种情况，所以还不能算证明了你的论点。"

巴尔耸耸肩。“我无法‘证明’任何事，我没有必要的数学工具。但是我能请你做一点推理。如今的帝国，所有的贵族、所有的强人，甚至所有的江洋大盗都在觊觎帝位——而历史告诉我们，成功的例子屡见不鲜——即使是一个强势皇帝，假如他太过关心发生在银河尽头的战事，又会带来什么后果呢？在他离开首都多久之后，就会有人另竖旗帜兴起内战，逼得他非得班师回朝不可？就帝国目前的社会环境而言，这种事很快就会发生。

“我曾经告诉里欧思，即使帝国所有的力量加起来，也不足以摇撼哈里·谢顿的幽灵之手。”

“很好！很好！”弗瑞尔显得极为高兴，“你的意思是说，帝国永远不可能再对我们构成威胁。”

“在我看来的确如此。”巴尔表示同意，“坦白说，克里昂很可能活不过今年，然后，几乎必然又会爆发继位的纷争，而这可能意味着帝国的‘最后’一场内战。”

“那么，”弗瑞尔说，“再也不会有任何敌人了。”

巴尔语重心长地说：“还有第二基地。”

“在银河另一端的那个？几个世纪内还碰不到呢。”

此时，迪伐斯突然转过头来，面色凝重地面对着弗瑞尔。“也许，我们的内部还有敌人。”

“有吗？”弗瑞尔以冷淡的口气问道：“什么人？请举个例子。”

“例如，有些人希望将财富分配得公平一点，更希望辛勤工作的成果不要集中到几个人手中。懂我的意思吗？”

弗瑞尔眼中的轻蔑渐渐消失，现出和迪伐斯一样的愤怒眼神。

第二篇

骡

骡：……银河历史中的众多重要人物，要数“骡”的生平最为隐晦。即使他最出名的那段时期，也几乎只能透过其对手的观点来了解他，其中又以一位年轻新娘的观点最具权威……

——《银河百科全书》

11

新娘与新郎

贝泰对赫汶恒星的第一印象是一点也不壮观。她的先生说过——它是位于虚空的银河边缘，一颗毫无特色的恒星。它比银河尽头任何一个稀疏的星团都要遥远；虽然那些星团发出的光芒稀稀落落，赫汶恒星却更为黯淡无光。

杜伦心里很明白，以这颗“红矮星”作为婚姻生活的前奏曲，实在是太过平凡无趣。所以他撅着嘴，显得有些不好意思。“贝，我也知道——这并不是个很适宜的改变，对不对？我的意思是，从基地搬到这里。”

“杜伦，简直是可怕的改变。我真不该嫁给你。”

他脸上立时露出伤心的表情，而在尚未恢复之前，她就以特有的“惬意”语调说：“好啦，小傻瓜。赶紧把你的下唇拉长，装出你独有的垂死天鹅状——你每次把头埋到我的肩膀之前，总会现出那种表情；而我就会抚摸你的头发，摩擦出好多静电。你想引诱我说些傻话，是不是？你希望我说：‘杜伦，不论天涯海角，只要和你在一起，我就永远幸福快乐！’或者说：‘亲爱的，只要和你长相厮守，即使在星际间的深邃太空，我也觉得有家的温暖！’你承认吧。”

她伸出一根手指头指着他，在他作势欲咬时，又赶紧把手缩回去。

他说：“如果我认输，承认你说得都对，你是不是就会准备晚餐？”

她心满意足地点点头。他回报一个微笑，目不转睛地望着她。

在别人眼中，她并不能算绝代美女——他自己也承认——即使人人都会多看她一眼。她的直发有些单调，却乌黑而亮丽；嘴巴纵使稍嫌大些，但是她有一对致密的柳眉，衬托出其上白皙稚嫩、毫无皱纹的额头，以及其下那双笑起来分外热情的琥珀色眼睛。

她的外表看来十分坚强刚毅，似乎对人生充满务实、理性、择善固执的态度，不过在她内心深处，仍然藏有小小的一潭温柔。倘若有谁想要强求，一定会无功而返；只有最了解她的人，才知道应该如何汲取——最要紧的是绝不能泄漏这个意图。

杜伦随手调整一下控制台上的按键，决定先稍事休息。还要再做一次星际跃迁，然后“直飞”数个毫微秒差距之后，才需要进行人工飞行。他靠在椅背上向后望去，看到贝泰在储藏室，正在选取食品罐头。

他对贝泰的态度可说是沾沾自喜——过去三年来，他一直在自卑情结的边缘挣扎，如今的表现，只是一种心甘情愿的敬畏，象征着他的骄傲与胜利。

毕竟他只是个乡巴佬——非但如此，他的父亲还是一名叛变的行商。而她则是道道地地的基地公民——非但如此，她的家世还能直溯马洛市长。

基于这些因素，杜伦心里始终有些忐忑。将她带回赫汶，住在岩石世界的洞穴都市里，本身就是很糟的一件事。更糟的是，还得让她面对行商对基地（以及漂泊者对都市居民）的传统敌意。

无论如何——晚餐过后，进行最后一次跃迁！

赫汶恒星本身是一团火红的猛烈光焰，而它的第二颗行星表面映着斑驳的红色光点，周围是一圈迷蒙的大气，整个世界有一半处于黑暗。贝泰靠在巨大的显像台前，看着上面蛛网般交错的坐标曲线，赫汶二号不偏不倚位于坐标正中心。

她以严肃的口气说："我真希望当初先见见你父亲。假如他不喜欢我……"

"那么，"杜伦一本正经地说，"你会是第一个让他讨厌的美女。在他尚未失去一条手臂，还在银河各处浪迹天涯的时候，他……算啦，如果问他这些事，他会对你滔滔不绝，直到你的耳朵长茧。后来，我觉得他不断在添油加醋，因为同样一个故事，他每次的讲法都不同……"

现在赫汶二号已经迎面扑来。在他们脚下，内海以沉重的步调不停旋转，青灰色海面在稀疏的云层间时隐时现。还有崎岖嶙峋的山脉，沿着海岸线延伸到远方。

随着太空船更接近地表，海面开始呈现波浪的皱褶。当他们在地平线尽头转向时，又瞥见拥抱着海岸的众多冰原。

在激烈的减速过程中，杜伦以含糊的声音问："你的太空衣锁紧了吗？"

这种贴身的太空旅行衣，不但内部具有加温装置，其中的发泡海绵还能抵抗加速度的作用。贝泰丰腴的脸庞已被压挤得又红又圆。

在一阵叽嘎响声之后，太空船降落在一个没有任何隆起的开阔地上。

两人好不容易才从太空船爬出来，四周是伸手不见五指的黑暗，这是“外银河”夜晚的特色。冷风在旷野中打着转，一股寒意陡然袭来，令贝泰倒抽一口凉气。杜伦抓住她的手肘，两人跌跌撞撞地跑过平整的广场，朝远方漏出一线灯光的方向跑去。

半途就有数名警卫迎面而来，经过几句简单的问话，警卫便带着两人继续向前走。岩石闸门一开一关之后，冷风与寒气便消失了。岩洞内部有壁光照明，既暖和又明亮，还充满嘈杂鼎沸的喧闹声。杜伦掏出证件，让坐在办公桌后面的海关人员一一查看。

海关只瞄了几眼，就挥手让他们继续前进。杜伦对妻子耳语道：“爸爸一定先帮我们打点过，通常得花上五个钟头才能出关。”

他们穿出岩洞后，贝泰突然叫道：“喔，我的天……”

整个洞穴都市明亮如白昼，仿佛沐浴在年轻的太阳下。当然，这里并非真有什么太阳。本来应该是天空的地方，充满着弥散的明亮光芒。温暖的空气浓度适中，还飘来阵阵绿叶的清香。

贝泰说：“哇，杜伦，这里好漂亮。”

杜伦带着心虚的欢喜，咧嘴笑了笑。“嗯，贝，这里和基地当然一切都不一样，但它却是赫汶二号最大的城市——你知道吗，有两万居民——你会喜欢上这里的。只怕此地没有游乐宫，但也没有秘密警察。”

“喔，杜，它简直像是个玩具城市。放眼望去不是白色就是粉红——而且好干净。”

“是啊。”杜伦陪着她一起瞭望这座城市。建筑物大多只有两层楼高，都是用本地出产的平滑矿石建成。这里没有基地常见的尖顶建筑，也看不见“旧王国”那种庞大密集的社区房舍——有的只是各具特色的小型住家；在泛银河的集体生活型态中，表现出当年个人主义的遗风。

此时杜伦突然叫道："贝——爸爸在那里！就在那里——小傻瓜，看我指的那个方向。你看不见他吗？"

她的确看到了。在她看来，那只是一个高大的身影，正疯狂地挥着手，五指张开，好像在空气中猛抓些什么。不久之后，一阵巨雷般的吼叫声传了过来。于是贝泰尾随着丈夫，冲过一大片仔细修剪过的草坪。她又看到另一个小个子，那人满头白发，几乎被身旁高大的独臂人完全遮住。而那独臂人仍然挥着手，仍然大声叫着。

杜伦转头喊道："那是我父亲的同父异母兄弟。你知道的，就是到过基地的那位。"

他们四人在草坪上会合，又说又笑乱成一团。最后，杜伦的父亲发出一声兴奋的高呼。然后他拉了拉短上衣，调整了一下镶有金属浮雕的皮带，那是他唯一愿意接受的奢侈品。

他的目光在两个年轻人身上来回游移，然后，他带着轻微的喘息说："孩子，你实在不该挑这个烂日子回来！"

"什么？喔，今天是谢顿的生日吧？"

"没错。所以我只好租一辆车，硬逼着蓝度开到这里来。今天这种日子，即使拿枪也无法挟持公共交通工具。"

现在他的目光凝注在贝泰身上，没有再移开了。他以最温和的口气对她说："我这里有你的水晶像——虽然很不错，但是我敢说，拍摄那个水晶像的人只有业余水准。"

他从上衣口袋掏出一个小小的透明立方体。在光线照耀下，里面出现一个彩色的、栩栩如生的笑脸，活脱是个微型的贝泰。

"那个啊！"贝泰说，"我想不通，杜伦为什么会寄那种可笑的东西给您。爸爸，您还肯认我这个媳妇，真令我惊讶。"

"是吗？叫我弗南就好了，我不喜欢那些虚伪的礼数。因此，我想你可以挽着我的手，我们一起走到车位去。在此之前，我一直认为我的孩子没什么眼光。但我想我会改变这个看法，我想我必须改变这个看法。”

杜伦轻声问他的叔叔说：“这些日子我的老头过得如何？他还有没有继续猎艳？”

蓝度微微一笑，带起满脸的皱纹。“杜伦，只要情况允许，他是照追不误。有些时候，当他想起下一个生日是六十大寿，就不禁会垂头丧气。不过他只要大吼几声，驱散这个可怕的想法，就会恢复往日的雄风。他是一个典型的老式行商。可是你呢，杜伦，你又是在哪里找到这么标致的老婆？”

年轻人两手抱在胸前，咯咯笑了起来。“叔叔，你要我把三年的追求史一口气说完吗？”

回到家后，在小小的起居室中，贝泰吃力地脱下连帽的太空旅行衣，让头发自然垂下。然后她坐下来，双腿交叉，迎接着红脸大汉向她投注的欣赏目光。

她说：“我知道您在试着估量什么，就让我告诉您吧。年龄：二十四岁。身高：五英尺四英寸。体重：一百一十磅。主修科目：历史。”贝泰注意到，他总是喜欢侧身站立，以便掩饰那只失去的手臂。

可是此时弗南却向她靠近，并说：“既然你提到了——体重应该是一百二十磅。”

当她面红耳赤之际，他则纵声哈哈大笑。然后，他转向大家说：“根据女人的上臂，就能精确估计她的体重——当然，这需要足够的经验。贝，你想喝点酒吗？”

“我还想要点别的。”说完，她就跟着弗南离开客厅，杜伦则忙着在书架旁翻找新书。

不久弗南独自回来，说道：“她等一下就会下来。”

他将庞大的身躯重重塞进角落的那张大椅子，再将关节硬化的左腿搁到面前的凳子上。杜伦转头面向着他，刚才的笑容已从他的红脸消失了。

弗南说：“很好，孩子，你回家了，我很高兴你能回来。我喜欢你的女人，她不像爱哭爱闹的绣花枕头。”

“我和她结婚了。”杜伦直截了当地说。

“嗯，孩子，那又完全另当别论。”他的眼神变得阴郁，“将自己的未来绑死，实在是个不智之举。我比你多活好些年，比你更有经验，就从来不干这种傻事。”

蓝度原本站在角落一言不发，此时突然插嘴道：“拜托，弗南萨特，你怎么打这种比方？在你六年前迫降失事之前，你没有在任何地方住得够久，从未达到能够结婚的法定期限。而你出事后，又有谁要嫁给你呢？”

独臂老人从椅子上一跃而起，怒气冲冲地答道：“多得很，你这满头白发的老糊涂……”

杜伦发挥急智，说道：“爸爸，这主要是个法律形式。这样子会有许多方便。”

“主要是方便了女人。”弗南忿忿不平地说。

“即使如此，”蓝度附和道，“仍然应该让孩子来决定。对基地人而言，婚姻是一种古老的风俗。”

“基地人的作风，不值得老实的行商仿效。”弗南一肚子怨气。

杜伦又插嘴道：“我的妻子就是基地人。”他轮流看了看父亲与叔父，然后悄声说：“她回来了。”

晚餐后，话题有了很大的转变。弗南为了替大家助兴，讲了三个亲身的经历，其中血腥、女人、生意和自夸的比重各占四分之一。客厅中的小型电视幕一直开着，播出的是一出古典戏剧，不过音量调得很小，根本没有人看。现在蓝度坐在长椅上，换了一个更舒服的姿势，他透过长烟斗徐徐冒出的烟，看着跪坐在柔软的白色皮毛毯上的贝泰。这条皮毛毯是很久以前一次贸易任务中带回来的，只有在最重要的场合才会铺起来。

“姑娘，你读的是历史？”他以愉快的口气问贝泰。

贝泰点点头。“我是个让师长头疼的学生，不过终究学到一点皮毛。”

“她拿过奖学金，”杜伦得意洋洋地说，“如此而已！”

“你学到些什么呢？”蓝度随口追问。

“五花八门，怎么样？”女孩哈哈大笑。

老人淡淡一笑。“那么，你对银河的现状有什么看法？”

“我认为，”贝泰简单明了地说，“另一个谢顿危机即将来临——倘若这个危机不在谢顿算计之中，谢顿计划就失败了。”

“唔，”弗南在角落喃喃道，“怎么可以这样说谢顿。”不过他并没有大声说出来。

蓝度若有所思地吸着烟斗。“是吗？你为何这么说呢？你知道吗，我年轻的时候去过基地，我自己也曾经有过很富戏剧性的想法。可是，你又是为何这么说呢？”

“这个嘛——”贝泰陷入沉思，眼神显得迷蒙。她将裸露的脚趾勾入柔软的白色皮毛毯中，用丰腴的手掌托着尖尖的下巴。“在我看来，谢顿计划的主要目的，是要建立一个比银河帝国更好的新世界。银河帝国的世界在三个世纪前，也就是谢顿刚刚建立基地的时候，就开始逐渐土崩瓦解——假如历史的记载属实，那么令帝国瓦解的三大弊病，就是惰性、专制，以及天下的财货分配不均。”

蓝度缓缓点着头，杜伦以充满骄傲的眼神凝视着妻子，坐在角落的弗南则发出几声赞叹，小心翼翼地帮自己再斟了一杯酒。

贝泰继续说：“假如关于谢顿的记载都是事实，那么他的确利用心理史学的定律，预见了帝国全面性的崩溃，又预测到必须经过三万年的蛮荒期，才能建立一个新的第二帝国，使人类的文化和文明得以复兴。而他毕生心血的唯一目的，就是要创造一组适当的条件，以确保银河文明加速复兴。”

弗南低沉的声音突然响起：“这就是他建立两个基地的原因，谢顿实在伟大。”

“这就是他建立两个基地的原因。”贝泰完全同意这句话，“我们的基地集合了垂死帝国的许多科学家，目的是要继承人类的科学和知识，并加以发扬光大。这个基地在太空中的位置，以及它的历史条件，都是他的天才头脑精心计算的结果。谢顿已经预见在一千年之后，基地就会发展成一个崭新的、更伟大的帝国。”

室内充满一阵虔敬的沉默。

女孩继续柔声说道：“这是个老掉牙的故事，你们其实都听过。近三个世纪以来，基地的每个人都耳熟能详。不过我想，我最好还是从头说起——简单扼要地说。你瞧，今天正好是谢顿的生日，虽然我是基地公民，而你们是赫汶人，我们都会庆祝这个日子。”

她慢慢点燃一根香烟，出神地盯着发光的烟头。“历史定律和物理定律一样绝对，假如历史定律产生误差的几率较大，那只是因为历史的研究对象，也就是人类，数目并没有物理学中的原子那么多，因此个别对象的差异会产生较大的影响。谢顿预测在基地发展的这一千年之间，会发生一个接一个的危机，每个危机都会迫使我们的历史转向一次，以便遵循预设的历史轨迹前进。过去一直是这些危机在引导我们，因此，现在必定会出现另一个危机。”

“另一个危机！”她强而有力地重复一遍，“上一个危机，几乎是一世纪之前的事，而一个世纪以来，帝国的一切积弊都在基地重演。惰性！我们的统治阶级只懂得一个规律：守成不变。专制！他们只知道一个原则：武力至上。分配不均！他们心中只有一个理想：一毛不拔。”

“而其他人却在挨饿！”弗南突然怒吼，同时使劲一拳打在坐椅扶手上，“姑娘，你的话可真是字字珠玑。那些躺在金山银山上的肥猪腐化了基地，英勇的行商却躲在像赫汶这种鬼地方，过着乞丐般的生活。这是对谢顿的侮辱，就像在他脸上涂粪，向他的胡子吐痰一样。”他将独臂高高举起，然后拉长了脸。“假使我还有另一只手臂！假使——当初——他们听我的话！”

“爸爸，”杜伦说，“冷静一点。”

“冷静一点，冷静一点。”父亲没好气地学着儿子的口气，“我们就要老死在这里了——而你竟然还说，冷静一点。”

“我们的弗南，真是现代的拉珊·迪伐斯。”蓝度一面挥动烟斗一面说，“八十年前，迪伐斯和你丈夫的曾祖父一起死在奴工矿坑中，就是因为他有勇却无谋……”

“没错，我向银河发誓，假使我是他，我也会那么做。”弗南赌着咒，“迪伐斯是历史上最伟大的行商，远超过那个光会耍嘴皮子的马洛——基地人心目中的偶像。那些在基地作威作福的刽子手，若是因为他热爱正义而杀害他，他们身上的血债就要再添一笔。”

“姑娘，继续说。”蓝度道，“继续说，否则我敢保证，今天晚上他会没完没了，明天还要语无伦次一整天。”

“没有什么可说的了。”她突然现出忧郁的神情，“必须要有另一个危机，但我也不知道该如何制造。基地上的改革力量受到强力压制。你们行商心有余而力不足，不是被追捕，就是被分化。若能将基地里里外外，所有的正义之士团结起来……”

弗南发出刺耳的讥讽笑声。“听听她说些什么，蓝度，听听她说些什么。她说‘基地里里外外’。姑娘，姑娘，那些养尊处优的基地人没什么希望了。在他们中间，少数几个人握着鞭子，而其他人只有挨抽的份——至死方休。那个世界整个腐化了，根本没有足够的勇气，胆敢面对一个好行商的挑战。”

贝泰试图插嘴，但在弗南压倒性的气势中，她的声音完全被淹没。

杜伦靠近她，伸出一只手捂住她的嘴。“爸爸，”他以冷冷的口气说，“你从来没有去过基地，你对那里根本一无所知。我告诉你，那里的地下组织天不怕地不怕。我还能告诉你，贝泰也是他们的一分子……”

“好了，孩子，你别生气。说说，到底为什么发火？”他觉得事态严重了。

杜伦继续激动地说：“爸爸，你的问题是眼光太狭隘。你总是认为，十万多名行商逃到银河边缘一颗无人行星上，他们就算伟大得不得了。当然，基地派来的收税员，没有一个能够离开这里，但是那只能算匹夫之勇。假如基地派出舰队，你们又要怎么办？”

“我们把他们轰下来。”弗南厉声答道。

“同时自己也挨轰——而且是以寡敌众。不论是人数、装备或组织，你们都比不上基地。一旦基地认为值得开战，你们马上会晓得厉害。所以你们最好尽快开始寻找盟友——最好就在基地里面找。”

“蓝度。”弗南喊道，还像一头无助的公牛般看着他的兄弟。

蓝度将烟斗从口中抽出来。“弗南，孩子说得对。当你扪心自问的时候，你也知道他说得都对。但是这些想法让人不舒服，所以你才用大声咆哮把它们驱走。可是它们仍然藏在你心中。杜伦，我马上会告诉你，我为什么把话题扯到这里。”

他若有所思地猛吸一阵烟，再将烟斗放进烟灰筒的颈部，闪过一道无声的光芒后，烟斗被吸得干干净净。他又把烟斗拿起来，用小指慢慢地填装烟丝。

他说：“杜伦，你刚才提到基地对我们感兴趣，的确是一语中的。基地最近派人来过两次——都是来收税的。令人不安的是，第二次来的那批人，还有轻型巡逻舰负责护送。他们改在葛莱尔市降落——有意让我们措手不及——当然，他们还是有去无回。可是他们势必还会再来。杜伦，你父亲全都心知肚明，他真的很明白。

“看看这位顽固的浪子。他知道赫汶有了麻烦，他也知道我们束手无策，但是他一直重复自己那套说词。那套说词安慰着他，保护着他。等到他把能说的都说完了，该骂的都骂光了，便觉得尽了一个男子汉、一个英勇行商的责任，那个时候，他就变得和我们一样讲理。”

“和谁一样？”贝泰问道。

蓝度对她微微一笑。“贝泰，我们组织了一个小团体——就在我们这个城市。我们还没有做任何事，甚至尚未试图联系其他城市，但这总是个开始。”

“开始做什么？”

蓝度摇摇头。“我们也不知道——还不知道。我们期待奇迹出现。我们一致同意，如你刚才所说，另一个谢顿危机必须尽快来临。”他夸张地向上比划了一下，“银河中充满了帝国四分五裂后的碎片，挤满了伺机而动的将领。你想想看，假如某一位变得足够勇敢，是否就代表时机来临了？”

贝泰想了一下，然后坚决地摇了摇头，末端微卷的直发随即在她耳边打转。“不，绝无可能。那些帝国的将军，没有一个不晓得对基地发动攻击等于自杀。贝尔・里欧思是帝国最杰出的将军，而他当年进攻基地，还有整个银河的资源作为后盾，却仍旧无法击败谢顿计划。这个前车之鉴，难道还有哪个将军不知道吗？”

“但是如果我们鼓动他们呢？”

“鼓动他们做什么？叫他们飞蛾扑火？你能用什么东西鼓动他们？”

“嗯，其中有一位——一位新出道的。过去一两年间，据说出现了一个称为‘骡’的怪人。”

“骡？”贝泰想了想，“杜，你听过这个人吗？”

杜伦摇了摇头，于是她说：“这个人有什么不一样？”

“我不知道。但是据说，他在敌我比例悬殊的情况下，却仍然能打胜仗。那些谣言或许有些夸张，可是无论如何，倘若能结识他，会是非常有意思的一件事。那些有足够能力又有足够野心的人，并非通通信仰哈里・谢顿以及他的心理史学定律。我们可以让他更不信邪，他就可能会发动攻击。”

“而基地最后仍会胜利。”

“没错——但是不一定容易。这样就可能造成一次危机，我们则能利用这个危机，迫使基地的独裁者妥协。至少，会让他们有很长一段时间无暇兼顾，而我们就能做更充分的筹划。”

“杜，你认为怎么样？”

杜伦无力地笑了笑，并将垂到眼前的一绺褐色蓬松卷发拨开。“照他这种说法，不会有什么害处；可是骡究竟是何方神圣？蓝度，你对他又了解多少？”

“目前为止一无所知。这件事，杜伦，你刚好派得上用场。还有你的老婆，只要她愿意。我们谈过这件事，你父亲和我，我们曾经仔仔细细讨论过。”

“蓝度，我们怎么帮忙呢？你要我们做些什么？”年轻人迅速向妻子投以一个询问的眼神。

“你们度过蜜月没有？”

“这个……有啊……我们这一趟从基地到这里的旅行，如果能算蜜月的话。”

“你们去卡尔根好好度个蜜月如何？那个世界属于亚热带——海滩、水上运动、猎鸟——是个绝佳的度假胜地。距离此地大约七千秒差距——不算太远。”

“卡尔根有什么特别？”

“骡在那里！至少那里有他的手下。他上个月拿下那个世界，而且是不战而胜。虽然卡尔根的统领事先扬言，弃守前要把整颗星炸成一团离子尘。”

“现在那个统领在哪里？”

“他不在了。”蓝度耸了耸肩，“你怎么决定？”

“但是要我们去做些什么呢？”

“我也不知道。弗南和我上了年纪，又是乡巴佬。赫汶的行商其实都是乡巴佬，连你自己也这么说。我们的贸易活动种类非常有限，也不像先人那样跑遍整个银河系。弗南，你给我闭嘴！你们两位对银河系却相当了解。尤其是贝泰，说的是标准的基地口音。我们只是希望你们尽可能观察。倘若能接触到……不过我们并不这么奢望。你们两位好好考虑一下。你们若是愿意，可以和我们整个团体见见面……喔，下个星期吧。你们需要一点时间，好好喘口气。”

接着是短暂的沉默，然后弗南吼道：“谁还要再喝一杯？我是说除了我之外？”

12

上尉与市长

对于周遭的豪华陈设与装潢，汉·普利吉上尉感到无法适应，却一点也不动心。凡是和他的工作没有直接关系的事物，他一贯的态度都是不闻不问，这包括自我分析，以及各种形式的哲学或形而上学。

这种态度很有用。

他干的这一行，军部称之为“情报工作”；内行人称作“特工”；浪漫主义作家则管它叫“间谍活动”。虽然电视幕播放的那些没水准的惊险影集，总是为他这一行做不实宣传，遗憾的是，“情报工作”、“特工”与“间谍活动”顶多只能算是下流的职业，其中背叛与欺骗都是家常便饭。在“国家利益”的大前提下，社会都能谅解这种必要之恶，不过哲学似乎总是让普利吉上尉得到一项结论：即使顶着“国家利益”的神圣招牌，个人良知却不像社会良心那么容易安抚——因此他对哲学敬而远之。

此时置身于市长的豪华会客室中，他却不由自主反省起来。

许多同僚能力不如自己，却早已不停地升官晋级——这点还算可以接受。因为自己经常被长官骂得狗血淋头，并且屡遭正式惩戒，只差没有被开除。然而，他始终固执地坚守自己的行事方式，坚信他的抗命也是为了神圣的“国家利益”，而他的苦心终究会得到认同。

因此之故，他今天来到市长的会客室——一旁还站着五名恭恭敬敬的士兵，或许这里即将召开军事法庭。

厚重的大理石门静悄悄地平缓滑开，里面是几堵光润的石墙、一条红色的高分子地毯，以及另外两扇镶嵌着金属的大理石门。两名军官走出来，身上的制服完全是三世纪前的式样，正面左右各有数条华丽的直线条纹。两人高声朗诵道：

“召见情报局上尉汉·普利吉。”

当上尉开始向前走的时候，两名军官向后退了几步，还向他行了一个鞠躬礼。那五名卫兵站在外门等候，由他独自一人走进内门。

两扇大理石内门的另一侧，是一间宽敞却出奇单调的房间；在一张巨大而奇形怪状的办公桌后面，坐着一个矮小的男子，令人几乎忽略他的存在。

他就是茵德布尔市长——茵德布尔三世。他的祖父茵德布尔一世，是一个既残忍又精明能干的人物。他的残忍，在攫取权力的方式中发挥得淋漓尽致；他的精明能干，则在废止早已名存实亡的自由选举上表露无遗，而他竟能维持相当和平的统治，更是精明能干的最佳表现。

茵德布尔三世的父亲也叫做茵德布尔，他是基地有史以来第一位世袭市长——但是他只遗传到父亲的一半天赋，那就是残忍。

所以如今这位基地市长，是第三代的茵德布尔市长，也是第二代的世袭市长。他是三代茵德布尔中最差劲的一位，因为他既不残忍又不精明能干——只能算是一名优秀的记账员，可惜投错了胎。

茵德布尔三世是许多古怪性格的奇异组合，这点人尽皆知，只有他自己例外。

对他而言，矫揉做作地喜好各种规矩就是“有系统”，孜孜不倦且兴致勃勃地处理鸡毛蒜皮的公事就是“勤勉”；该做的事优柔寡断就是“谨慎”；不该做的事盲目地坚持到底就是“决心”。

此外，他不浪费任何钱财，没有必要绝不滥杀无辜，而且尽可能与人为善。

此时普利吉上尉恭敬地站在巨大的办公桌前，虽然忧郁的思绪一直在这些事情上打转，毫无表情的脸孔却并未出卖内心的想法。他耐心地等待，没有咳嗽一声，没有移动双脚的重心，也没有来回踱步。终于，市长手中的铁笔停止了忙碌的眉批。他缓缓抬起那张瘦脸，并从一叠整整齐齐的公文上，拿起密密麻麻的一张，摆到另一叠整整齐齐的公文上。

然后，茵德布尔市长小心翼翼地双手互握放在胸前，唯恐弄乱了办公桌上有条不紊的陈设。

他公式化地说：“情报局的汉·普利吉上尉。”

于是普利吉上尉依照觐见市长的礼仪规范，一丝不苟地弯曲单膝接近地面，并且垂着头，等候市长叫他起身。

“起来吧，普利吉上尉！”

市长以充满同情的温馨口吻说：“普利吉上尉，我召你来，是因为你的上级准备惩戒你。根据正常的作业程序，拟议这些惩戒的公文已经送到我这里。基地的事没有一件是我不感兴趣的，因此我不辞辛劳，想要多了解一点这件案子。我希望你不会感到惊讶。”

普利吉上尉以平板的口气说：“市长阁下，我不会的。阁下的公正有口皆碑。”

“是吗？是吗？”他的声音中充满喜悦，但是他戴的有色隐形眼镜迎着灯光，使他的眼睛流露出冷酷的目光。他谨慎地展开面前一叠金属制的卷宗夹，里面的羊皮纸在他翻阅时发出“劈啪劈啪”的响声。他一面用细长的手指头指着上面的字，一面说：

“上尉，你的档案都在我这里——全都在这里。你今年四十三岁，在军中担任了十七年的军官。你生于洛瑞斯，双亲是安纳克里昂人，幼年没有患过重大疾病，有近视……嗯，这不重要……民间学历，科学院毕业，主修，超核发动机，成绩……嗯——嗯，非常好，我应该赞赏你……基地纪元293年第102日加入陆军，官拜下级军官。”

他将第一个卷宗移开，目光扬了一下，然后又开始翻看第二个卷宗。

“你看到啦，”他说，“在我的管理下，没有一件事能乱来。秩序！系统！”

他将一个香喷喷的粉红色软糖放进嘴里。这是他唯一的坏习惯，但食用的份量很节制。市长并不抽烟，这点从他的办公桌就能看出来，因为上面完全没有处理烟蒂必然产生的闪光灼痕。

当然，这代表觐见者也一律不准抽烟。

市长的声音听来很单调，虽然有条不紊，却说得含含糊糊、不清不楚——不时还会细声插进一些评语，无论嘉奖或斥责，口气都是同样的温和、同样的无力。

他慢慢地将所有的卷宗都归回原位，摆成整整齐齐的一叠。

“很好，上尉，”他神采奕奕地说，“你的记录的确不凡。看来，你的能力出众，而你的工作无疑是成绩斐然。我注意到，你曾在执行任务时两度负伤，因此获颁一枚勋章，以褒扬你过人的英勇。这些事实，都是不容轻易抹杀的。”

普利吉上尉木然的表情毫无改变。他也仍然保持着标准的立正姿势。根据礼仪规范的要求，荣获市长召见的部属不得在市长面前坐下——为了多此一举地强调这一点，市长办公室只有一张椅子，就是市长屁股下面那张。此外，礼仪规范也要求觐见者除了回答问题之外，不得发表其他高见。

市长突然以严厉的目光逼视上尉，他的声音则变得尖锐而苛刻。“然而，你却有整整十年未曾晋升，你的上级又一而再、再而三告发你性格顽固又刚愎自用。根据那些报告，你习惯性地违抗命令，无法维持对上级应有的态度，并且显然不愿和同事维系良好关系，此外你还是个无药可救的闯祸精。上尉，你要如何解释这些指责？”

“市长阁下，我所做的都是我自认正当的事。我的所作所为都是为了国家着想，而我曾经因此负伤，正好见证我自认为正当的事，也同样有利于国家。”

“上尉，你这是军人的说法，但也是一种危险的信条。关于这件事，我们等一下再谈。特别重要的一点，是你被控三度拒绝接受一项任务，藐视我的法定代表所签署的命令。这件事你又怎么说？”

“市长阁下，那件任务并没有什么急迫性，真正最重要的急务却遭到忽视。”

“啊，是谁告诉你，你说的那些事就是真正最重要的急务？即使果真如此，又是谁告诉你它们遭到忽视？”

“市长阁下，在我看来这些事都相当明显。我的经验和本行的知识——这两点连我的上司都无法否定——让我看得一清二楚。”

“可是，我的好上尉，你自做主张擅自更改情报工作的方针，就等于是侵犯了上级的职权，难道你看不出来吗？”

“市长阁下，我的首要职责是效忠国家，而不是效忠上级。”

“简直大错特错，你的上级还有上级，那个上级就是我，而我就等于国家。好了，你不该对我的公正有任何怨言，你自己也说这是有口皆碑。现在用你自己的话，解释一下你之所以违纪的来龙去脉。”

“市长阁下，我的首要职责是效忠国家，而不是到卡尔根那种世界，过着退休商船船员的生活。我所接受的命令，是要我指导基地在该行星所从事的活动，并且建立一个组织，以便就近监视卡尔根的统领，特别是要注意他的对外政策。”

“这些我都知道。继续说！”

“市长阁下，我的报告一再强调卡尔根和它所控制的星系的战略地位。我也报告了那个统领的野心，以及他拥有的资源、他想扩张势力范围的决心，还提到必须争取他对基地的友善态度——或者，至少是中立的态度。”

“我一字不漏地读过你的报告。继续说！”

“市长阁下，我在两个月前回到基地。当时，卡尔根没有任何迹象显示战争迫在眉睫；唯一的迹象是它拥有充足的兵力，足以击退任何可能的侵略。可是一个月前，一个名不见经传的福将，却不费一枪一弹就拿下卡尔根。卡尔根原来的那个统领，如今显然已经不在人世。人们并没有谈论什么叛变，都只是在谈论这个佣兵首领——他的超人能力和他的军事天才——他叫做‘骡’。”

“叫做什么？”市长身子向前探，露出不悦的表情。

“市长阁下，大家都叫他‘骡’。有关他的真实底细，人们知道得非常少，但是我尽量搜集各种有关他的情报，再从中筛检出最可靠的部分。他显然出身低微，原本也没有任何地位。他的生父不详，母亲在生他时难产而死。从小他就四处流浪；在太空中那些被人遗忘的阴暗角落，他学会了生存之道。除了‘骡’，他没有其他的名字。我的情报显示，这个名字是他自己取的，根据最普遍的解释，是象征他过人的体能和倔强固执的个性。”

“上尉，他的军事力量究竟如何？别再管他的体格了。”

“市长阁下，许多人都说他拥有庞大的舰队，可是他们会这么说，也许是受到卡尔根莫名其妙沦陷的影响。他所控制的版图并不大，但我还无法确定他真正的势力范围。无论如何，我们一定要好好调查这号人物。”

“嗯——嗯，有道理！有道理！”市长陷入沉思，还用铁笔在一张空白便笺上缓缓画着。不一会儿他就画出二十四条直线，这些直线构成六个正方形，排列成一个大的六边形。然后他撕下这张便笺，整齐地折成三折，丢进右手边的废纸处理槽中。便笺的原子立刻被分解殆尽，整个过程既清洁又安静。

“好啦，上尉，你该告诉我另一件事了。你刚才说的是你‘必须’调查什么，而你‘奉命’调查的又是什么事？”

“市长阁下，太空中有个老鼠窝，那里的人似乎不肯向我们缴税。”

“啊，你要说的就是这个？你可能不知道，也没有人告诉你，那些抗税的人都是早期野蛮行商的后裔——无政府主义者、叛徒、社会边缘人，他们自称是基地的嫡系传人，藐视当今的基地文化。你可能不知道，也没有人告诉你，所谓太空中的老鼠窝，其实不只一个，而是很多很多；这些老鼠窝比我们知道的还要多得多；这些老鼠窝又互相串联谋反，并且个个都在勾结基地领域中无所不在的犯罪分子。就连这里，上尉，就连这里都有！”

市长的怒火来得急去得快，立刻就平息了。“上尉，你都还不知道吧？”

“市长阁下，这些我都曾经听说过。但是身为国家的公仆，我必须效忠国家——而最忠诚的效忠，莫过于效忠真理。不论旧派行商的残余势力有什么政治上的意义——那些割据帝国当年领土的军阀，却拥有实际的力量。行商们既没有武器又没有资源，他们甚至不团结。我不是收税员，我才不要执行这种儿戏般的任务。”

“普利吉上尉，你是个军人，以武力为着眼点。我不该允许你发表这种高见，你这样等于是直接违抗我。注意听好，我的公正可不是软弱。上尉，事实已经证明，不论是帝国时代的将军，或是当今的军阀，都同样无力和我们抗衡。谢顿用来预测基地未来发展的科学，并非如你想象的那样，以个别的英雄行径作为考量，而是根据历史的社会和经济趋势。我们已经成功度过四次危机，对不对？”

“市长阁下，完全正确。但谢顿的科学——只有谢顿一人了解，我们后人有的只是信心而已。根据我所接受的教育，在最初的三次危机中，基地都有英明睿智的领导者，他们预见了危机的本质，并且做出适当的预防措施。否则——谁敢说会演变成什么局面？”

“上尉，没错，但是你忽略了第四次的危机。上尉，你想想看，当时我们没有任何值得一提的领导者，面对的又是最足智多谋的对手、最庞大的舰队、最强大的武力。基于历史的必然性，我们最后还是赢了。”

“市长阁下，话是没错。可是您提到的这段历史之所以成为‘必然’，乃是基地拼命奋战整整一年的结果。这个必然的胜利，是我们牺牲了五百艘星舰和五十万战士换来的。市长阁下，唯有自求多福，谢顿定律方能眷顾。”

茵德布尔市长皱起眉头，对于自己的苦口婆心突然厌烦不已。他突然想到实在不该如此故作大方，不但允许部属大放厥词，还放纵他与自己争辩不休，这绝对是一个错误。

他以严厉的口吻说：“上尉，无论如何，谢顿会保证我们战胜那些军阀。而在这个紧要关头，我不能纵容你分散力量。你不屑一顾的那些行商，他们和基地同出一源。基地和他们的战争会是一场内战。对于这种战争，谢顿计划不能保证任何事——因为敌我双方都属于基地。所以必须好好教训他们一下，这就是你的命令。”

“市长阁下——”

“上尉，我没有再问你任何问题。你接受了命令，就该乖乖服从。如果你和我或是代表我的任何人，以任何方式讨价还价，都将被视为叛变。你可以下去了。”

汉·普利吉上尉再度下跪行礼，然后缓缓地一步步倒退着出去。

茵德布尔三世，基地有史以来第二位世袭市长，终于再度恢复平静。他又从左边整整齐齐的一叠公文中，拿起最上面的一张。那是一份关于节省警方开支的签呈，拟议的方法是减少警察制服的发泡金属滚边。茵德布尔市长删掉一个多余的逗点，改正了一个错字，又做了三个眉批，再将这份签呈放在右手边另一叠整整齐齐的公文之上。接着，他又从左边整整齐齐的一叠公文中，拿起最上面的一张……

当情报局的汉·普利吉上尉回到营房后，发现已经有个私人信囊在等着他。信囊中的信笺写着给他的命令，上面斜斜地盖着一个“最速件”的红色印章，此外还有一个大大的“特”字浮水印。

这道命令以最强硬的字眼与口气写成，命汉·普利吉上尉立刻前往“称作赫汶的叛乱世界”。

汉·普利吉上尉登上他的单人太空快艇，悄悄地、冷静地设定好飞往卡尔根的航道。由于坚守了择善固执的原则，当天晚上他睡得很安稳。

13

中尉与小丑

骡的军队攻陷卡尔根这件事，若说在七千秒差距外造成一些回响，例如一位老行商的好奇、一名顽固上尉的不安，以及一位神经过敏市长的烦恼——对于身在卡尔根的人们，这个事实却不曾导致任何变化，也没有引起任何反应。时间或空间上的距离，会放大某些事件的重要性，这是人类历史上永恒不变的教训。话说回来，根据历史的记载，人类从来没有真正学到这个教训。

卡尔根仍旧是——卡尔根。在银河系这个象限中，只有卡尔根好像还不知道帝国已经崩溃，斯达涅尔皇朝的统治已经结束，帝国的伟业已经远去，和平的时代也已经不再。

卡尔根是个充满享乐的世界。尽管有史以来最庞大的政治结构已土崩瓦解，它却没有受到波及，仍然继续不断生产欢乐，经营着稳赚不赔的休闲业。

它躲掉了冷酷无情的历史劫数，因为无论多么凶狠的征服者，都不会毁灭或严重破坏这样一棵摇钱树。

但即使是卡尔根，也终究变成一名军阀的大本营；这个柔顺的世界，被锻炼成随时随地能够应战。

不论是人工栽培的丛林、线条柔和的海岸线，或是华丽而充满魅力的城市，都呼应着军队行进的雄壮节奏，其中有来自其他世界的佣兵，也有征召入伍的卡尔根国民。卡尔根辖下的各个世界也一一武装起来，这是有史以来第一次，卡尔根将贿赂的花费省下，挪作购买星际战舰之用。它的统治者以实际行动向全银河证明，他决心保卫既有的疆域，并汲汲于攫取他人的领土。

他是银河中的一位大人物，足以左右战争与和平，也足以成为一个帝国的缔造者，一个皇朝的开国皇帝。

不料杀出一个默默无闻、却有着滑稽绰号的人物，轻而易举就击败了他——以及他的军队，还有他的短命帝国，甚至可说是不战而胜。

于是卡尔根又恢复昔日的秩序。国民兵脱下制服，重新拥抱过去的生活；原有的军队完成改编，收编了许多其他世界的职业军人。

就像过去一样，卡尔根又充满各种观光活动。例如丛林中的打猎游戏，游客付一笔可观的费用，即可追猎那些人工饲养、从不害人的动物。如果厌倦了陆上的游猎，还能坐上高速空中飞车，去猎杀天空中无辜的巨鸟。

各大城市中，充满着来自银河各处逃避现实的人群。他们可以根据各自的经济状况，选择适合自己的娱乐活动。从只需要花费半个信用点、老少咸宜的空中宫殿观光，到绝对隐密、只有大财主才精通门路的声色场所。

卡尔根的人潮多了杜伦与贝泰两人，顶多像在大海中注入两滴雨点。他们将太空船停在“东半岛”的大型公共船库，随即理所当然地被吸引到“内海”——这里是中产阶级的游乐区，各种游乐活动仍然合法，甚至可算是高尚，游客也不至于令人无法忍受。

由于阳光很强，天气又热，贝泰戴着一副黑色太阳眼镜，穿着一件白色的薄纱袍。她用那双被晒得发烫、但几乎没有晒红的手臂紧紧抱住双膝，眼睛则茫然地盯着她的先生，从头到脚仔细端详他摊开的身体——在耀眼的阳光照耀下，他的肌肤仿佛也在微微发光。

“可别晒得太久。”她早就警告过他，可是杜伦家乡的太阳是一颗垂死的红色星球，尽管他在基地待过三年，阳光对他而言仍是奢侈品。他们来到卡尔根已经四天，杜伦总是先做好防紫外线措施，然后只穿一条短裤来享受日光浴。

贝泰挤到他身边，两人依偎在沙滩上轻声低语。

杜伦的表情显得轻松，他的声音却很沮丧。“好吧，我承认我们毫无进展。可是他在哪里？他到底是什么人？这个疯狂的世界完全没有他的踪迹，也许他根本不存在。”

“他绝对存在。”贝泰答道，她的嘴唇却没有动，“只不过他太聪明了。你叔叔说得对，他是我们可以利用的人——只要还有时间。”

短暂的沉默后，杜伦轻声说：“贝，你知道我在做什么吗？我正在做白日梦，梦见被太阳晒得昏昏沉沉。一切似乎都进行得很顺利——很完美。”他的声音愈来愈小，几乎细不可闻，然后又逐渐提高音量。“贝，记不记得大学里的亚曼博士怎么说的？虽然基地不可能战败，但并不代表基地的统治者不会下台。基地的正式历史，难道不是从塞佛·哈定赶走百科全书编者，以第一任市长的身份接管端点星才开始的吗？然后又过了一个世纪，侯伯·马洛掌握大权的方式，难道不也是同样激进吗？既然有两次统治者被击败的先例，就代表这是可行的。我们又为什么做不到呢？”

“杜，那是书本上老掉牙的说法。你想得太美了，根本是在浪费时间。”

“是吗？你听好，赫汶是什么？难道它不是基地的一部分吗？假如由我们当家做主，仍然算是基地的胜利，失败的只是当今的统治者。”

“在‘我们能’和‘我们会’之间，还有很大的一段距离。你说的只是一堆废话。”

杜伦蠕动了一下。“贝，小笨蛋，你这是酸葡萄心理。你这样扫我的兴，对你又有什么好处？如果你不介意，我想要睡一会儿。”

贝泰却伸长脖子，突然——相当没来由地——吃吃笑了起来。她还摘下太阳眼镜，仅用手遮着眼睛，向海滩远处眺望。

杜伦抬起头，然后又爬起来，转过身，顺着她的视线望去。

她显然是望向一个细长的身影，那人正在为来往的群众表演倒立，双脚停驻在半空中，双手在地面摇摇晃晃地走动。他是那些群聚海边的乞丐之一；他们利用柔软的关节做出种种杂耍，以便向围观的群众乞讨。

这时一名海滩警卫向他走去，小丑竟然能用单手保持平衡，伸出一只手，将拇指放在鼻尖，头下脚上地做了一个鬼脸。警卫来势汹汹地冲过去，却被小丑一脚踢中肚子，立刻跌跌撞撞地退了好几步。小丑动作流畅地顺势站起来，一溜烟地消失无踪。气得口吐白沫的警卫拔腿想追，却被冷漠的人群阻住了去路。

小丑顺着海边左冲右撞。他掠过许多人，不时表现得犹豫不决，却从未停下脚步。原先观看杂耍的群众早已散去，那名警卫也已经离开了。

“他真是个奇怪的家伙。”贝泰显得很感兴趣，而杜伦只是随口表示同意。此时小丑愈跑愈近，看得清楚他的容貌了。他的鼻子又大又长，好像一个手把，一张瘦脸都集中在长鼻子周围。华丽的衣裳将他瘦弱的四肢与细长的身躯衬托得更醒目。而他虽然行动灵活优雅，整个人却有点像是随意拼凑起来的。

令人看到就忍不住发笑。

小丑经过了杜伦与贝泰，似乎突然察觉到他们在注意自己，于是停下脚步，一个急转弯，又向他们走了过来。他那双褐色的大眼睛紧紧盯住贝泰。

一时之间，她不知如何是好。

小丑露出微笑，可是他那张挂着长鼻子的脸孔，越笑却越显得愁容满面。当他开口的时候，说的则是核心星区的方言，听起来既和气又做作。

“假若我能借用慈悲的圣灵赐予我的智慧，”他说道，“我会说眼前这位女士绝不属于人间——头脑清楚的人会认为这只是一场美梦。可是我宁愿头脑不清，相信这双被迷惑且着了魔的眼睛见到的都是真实。”

贝泰双眼睁得老大，叫道：“哇！”

杜伦哈哈大笑。“喔，你成了迷人心魄的妖精了。贝，这些话值得五个信用点，拿给他吧。”

不料小丑向前跳了一步。“不，我亲爱的女士，千万别误会我。我如此言语绝非为了金钱，而是为了一双明亮的眸子，和一张甜美的脸蛋。”

“可真谢谢你啦。”然后，她又对杜伦说：“天哪，你想他是不是被太阳晒昏了头？”

“可不只是眸子和脸蛋而已，”小丑继续喋喋不休，口中吐出的话愈来愈疯癫，“还有您的心地，纯洁而善良——并且充满慈爱。”

杜伦站起身来，抓起四天以来一直挟在腋下的白袍，然后套在身上。“好啦，兄弟，”他说，“请你告诉我究竟想要什么，别再烦这位女士了。”

小丑吓得倒退一步，瘦弱的身子缩成一团。“喔，我绝对没有恶意。我是外地人，大家都认为我的脑筋有问题，不过我还懂得相随心转的道理。在这位女士的美丽外表之下，藏着一颗慈爱的心，我知道她会帮我解决问题，才敢说出如此冒昧的言语。”

“五个信用点能不能解决你的问题？”杜伦以挖苦的口气说，同时掏出了一枚硬币。

小丑并没有伸手，于是贝泰说：“杜，让我跟他讲吧。”她又很快地细声补充道：“他说的话虽然听来疯疯癫癫，不过你根本不用介意。他们的方言本来就是这样；对他而言，我们的言语也许一样奇怪呢。”

她说：“你的问题是什么？你不是在担心那个警卫吧？他不会再找你的麻烦了。”

“喔，不是，不是他。他只是一阵微风，只能把一些灰尘吹上我的脚踝。我是在躲避另外一个人，他可是席卷世界的暴风，能将许多世界吹得东倒西歪。一个星期之前，我逃了出来，露宿在城市街头，混迹在城市的人群中。为了寻找能帮助我的好心人，我端详过许多张脸孔。如今我终于找到了。”他把最后这句话又重复了一遍，语气听来更温柔、更急切，大眼睛里还充满了不安。“如今我终于找到了。”

“听好，”贝泰实事求是地说，“我很愿意帮助你，可是说句实话，朋友，对于席卷世界的暴风，我也无法提供任何庇护。老实说，我也许能……”

此时，一阵高亢的怒吼声突然逼近。

“好啊，你这泥巴里长出来的混蛋——”

朝他们跑来的正是那名海滩警卫，他的脸涨得通红，嘴巴骂个不停。站定后，他举起低功率的麻痹枪。

“你们两个，抓住他，别让他跑了。”他粗大的手掌落向小丑细瘦的肩头，小丑立刻发出一阵哭喊。

杜伦问道：“他到底做了什么？”

“他到底做了什么？他到底做了什么？哈哈，问得好！”警卫将手伸进腰带上的随身囊中，掏出一条紫色手帕，擦了擦脖子上的汗珠。然后，他兴冲冲地答道：“让我告诉你他到底做了什么。他是一名逃犯。他逃跑的消息传遍了整个卡尔根，刚才若不是他头下脚上，我早该认出他来了。”他一面狂笑，一面猛力摇晃他的猎物。

贝泰带着微笑说：“警官，请问他又是从哪里逃出来的？”

警卫提高了嗓门。此时附近的人群渐渐靠拢，个个目不转睛、叽叽喳喳地看着这场好戏。随着旁观的人愈来愈多，警卫愈来愈感到自己的重要性。

“他又是从哪里逃出来的？”他以充满嘲讽的口气，慷慨激昂地说，“哈哈，我想你们一定听说过骡吧。”

所有的叽喳声顿时消失，贝泰感到胃部突然冒出一丝寒气。小丑仍被警卫结结实实地抓住，他不停地发抖——眼睛却始终停驻在贝泰身上。

“你可知道，”警卫继续凶巴巴地说，“这个可恶的杂碎是谁？他就是大人的弄臣，是前几天从宫中逃走的。”他又用力摇晃着小丑，“傻子，你承不承认？”

小丑没有回答，只是脸色更加苍白。贝泰靠在杜伦身边，跟他耳语了几句。

杜伦客客气气地走近警卫。“老兄，请你把手拿开一下子就好。你抓着的这个艺人收了我们的钱，正在为我们表演舞蹈，还没有表演完呢。”

“对了！”警卫陡然提高音量，好像突然想到什么，“还有赏金——”

“你可以去领赏，只要你能证明他就是你要找的人。在此之前，请你把手松开。你可知道你正在干扰游客，这会让你吃不了兜着走。”

“你却是在干扰大人的公事，这一定会让你吃不了兜着走。”他再度摇晃那个小丑，“死东西，把钱还给人家。”

杜伦突然以迅雷不及掩耳的动作，一把夺下警卫手中的麻痹枪，差点还把警卫的半根手指一块扯下来。又痛又怒的警卫发出一阵狂哮。杜伦又猛力推了他一把，小丑终于脱身，赶紧躲到杜伦背后。

看热闹的群众现在已经人山人海，却没有什么人注意到这个最新发展。外圈有不少人拉长了脖子，内圈许多人却开始向外挤，像是决心与中心保持更安全的距离。

远方突然又起了一阵骚动，随即传来一声刺耳的号令。群众赶紧让出一条路，两名士兵大摇大摆走了过来，手中的电鞭仿佛蓄势待发。他们的紫色军服上绣着一道尖锐的闪电，下方还有一颗裂成两半的行星。

走在两人后面的，是一位身穿中尉制服的军官；体格魁梧，黑皮肤，黑头发，脸色极为阴沉。

黑人中尉的声音温和得很虚假，代表他根本不必大吼大叫以壮声势。他说：“你就是那个通知我们的人？”

警卫仍然紧握着扭伤的手，脸孔因痛苦而扭曲。他含糊地答道：“阁下，赏金是我的，我还要指控那个人……”

“你会得到赏金的。”中尉答道，却根本没有望着警卫。他对手下随便做个手势。“把他带走。”

杜伦感觉到小丑死命扯着他的袍子。

于是他提高嗓门，并且尽力不让声音发抖，说道：“很抱歉，中尉，这个人是我的。”

两名士兵把杜伦的话当耳边风，其中一个已经顺手举起鞭子。中尉立时大喝一声，鞭子才放了下来。

中尉黝黑而粗壮的身躯向前移动，峙立在杜伦面前。“你是什么人？”

杜伦不假思索便答道：“基地的公民。”

这句话立刻生效——至少在群众间引起了震撼。勉强维持的沉默立时打破，周遭又充满了嘈杂声。骡的名字或许能引起畏惧，但那毕竟是一个新的名号，不像“基地”的老招牌那样深入人心且令人敬畏。基地过去曾经击败帝国，如今则以残酷的专制手段，统治着银河系的四分之一。

中尉却面不改色，他说：“躲在你后面的那个人，你知道他的身份吗？”

“听说他是从贵国领导者的宫廷中逃出来的，但我只能肯定他是我的朋友。你想带他走，必须提出坚实的证据。”

人群中发出了尖声的叹息，可是中尉毫不理会。“你带着基地公民的证件吗？”

“在我的太空船上。”

“你可了解你的行为已经违法？我能当场把你枪毙。”

“这点毫无疑问。但如果你杀死一名基地公民，你们的统领很可能会把你大卸八块，然后才送去基地，当做赔罪的一部分。其他世界的统领就这么做过。”

中尉舔了舔嘴唇。因为杜伦说的都是事实。

他又问："你叫什么名字？"

杜伦却得理不饶人。"回到我的太空船后，我才愿意回答其他的问题。你可以在船库中查到我们的隔间号码，登记的名称是贝泰号。"

"你不肯把这个逃犯交给我吗？"

"或许我会交给骡。叫你的主子来吧！"

他们的对话已经逐渐变成耳语，不久，中尉陡然一转身。

"驱散群众！"他对两名手下说，口气听来居然不算太凶残。

两条电鞭此起彼落。立刻传来一阵尖叫声，众人争先恐后作鸟兽散。

在他们乘坐短程飞船，从海滩回到船库的途中，杜伦一直低头沉思。他总共只开了一次口，却几乎是在自言自语："银河啊，贝，刚才实在太惊险了！我好害怕……"

"是啊，"她的声音带着颤抖，双眼依然流露出近乎崇拜的目光，"看不出来你那么勇敢。"

"可是，我还是不清楚发生了什么事。我突然发现手中多了一柄麻痹枪，甚至不确定自己会不会用，而我却跟他对答如流。我也不晓得自己为何这样做。"

他抬头看了看飞船走道对面的座位，骡的小丑正缩成一团呼呼大睡。他又以苦涩的口气补充道："我这辈子从未遇过这么困难的事。"

中尉恭敬地站在驻军团长面前，团长望着他说："干得很好，你的任务完成了。"

中尉并没有立刻离去。他以沉重的口气说：“报告长官，骡在众人面前丢了脸。我们需要进行一些惩戒行动，以挽回世人的尊重。”

“补救措施都已经做过了。”

中尉刚要转身，又以近乎愤慨的口吻说：“长官，命令就是命令，我必须服从。可是站在一个手持麻痹枪的人面前，对他的无礼态度忍气吞声，我这辈子从未遇过这么困难的事。”

14

突变异种

卡尔根的“船库”是一种特殊的机构；为了安置无数观光客驾来的太空船，并提供太空船主人住宿的场所，这种船库应运而生。最早想到这个解决之道的聪明人，很快就变成大富翁。而他的子孙以及事业的接班人，则轻易跻身卡尔根的首富之列。

船库通常占地数平方英里之广，而“船库”根本不足以形容它的功能。实际上，它就是太空船的旅馆。船主只要先付清费用，便能得到一个停泊太空船的场所，并能随时直接升空。乘客可以如常地住在太空船中。当然，船库会提供普通旅馆的一切服务，例如各式食物与医疗补给都价廉物美，此外还负责为太空船做简单的维修，并安排卡尔根境内的廉价交通服务。

因此，观光客只要支付船库的费用，就能同时享受旅馆的服务，无形中节省一大笔开销。船库的东家光靠出租空地，便能获得很大的利润；政府也能从中抽取巨额税金。人人皆大欢喜，谁也不吃亏。就这么简单!

在某个船库里、连接许多侧翼的宽大回廊中，一名男子正沿着阴暗的边缘向前走。他以前也曾思考过这套体系的新奇与实用性，不过那些只是无聊时随便想想的念头——这个节骨眼绝对不合时宜。

在划分得整整齐齐的隔间中，停驻着一艘艘又高又大的太空船。那人一排排走过去，都没有再看第二眼。现在进行的工作是他最拿手的——若说根据刚才在登记处所做的调查，他只查到目标位于某个停了好几百艘太空船的侧翼，此外没有更详细的资料——专业知识足以帮助他，从数百艘太空船中过滤出真正的目标。

他终于停下脚步，消失在其中一排隔间中，而在肃静的船库里，好像传出一声叹息。他仿佛是置身于无数金属巨兽间的一只昆虫，一点也不起眼。

有些太空船从舷窗中透出光亮，代表船主人已经提早归来。他们结束了当天既定的观光活动，开始了更单纯、更私密的娱乐。

那人停了下来，假使他懂得微笑，现在一定会露出笑容。当然，他大脑中“脑回”目前的运作，就等于是正在微笑。

他面前的这艘太空船，船身反映着耀眼的金属光泽，并且显然速度快绝。这种特殊的造型，正是他所要寻找的。它的造型不同于一般的太空船——虽然这些年来，在银河系这个象限中大多数的太空船，若不是仿照基地的型式设计，就是由基地技师所制造的。可是这艘船十分特别，它是货真价实的基地太空船——船身表面许多微小的凸起，是基地太空船特有的防护幕发射器。此外，还有其他一些如假包换的特征。

那人一点也没有犹豫。

船库经营者为顺应客户的要求，在每艘太空船的周围加设了电子栅栏，以保障客户的隐私，不过这种东西绝对难不倒他。他利用随身携带的一种非常特殊的中和力场，便轻而易举将栅栏解除，根本没有触动警铃。

直到入侵者的手掌按到主气闸旁的光电管，太空船起居舱中的蜂鸣器才响起了一阵轻微的讯号，算是这艘太空船发出的第一个警告。

当那人继续搜索行动之际，杜伦与贝泰正在贝泰号的装甲舱房中，体验着最不安全的安全感。骡的那位小丑则趴在餐桌上，狼吞虎咽着面前的食物。这时小丑已经告诉他们，虽然他的身材瘦弱不堪，却拥有一个极气派的名字：高头大马巨擘。

在厨舱兼食物储藏室里，他一直没有让那双忧郁的褐色眼睛离开过食物，只有在贝泰走动的时候，才会抬起头来看看她。

“一个弱者的感激实在微不足道，”他喃喃地说，“但我仍要献给您。说真的，过去一个星期，几乎没有什么东西进到我的肚子——尽管我的个头小，胃口却大得简直不成比例。”

“那么，就好好吃吧！”贝泰带着微笑说，“别浪费时间说谢谢了。据我所知，银河核心是不是有一句关于感激的谚语？”

“我亲爱的女士，的确有这么一句话。我听说，有一位贤者曾经讲过：‘不流于空谈的感激，才是最好而且最实际的。’可是啊，我亲爱的女士，我似乎除了会耍耍嘴皮子，其他什么都不会。当我的空谈取悦了骡，就为我赢得一件宫廷礼服，还有这个威武的名字——因为，您可知道，我本来只是叫做波波，他却不喜欢这个名字。然而，一旦我的空谈无法取悦他，可怜的皮肉就会挨揍和挨鞭子。”

杜伦从驾驶舱走了进来。“贝，现在除了等待，我们什么也不能做。我希望骡能够了解，基地的航具就等于基地的领土。”

本来叫做波波，如今全名“高头大马巨擘”的马巨擘，这时突然张大眼睛，高声喊道：“基地可真是了不起，就连骡的那些凶残手下，面对基地也会颤栗。”

“你也听说过基地吗？”贝泰带着一丝笑意问道。

“谁没听说过呢？”马巨擘压低声音，神秘兮兮地说，“有人说，那是个充满魔术的伟大世界，有着足以吞噬行星的火焰，以及神秘的强大力量。大家都说，某人只要声称‘我是基地公民’，那么不论他是太空中的穷矿工也好，是像我这般微不足道的小人物也罢，都会让人立刻肃然起敬。即使银河中最尊贵的贵族，也无法赢得这般的光荣和尊敬。”

贝泰说：“好啦，马巨擘，如果你继续演讲，就永远吃不完这一餐。来，我帮你拿一点调味奶，很好喝的。”

她拿了一壶牛奶放到餐桌上，并示意杜伦到另一间舱房。

“杜，我们现在要拿他怎么办？”她指了指厨舱。

“你是什么意思？”

“万一骡来了，我们要不要把他交出去？”

“这个嘛，贝，还有别的办法吗？”他的口气听来很烦恼。他将一束垂在前额的潮湿卷发拨开，这个动作更能证明他的确心烦气躁。

他不耐烦地继续说：“在我来到此地之前，我只有一个很模糊的概念：我们唯一要做的就是打听骡的消息，然后就可以好好度假——如此而已，你知道吗，根本没有明确的计划。”

“杜，我知道你的意思。我自己也没有奢望能看到骡，可是我的确认为，我们可以搜集到某些第一手资料，再转给比较了解当今星际局势的人。我可不是故事书中的间谍。”

“贝，这点你可不输我。”他将双臂交握胸前，皱起了眉头，“真是一团糟！若不是最后那个诡异的机会，还不能确定有没有骡这号人物呢。你认为他会来要回这个小丑吗？”

贝泰抬起头来望着他。“我不知道我是不是希望他会来，也不知道该说些什么或做些什么。你呢？”

舱内的蜂鸣器突然发出断断续续的隆隆声。贝泰做了一个无声的嘴形：“骡！”

马巨擘正在门口，眼睛张得老大，呜咽着说：“骡？”

杜伦喃喃道：“我必须让他们进来。”

他按下开关开启气闸，让对方走进来，并且立刻关上外门。这时，扫描仪上只显示出一个灰暗的身影。

“只有一个人。”杜伦显得放心了一点。然后他俯身对着传声管，用几乎发颤的声音说：“你是谁？”

“你最好让我进去，自己看个明白如何？”收讯器中传来那人的回答，声音十分微弱。

“我要告诉你，这是基地的太空船，根据国际公约，它是基地领土的一部分。”

“这点我知道。”

“放下你的武器再进来，否则我就开枪。我可是全副武装。”

“好！”

杜伦打开内门，同时开启了手铳的保险，拇指轻轻摆在掣钮上。随即传来一阵脚步声，接着舱门就被推开。马巨擘突然叫道：“不是骡，是一个人。”

那个“人”向小丑一欠身，以阴沉的口气说：“非常正确，我不是骡。”他摊开双手，“我没有带武器，我是来执行一项和平任务。你可以放轻松点，把你的手铳摆到一旁。我心平气和，你却连武器都抓不稳。”

“你究竟是谁？”杜伦直截了当地问。

“这个问题应该我来问你。”那人泰然自若地说，“因为假冒身份的人是你，不是我。”

"怎么说？"

"你自称是基地公民，可是如今在这颗行星上，根本没有一个合法的行商。"

"这不是事实。你又是怎么知道的？"

"因为我才是基地公民，而且我有证明文件。你呢？"

"我想，你最好赶紧滚出去。"

"我可不这么想。假如你知道基地的行事方式——虽然你是个冒牌货，但我想你可能也知道——倘若我在约定时间内，没有活着回到我的太空船，离这里最近的基地司令部就会收到讯号。所以说句老实话，我怀疑你的武器有多大用处。"

杜伦不知如何是好，一阵沉默之后，贝泰以镇定的口吻说："杜伦，把手铳拿开，相信他一次。他的话听来都是事实。"

"谢谢你。"陌生人说。

杜伦把手铳放到身旁的椅子上。"请你好好解释一下这一切。"

陌生人仍然站在原处。他的身材高大，手长脚长。他的脸孔由许多紧绷的平面构成，而且看起来，他显然从未露出过笑容。不过他的眼神并不凌厉。

他说："消息总是传得很快，尤其是那些看来难以置信的消息。我想现在卡尔根没有一个人不知道，骡的手下今天被两名基地观光客羞辱了一番。而我在傍晚前，就获悉了重要的详情。正如我所说，这颗行星上除了我，再也没有其他的基地观光客。我们对这些事都非常清楚。"

"'我们'又是哪些人？"

"'我们'就是——'我们'！我自己是其中之一！我知道你们会回到船库——有人偷听到你们的谈话。我自有办法查看登记处的资料，也自有办法找到你们的太空船。"

他突然转身面向贝泰。“你是基地人——土生土长，对不对？”

“是吗？”

“你早已加入民主反动派——就是所谓的‘地下组织’。我不记得你的名字，但我记得你的容貌。你是最近才离开基地的——倘若地位更重要些，你根本就走不了。”

贝泰耸耸肩。“你知道的还真不少。”

“没错。你是跟一名男子一块逃走的，就是那位？”

“难道我还需要回答吗？”

“不需要。我只是希望彼此好好了解一番。你匆匆离境的那个星期，我确信你们约定的暗语是‘谢顿，哈定，自由’。波菲莱特·哈特是你的小组长。”

“你是怎么知道的？”贝泰突然凶起来，“警察逮捕他了吗？”杜伦拉住她，她却挣脱了，反倒向那人逼进。

那基地人沉稳地说：“没有人抓他，只是因为地下组织分布甚广又无孔不入。我是情报局的汉·普利吉上尉，是一个小组长——具体头衔并不重要。”

他等了一会儿，又继续说：“不，你大可不必相信我。干我们这行的，凡事最好能在不疑处有疑，不能在有疑处不疑。不过，开场白最好到此为止。”

“没错，”杜伦说，“请你言归正传。”

“我可以坐下吗？谢谢。”普利吉上尉大喇喇地翘起二郎腿，还把一只手臂闲闲地垂到椅背后面，“首先我要做一项声明，我实在不晓得这一切到底是怎么回事——我是指从你们的角度而言。你们两位不是直接从基地来的，可是不难猜到，你们来自某个独立行商世界。这点，其实我并不怎么关心。但出于好奇，请问你们准备拿这个家伙——你们救出来的这个小丑怎么办？你们留着他，等于在拿生命开玩笑。”

“这点无可奉告。”

“嗯——嗯。好吧，我并没有指望你们会说。但你们若是在等着骡亲自前来，还以为会有号角、锣鼓、电子琴组成的大乐队为他开道——放心吧！骡不会那么做的。”

“什么？”杜伦与贝泰异口同声喊道，而马巨擘躲在舱房一角，耳朵几乎竖了起来。这一瞬间，他们三人又惊又喜。

“没错。我自己也在试图跟他接触，而我所用的方法，要比你们两位玩票的完善得多。可是我也没有成功。这个人根本不露面，也不允许任何人为他摄影或拟像；只有最亲近的亲信，才能见到他本人。”

“上尉，这就能解释你为何对我们有兴趣吗？”杜伦问道。

“不，那个小丑才是关键。见过骡的人少之又少，小丑却是其中之一。所以我想要他。他也许就是我所需要的佐证——银河在上，我必须找点东西来唤醒基地。”

“基地需要唤醒吗？”贝泰突然以严厉的口吻，插嘴问道，“为了什么？你这个警钟到底是为谁敲响的——反叛的民主分子？或是秘密警察和煽动者？”

上尉紧紧皱起眉头。“女革命家，等到整个基地受到威胁的时候，民主分子和暴君都会被消灭。让我们先联合基地的暴君，打败那个更大的暴君，然后再把他们推翻。”

“你所说的更大的暴君是什么人？”贝泰气冲冲地问。

“就是骡！我对他的底细知道一些，因此若非我机警过人，早就不知道死了多少次。叫小丑到别的房间去，我需要单独跟你们谈谈。”

“马巨擘。”贝泰一面喊，一面做个手势，小丑便不声不响离开了。

于是上尉开始他的陈述，口气既严肃又激动。他将声音尽量压低，杜伦与贝泰必须靠得很近。

他说：“骡是一个精明至极的人物——他不可能不知道，个人领导能够产生多大的魅力和魔力。既然他放弃这样做，那想必是有原因。而那个原因一定是，和人群直接接触会泄露绝对不能泄露的重大秘密。”

他做了一个不要发问的手势，用更快的速度继续说：“为了追查这个秘密，我走访了他的出生地，在那里询问过一些人。对这件事略有所知的人，只有少数几个还活着，不过也活不了多久了。他们记得那个婴儿是在三十年前出生的——他的母亲难产而死，还有他幼年的种种奇事。骡根本不是人类！”

听到这句话的两个人，被其中模糊的含意吓得倒退一步。这句话到底是什么意思，他们两人并不了解，却都能肯定其中的威胁性。

上尉继续说：“他是一个突变种，而根据他后来的成就，显然是极成功的突变种。我不知道他有多大能耐，也不确定他和惊险影集中所谓的‘超人’究竟相差多少。但是他从无名小卒变成如今的卡尔根统领，前后只花了两年的时间，这就足以说明一切。你们看不出其中的危险性吗？这种无法预料的生物基因突变，也会包括在谢顿计划之中吗？”

贝泰缓缓答道：“我不相信有这种事，这只是一种高明的骗术。假如骡真是超人，他的手下为什么不当场杀掉我们？”

“我已经告诉过你们，我不知道他的突变究竟到了什么程度。他也许尚未准备好对付基地，目前他能忍受这种挑衅，足以代表他老谋深算。现在，让我跟小丑谈一谈。”

面对着上尉，马巨擘拼命发抖，他显然十分畏惧面前这个高大强壮的男子。

上尉开始慢慢问道：“你曾经亲眼见过骡吗？”

“尊贵的先生，我简直看过了头。而且，我还用我自己的身子，体会过他臂膀的重量呢。”

“这点我不怀疑，你能不能形容他一下？”

“尊贵的先生，我一想到他就会害怕。他是一个强壮威武的人。跟他比起来，就连您也只能算是细瘦苗条。他的头发是一团火红，而他的臂膀一旦伸直了，我使尽吃奶的力气，再加上全身的重量，也没法子往下拉动一根汗毛的距离。”马巨擘瘦小的躯体缩起来，似乎只剩下了蜷曲的四肢，“常常，为了要娱乐他的将领，或者只是他自己寻开心，他会用一根手指头勾住我的裤腰带，把我提到吓人的高度，然后叫我开始吟诗。直到我吟完第二十节，才肯把我放下来。这些诗必须都是即兴之作，而且全部要押韵，否则就得重新来过。尊贵的先生，他的气力天下无双，而且总是凶残地使用他的力量——而他的眼睛，尊贵的先生，从来没有人见过。”

“什么？你最后说的什么？”

“尊贵的先生，他总是戴着一副式样古怪的眼镜。据说镜片是不透明的，他看东西不像常人那样需要眼睛，而是使用一种威力无比的魔力。我还听说，”他的声音突然压低，变得神秘兮兮，“看到他的眼睛等于看到死神；尊贵的先生，他能用眼睛杀人。”

马巨擘的眼珠飞快转动，轮流环顾瞪着他的三个人。他又颤声说道：“这是真的。我敢发誓，这是真的。”

贝泰深深吸了一口气。“上尉，看来你说对了。你要不要帮我们做个决定？”

“嗯，让我们来研究一下目前的情况。你们没有积欠任何费用吧？船库上方的栅栏是开着的？”

“我随时可以离开。”

“那么赶快走。或许骡还不想和基地作对，但是让马巨擘逃了，对他而言却是很大的危险。这也许就能解释，当初他们为何大费周章地追捕这个可怜虫。所以说，上面可能会有星舰在等着你们。假如你们消失在太空中，谁又能找到元凶呢？”

“你说得很对。”杜伦垂头丧气地表示同意。

“然而，你的太空船具有防护幕，速度也可能超越此地任何的船舰。一旦你冲出大气层，立刻关闭发动机，绕到对面的半球去，再用最大的加速度冲入航道。”

“有道理。”贝泰冷静地说，“但是回到基地之后，上尉，我们又该怎么办？”

“哈，就说你们是心向基地的卡尔根公民如何？我对这点毫不怀疑，不是吗？”

没人再说什么。杜伦转身走向控制台，太空船开始向一侧稍稍倾斜。

杜伦驾着太空船绕到卡尔根的另一边，又航行了足够远的距离之后，他才试图进行首度的星际跃迁。直到此时，普利吉上尉的眉头才终于舒展一点——因为一路上，没有任何骡的船舰试图拦截他们。

“看来他是默许我们带走马巨擘。”杜伦说，“你的推论好像出了问题。”

“除非，”上尉纠正他的话，“他是故意要让我们带他走的。果真如此，基地就不妙了。”

完成最后一次跃迁之后，太空船已经很接近基地，只剩下最后一段无推力飞行。此时，他们首次接收到来自基地的超波新闻。

其中有一条并不起眼的小新闻。似乎是某个统领——兴趣缺缺的播报员并没有指明——向基地提出抗议，指责基地派人绑架他的一名廷臣。紧接着，播报员便开始报道体育新闻。

普利吉上尉用冷淡的口气说：“他毕竟抢先了我们一步。”然后，他又若有所思地补充道：“他已经作好对付基地的准备，正好利用这件事当做借口。这会使我们的处境更加困难。虽然尚未真正准备好，我们将被迫提早行动。”

15

心理学家

基地中最自由的生活方式，莫过于从事所谓“纯科学”研究，这个事实其来有自。过去一个半世纪中，基地虽然获取了大量的有形资源，不过想要在银河系称霸，甚至即使仅仅为了生存，基地仰赖的仍是高人一等的优越科技。因此，“科学家”拥有不少特权。基地需要他们，他们也明白这一点。

而在基地所有的“纯科学”工作者中，艾布林·米斯——只有不认识他的人，才会在称呼他的时候加上头衔——他的生活方式又比其他人更自由，这个事实同样其来有自。在这个分外尊重科学的世界，他就是“科学家”——这是个堂皇而严肃的职业。基地需要他，他自己也明白这一点。

因此之故，当其他人对市长下跪行礼时，他不但拒绝从命，并且还大声疾呼：祖先们当年从来不对任何混蛋市长屈膝。而且在那个时代，市长无论如何也是民选的，随时可以叫他们滚蛋。他还常常强调，生来就能继承的东西其实只有一样，那就是先天性白痴。

同样的道理，当艾布林·米斯决定要让茵德布尔召见他的时候，他并未依循正式的觐见申请手续，将申请书一级级向上呈递，再静候市长的恩准一级级发下来。他只是从仅有的两件披风中，挑出比较不邋遢的那件披在肩上，再将一顶式样古怪至极的帽子歪戴在脑袋一侧。他还衔着一根市长绝对禁止的雪茄，毫不理会两名警卫的呵斥，就大摇大摆地闯进市长的官邸。

市长当时正在花园里，突然听到愈来愈近的喧扰，除了警告制止的吼叫声，还有含糊不清的粗声咒骂，他才知道有人闯了进来。

茵德布尔缓缓放下手中的小铲子，缓缓站起身来，又缓缓皱起眉头。在日理万机之余，茵德布尔每天仍会拨出一点休闲的时间；通常是午后的两小时，只要天气许可，他都会待在花园里。这座由他精心规划的花园，花圃都垦栽成三角形或长方形，红花与黄花规律地交错着；每块花圃的顶点还点缀着几朵紫色的花，花园四周则是一条条整齐的绿线。在他的花园里，他不准任何人打搅——绝无例外！

茵德布尔一面走向小花园门口，一面摘下沾满泥巴的手套。

他自然而然地问道：“怎么回事？”

自有人类以来，在无数个类似的场合，这一句问话——一字不差——曾经从各式各样人物嘴里吐出来。可是没有任何记载显示，这句问话除了显现威风之外，还能有什么其他目的。

可是这一回，他得到一个具体的答案。因为米斯的身体正好挟着咆哮向前冲来，两名警卫则一边一个，紧紧抓住他身上被撕烂的披风。米斯则不断挥着拳头，对那两名警卫左右开弓。

茵德布尔一本正经、满脸不悦地皱着眉头，示意两名警卫退下。米斯这才弯下腰，捡起烂成一团的帽子，抖掉将近一袋的泥土，再将帽子塞在腋下，然后说："茵德布尔，你看看，你那些XXX的奴才要赔我一件好披风。这件本来还可以好好穿很久呢。"他喘着气，用稍微夸张的动作抹了抹额头上的汗水。

市长满肚子不高兴地僵立在那里，挺直五英尺二英寸的身子傲慢地说："米斯，我可不晓得你请求觐见，当然还没有批准你的申请。"

艾布林·米斯低头望着市长，显然是不敢相信自己的耳朵。"银——河呀，茵德布尔，难道你昨天没有收到我的便条吗？我前天交给一个穿紫色制服的仆佣。我应该直接拿给你的，可是我知道你多么喜欢形式。"

"形式！"茵德布尔扬起充满怒意的眼睛。然后，他慷慨激昂地说："你听说过什么是优良的组织管理吗？今后你若想要觐见我，都得先准备好一式三份的申请书，交给专门承办这项事务的政府机关。然后你乖乖等着，一旦公文循正常程序批下来，就会通知你觐见的时间。到时候你才能出现，还得穿着合宜的服装——合宜的服装，你懂吗——并且表现出应有的尊重。现在你可以走了。"

"我的衣服又有什么不对劲？"米斯怒气冲冲地追问，"在那两个XXX的恶鬼把他们的爪子搭上来之前，这是我最好的一件披风。让我把要告诉你的话说完，我会立刻自动离开。银——河呀，倘若不是和谢顿危机有关，我真想马上就走。"

"谢顿危机！"茵德布尔总算现出一点兴趣。米斯是一位伟大的心理学家——此外还是民主分子、乡巴佬，而且无疑是叛徒，但他终究是心理学权威。这时米斯随手摘下一朵花，满怀期待地放在鼻端，却马上皱着眉头把它丢开，但市长由于有些迟疑，竟然没有将锥心的悲痛化为言语。

茵德布尔以冷漠的口气说："跟我来好吗？在这个花园里不适合

谈正事。”

回到办公室，市长立刻坐到大办公桌后面那张特制的椅子上，顿时感到心情改善不少。现在他可以俯视米斯头上所剩无几的头发，以及根本盖不住的粉红色头皮。米斯自然而然环顾四周，寻找另一张根本不存在的椅子，最后只好浑身不自在地站在原处。市长看到这种反应，他的心情就更好了。然后，市长慎重选择了一个按钮按下，随即有一名穿着制服的小吏应声出现，弯着腰走到办公桌前，呈上一个鼓鼓的金属卷宗。这个时候，市长的心情简直好到了极点。

“好，”茵德布尔又重新掌握住情势，“为了尽早结束这个未经批准的觐见，你的陈述尽量长话短说。”

艾布林·米斯却不慌不忙地说:“你知道我最近在做些什么？”

“你的报告就在我手边，”市长得意洋洋地答道，“并附有专人为我做的正式摘要。据我所知，你正在研究心理史学的数学结构，希望能够重新导出哈里·谢顿的发现；最终的目标，是要为基地描绘出未来历史的既定轨迹。”

“正是如此。”米斯淡淡地说，“谢顿当初建立基地的时候，他想得很周到，没有让心理学家跟着其他科学家一块来——所以基地一直盲目地循着历史的必然轨迹发展。在我的研究过程中，我大量采用了时光穹窿中发现的线索。”

“米斯，这点我也知道。你重复这些只是在浪费时间。”

“我不是在重复什么，”米斯尖声吼道，“因为我要告诉你的，全都不在那些报告里面。”

“不在报告里面，你这话是什么意思？”茵德布尔傻愣愣地说，“怎么可能……”

“银——河呀！可否让我用自己的方式说完，你这讨人厌的小东西。别再拼命打岔，也别再质疑我说的每一句话，否则我马上离开这里，让你身边的一切自生自灭。记住，你这个XXX的傻瓜，基地必定能度过难关，可是如果我掉头就走——你就过不了关。”

米斯把帽子摔在地板上，粘在上面的土块立刻四散纷飞。然后他猛然跳上大办公桌所在的石台，把桌上的文件胡乱扫开，一屁股坐上桌面的一角。

茵德布尔六神无主，不知道是该召警卫进来，还是要拔出藏在桌内的手铳。但是米斯正由上而下狠狠瞪着他，他唯一能做的只有勉强陪着笑脸。

“米斯博士，”他用比较正式的口气说，“您得……”

“给我闭嘴，”米斯凶巴巴地说，“好好听着。如果这些东西，”他的手掌重重打在金属卷宗上，“就是我的那些报告——马上给我丢掉。我写的任何报告，都要经过二十几个官吏一级级向上呈递，才能送到你这里；然后你的任何批示，又要经过二十几手才能发下来。如果你根本不想保密，这样做倒没有什么关系。不过，我这里的东西却是机密。它是绝对机密，即使我的那些助手，也不清楚葫芦里究竟是什么药。当然，研究工作大多是他们做的，但是每个人只负责互不相干的一小部分——最后才由我把结果拼凑起来。你知道时光穹窿是什么吗？”

茵德布尔点点头，但是米斯愈来愈得意，高声吼道：“没关系，反正我要告诉你，因为我想象这个XXX的机会，已经想了跟银河呀一样久了。我能看透你的心思，你这个小骗子。你的手正放在一个按钮旁，随时能叫来五百多名武装警卫把我干掉，但你又在担心我所知道的事——你在担心谢顿危机。我还要告诉你，如果你碰碰桌上任何东西，在任何人进来之前，我会先把你XXX的脑袋摘下来。你的爸爸是个土匪，你的爷爷是个强盗，基地被你们一家人吸血吸得太久了。”

“你这是叛变。”茵德布尔含糊地吐出一句话。

“显然没错，”米斯志得意满地答道，“可是你要拿我怎么办？让我来告诉你有关时光穹窿的一切。时光穹窿是哈里·谢顿当年建造的，目的是为了帮助我们渡过难关。对于每一个危机，谢顿都准备了一段录像来现身说法——并解释危机的意义。目前为止，基地总共经历过四次危机——谢顿也出现过四次。第一次，他出现在危机的最高峰。第二次他出现的时候，是危机刚刚圆满解决之际。这两次，我们的祖先都在那里观看他的演说。然而第三和第四次危机来临时，他却被忽略了，也许是因为根本不需要他，可是我最近的研究显示——你手中的报告完全没有提到这些——谢顿还是曾经现身，而且时机都正确。懂了吗？”

米斯并非等待市长作任何回答。他手中的雪茄早就烂成一团，现在他终于把它丢掉，又摸出了一根点上，开始大口大口地吞云吐雾。

他继续说：“官方说法，我的工作是试图重建心理史学这门科学。不过，任何人都无法单独完成这项工作，而一个世纪内无论如何也不可能成功。但我在比较简单的环节上有些突破，利用这些成绩，我有了接触时光穹窿的借口。我真正研究出来的结果，包括相当准确地推测哈里·谢顿下次出现的正确日期。我可以告诉你那个日子，换句话说，就是下一个谢顿危机——第五个危机升到顶点的时间。”

“距离现在还有多久？”茵德布尔紧张兮兮地追问。

米斯以轻松愉快又轻描淡写的口气，引爆了他带来的这颗炸弹。“四个月，”他说，“XXX的四个月，还要减两天。”

“四个月，”茵德布尔不再装腔作势，激动万分地说，“不可能。”

“不可能？我可以发XXX的誓。”

“四个月？你可了解这代表什么吗？假如四个月后危机即将爆发，就代表它已经酝酿有好几年了。”

“有何不可？难道有哪条自然法则，规定危机必须在光天化日下酝酿吗？”

“可是没有任何征兆，没有任何迫在眉睫的事件。”茵德布尔急得几乎把手都拧断了。突然间，他无端恢复了凶狠的气势，尖声叫道：“请你爬下桌子去，让我把桌面收拾整齐好不好？这样子叫我怎么能思考？”

这句话把米斯吓了一跳，他将庞大的身躯移开，站到一旁去。

茵德布尔十万火急地将所有的东西归回原位，然后连珠炮似的说：“你没有权利这样随随便便就进来。假使你先提出你的理论……”

“这绝不是理论。”

“我说是理论就是理论。假使你先提出你的理论，并且附上证据和论述，按照规定的格式整理好，它就会被送到历史科学局去。那里自有专人负责处理，再将分析的结果呈递给我，然后，当然，我们就会采取适当的措施。如今你这么乱来，唯一的结果只是令我烦心。啊，在这里。”

他抓起一张透明的银纸，在肥胖的心理学家面前来回摇晃。

“这是每周的外交事务摘要，是我为自己准备的。听着——我们已经和莫尔斯完成贸易条约的磋商；将要继续和里欧尼斯进行相同的磋商；派遣代表团去庞第参加一个什么庆典；从卡尔根收到一个什么抗议，我们已经答应加以研究；向阿斯波达抗议他们的贸易政策过于严苛，他们也答应会加以研究——等等，等等。”市长的目光聚焦在目录上，然后他小心翼翼地举起那张银纸，放回正确的文件格内正确的卷宗里的正确位置。

“米斯，我告诉你，放眼银河，没有一处不是充满秩序与和平……”

此时，简直就是无巧不成书，远处的一扇门突然打开，一名衣着朴素的官员随即走进来。

茵德布尔起身的动作在半途僵住。最近发生了太多意料不到的事，令他感到晕头转向，仿佛做梦一般。先有米斯硬闯进来，跟他大吵大闹好一阵子，现在他的秘书竟然又一声不响就走过来，这个举动实在太不合宜，秘书至少应该懂得规矩。

秘书单膝跪下。

茵德布尔用尖锐的声音说：“怎么样！”

秘书低着头，面对着地板报告。“市长阁下，情报局的汉·普利吉上尉从卡尔根回来了。由于他违抗了您的命令，根据您早先的指示——市长手令第二〇·五一三号——已经将他收押，等待发监执行。跟他一起来的人也已被扣留和查问，完整的报告已经呈递。”

茵德布尔吼道：“完整的报告已经收到。怎么样！”

“市长阁下，在普利吉上尉的口供中，约略提到卡尔根新统领的危险阴谋。根据您早先的指示——市长手令第二〇·六五一号——不得为他举行正式的听证会。不过他的口供都做成了笔录，完整的报告已经呈递。”

茵德布尔声嘶力竭地吼道：“完整的报告已经收到。怎么样！”

“市长阁下，在一刻钟之前，我们收到来自沙林边境的报告。数艘确定国籍的卡尔根船舰，已强行闯入基地领域。那些船舰都有武装，已经打起来了。”

秘书的头愈垂愈低。茵德布尔继续站在那里。艾布林·米斯甩了甩头，然后一步步走近秘书，并猛拍他的肩膀。

“喂，你最好叫他们赶快释放那位普利吉上尉，然后把他送到这里。赶快去。”

秘书随即离去，米斯又转向市长。“茵德布尔，你的政府是不是该动起来了？四个月，你知道了吧。”

茵德布尔仍然目光呆滞地站在那里。他似乎只剩下一根手指还能活动——在他面前光滑的桌面上，那根手指神经质地画着一个又一个三角形。

16

大会

二十七个独立行商世界，基于对基地母星不信任的唯一共识，决定团结起来组成一个联盟。这些行商世界，个个具有夜郎自大的心态，以及井底之蛙的顽固，并且由于常年涉险而充满暴戾之气。他们在举行首次大会之前，曾经做过许多先期磋商与交涉，目的是解决一个连最有耐心的人都会被烦死的小问题。

这个小问题并非大会的技术细节，例如投票的方式、代表的产生——究竟是以世界计或以人口计，那些问题牵涉到重要的政治因素。它也不是关于代表的座次，无论是会议桌或餐桌，那些问题牵涉到重要的社会因素。

这个小问题其实是开会的地点，因为那才是最具地方色彩的问题。经过了迂回曲折的外交谈判，终于选定拉多尔这个世界。在磋商开始的时候，有些新闻评论员已经猜到这个结果，因为拉多尔位置适中，是最合乎逻辑的选择。

拉多尔是个很小的世界——就军事潜力而言，可能也是二十七个世界中最弱的。不过，这也是它合乎逻辑的另一个原因。

它是一个带状世界——这种行星在银河系十分普遍，但适合住人的却少之又少，因为难得有恰到好处的自然条件。所谓带状世界的行星，是指它的两个半球处于两种极端温度，生命只可能存在于环状的过渡地带。

从未接触过这个世界的人，照例会认为它没有什么吸引力。其实它上面有好些极具价值的地点——拉多尔市就是其中之一。

这个城市沿着山麓的缓坡展开。附近几座嵯峨崎岖的高山，阻挡了山后低温半球的酷寒冰雪，并为城市提供所需的用水。常年被太阳炙晒的另一半球，则为它送来温暖干燥的空气。处于这两个半球之间，拉多尔市成为一座常绿的花园，全年沐浴在六月天的清晨。

每幢房舍四周都有露天花园。园中长满珍贵的奇花异草，全部以人工加速栽培，以便为当地人换取大量的外汇。如今，拉多尔几乎变成一个农业世界，而不再是典型的行商世界。

因此，在这个穷山恶水的行星上，拉多尔市是个小小的世外桃源。这一点，也是它被选为开会地点的原因。

来自其他二十六个行商世界的会议代表、眷属、秘书、新闻记者、船舰与船员，令拉多尔的人口几乎暴涨一倍，各种资源也几乎被消耗殆尽。大家尽情吃喝，尽情玩乐，根本没有人想睡觉。

但在这些吃喝玩乐的人群中，只有极少数人不太了解战火已经悄悄蔓延整个银河系。而在那些了解局势的大多数人当中，又可再细分为三大类。其中第一类占大多数，他们知道得很少，可是信心十足。

例如那位帽扣上镶着“赫汶”字样的太空船驾驶员。他正把玻璃杯举到眼前，透过杯子望着对面浅浅微笑的拉多尔女郎，同时说道：“我们直接穿越战区来到这里——故意的。经过侯里哥的时候，我们关闭发动机，飞行了大约一‘光分’的距离……”

“侯里哥？”一名长腿的本地人插嘴问道，这次聚会就是由他做东。“就是上星期，骡被打得屁滚尿流的地方，对不对？”

“你从哪里听说骡被打得屁滚尿流？”驾驶员高傲地反问。

“基地的广播。”

“是吗？乱讲，是骡打下了侯里哥。我们几乎撞到他的一艘护航舰，他们就是从侯里哥来的。假使骡被打得屁滚尿流，怎么可能还留在原处；打得他屁滚尿流的基地舰队，却反而溜之大吉？”

另一个人用高亢而含糊的声音说：“别这么讲，基地总是先挨两下子。你等着瞧，把眼睛睁大点。老牌的基地迟早会打回来，到了那个时候——砰！”这人声音含混地说完之后，还醉醺醺地咧嘴一笑。

赫汶来的驾驶员沉默了一会儿，接着又说：“无论如何，正如我所说，我们亲眼看到骡的星舰，而且它们看来十分精良——十分精良。我告诉你，它们看来像新的。”

“新的？”做东的本地人若有所思地说，“他们自己造的吗？”他随手摘下头顶的一片叶子，优雅地放在鼻端闻了闻，然后丢进嘴里嚼起来。嚼烂的树叶流出绿色的汁液，并弥漫着薄荷的香味。他又说：“你是想告诉我，他们用自己拼凑的星舰，击败了基地的舰队？得了吧。”

“老学究，我们亲眼见到的。你该知道，我至少还能分辨船舰和彗星。”

本地人向驾驶员凑过去。“你可知道我在想什么。听好，别跟自己开玩笑了。战争不会无缘无故打起来，我们有一大堆精明能干的领导者，他们知道自己在做什么。”

那个喝醉的人突然又大声叫道：“你注意看老牌的基地。他们会忍耐到最后一分钟，然后就‘砰’！”他愣愣地张开嘴巴，对身边的女郎笑了笑，女郎赶紧走了开。

拉多尔人又说：“老兄，比如说吧，你认为也许是那个什么骡在控制一切，不——对。”他伸出一根手指摇了摇，“我所听到的——顺便提醒你，我是从很高层听来的，骡根本就是我们的人。我们买通了他，那些星舰或许也是我们建造的。让我们面对现实——我们也许真的那么做了。当然，他最后不可能打败基地，却能搞得他们人心惶惶。当他做到这一点的时候，我们就趁虚而入。”

那女郎问道：“克雷夫，你只会说这些事吗？只会谈战争？我都听厌了。”

赫汶来的那名驾驶员，马上用过度殷勤的口气说：“换个话题吧，我们不能让女孩们厌烦。”

接着，喝醉的那人不断重复这句话，还拿啤酒杯在桌上敲着拍子。此时有几双看对了眼的男女，笑嘻嘻地大摇大摆离开餐桌；又有一些成双成对的露水鸳鸯，从后院的“阳房”走了出来。

话题变得愈来愈广泛，愈来愈杂乱，愈来愈没有意义……

第二类的人，则是知道得多一点，信心却少一些。

魁梧的独臂人弗南就是其中之一。他是赫汶出席这次大会的官方代表，因此获得很高的礼遇。他在这里忙着结交新朋友——女性朋友优先考虑，男性朋友则纯属公事。

现在，他正待在一间山顶房舍的阳台上，这间房舍的主人正是弗南新交的朋友。自从来到拉多尔，这是他第一次松懈下来——后来才知道，在拉多尔这段日子，他前前后后只有两次这种机会。那位新朋友名叫埃欧·里昂，他不是道地的拉多尔人，只是有血缘关系而已。埃欧的房舍并非坐落在大众住宅区，而是独立于一片花海中，四周充满花香与虫鸣。那个阳台其实是一块倾斜四十五度的草坪，弗南摊开四肢躺在上面，尽情地享受温暖的阳光。

他说："这些享受在赫汶通通没有。"

埃欧懒洋洋地应道："你看过低温半球吗？离这里二十英里就有一处景点，那里的液态氧像水一般流动。"

"得了吧。"

"这是事实。"

"来，埃欧，我告诉你——想当年，我的手臂还连在肩膀上的时候，知道吗，我到处闯荡——你不会相信的，不过……"他讲了一个好长的故事，埃欧果然不相信。

埃欧一面打呵欠，一面说："物换星移，这是真理。"

"我也这么想。唉，算了，"弗南突然发起火来，"别再说了。我跟你提过我的儿子没有？你可以说他是旧派人物。他妈的，他将来一定会成为伟大的行商。他从头到脚和他老子一模一样。从头到脚，唯一不同的是他结了婚。"

"你的意思是签了一张合同？跟一个女人？"

"就是这样，我自己看不出这有什么意义。他们夫妻到卡尔根度蜜月去了。"

"卡尔根？卡——尔——根？银河啊，那是什么时候的事？"

弗南露出灿烂的笑容，若有深意地慢慢答道："就在骡对基地宣战之前。"

"只是去度蜜月？"

弗南点点头，并示意埃欧靠过来。他以沙哑的声音说："事实上，我可以告诉你一件事，只要你别再转述出去。我的孩子去卡尔根其实另有目的。当然，你该知道，现在我还不想泄露这个目的究竟为何。但你只要看看目前的局势，我想你就能猜得八九不离十。总之，我的孩子是那件任务的不二人选。我们行商亟需一点骚动。"他露出狡猾的微笑，"现在果然来了。我不能说我们是如何做到的，但是——我的孩子一到卡尔根，骡就派出他的舰队。好儿子！”

埃欧感到十分佩服，他也开始对弗南推心置腹。“那太好了。你知道吗，据说我们有五百艘星舰，随时待命出发。”

弗南以权威的口吻说：“也许还不只这个数目。这才是真正的战略，我喜欢这样。”他使劲抓了抓肚皮，“可是你别忘了，骡也是一个精明的人物。在侯里哥发生的状况令我担心。”

“我听说他损失了十艘星舰。”

“没错，可是他总共动用了一百多艘，基地最后只好撤退。那些独裁者吃败仗固然大快人心，可是这样兵败如山倒却不妙。”他摇了摇头。

“我的问题是，骡的星舰到底是哪里弄来的？现在谣言满天飞，说是我们帮他建造的。”

“我们？行商？赫汶拥有独立世界中最大的造舰厂，可是我们从来没有帮外人造过一艘星舰。你以为有哪个世界，会不担心其他世界的联合抵制，擅自为骡提供一支舰队？这……简直是神话。”

“那么，他到底是从哪里弄来的？”

弗南耸耸肩。“我想，是他自己建造的。这点也令我担心。”

弗南眯起眼睛望着太阳，并屈起脚趾，将双脚放在光滑的木制脚台上。不久他就渐渐进入梦乡，轻微的鼾声与虫鸣交织在一起。

最后一类的人只占极少数，他们知道得最多，因而毫无信心。

例如蓝度就属于这一类。如今“行商大会”进行到第五天，蓝度走进会场，看到他约好的两个人已经在那里等他。会场中的五百个座位都还是空的——而且会持续一阵子。

蓝度几乎还没有坐下来，就迫不及待地说：“我们三个人，代表了独立行商世界将近一半的军事潜力。”

“是的，”伊斯的代表曼金答道，“我们两人已经讨论过这一点。”

蓝度说：“我准备很快、很诚恳地把话说完，我对交涉谈判或尔虞我诈毫无兴趣。我们如今的情势糟透了。”

“是因为——”涅蒙的代表欧瓦・葛利问道。

“是因为上一个小时的发展。拜托！让我从头说起。首先，如今的情况，并不是我们所作所为导致的结果，也无疑不在我们的掌控中。我们原先的交涉对象不是骡，而是其他几位统领。其中最重要的就是卡尔根的前任统领，可是在最紧要的关头，他竟然被骡打垮了。”

“没错，但这个骡是个不错的替代人选。”曼金说，“我一向不吹毛求疵。”

“知道所有的详情之后，你就会改变心意了。”蓝度身子向前倾，双手放在桌面，手掌朝上，做了一个明显的手势。

他又说：“一个月前，我派我的侄子和侄媳到卡尔根去。”

“你的侄子！”欧瓦・葛利惊讶地吼道，“我不知道他就是你的侄子。”

“这样做有什么目的？”曼金以冷淡的口气问：“这个吗？”他用拇指在空中画了一个圆圈。

“不对。假如你是指骡向基地宣战那件事，不，我怎么可能期望那么高？那个年轻人什么也不知道——无论是我们的组织或是我们的目的。我只告诉他，我是赫汶一个爱国团体的普通成员，而他到卡尔根去，只是顺便帮我们观察一下状况。我必须承认，我真正的动机也相当暧昧。我最主要是对骡感到好奇，他是个不可思议的人物——关于这一点，我们已经讨论得够多了，我不想再重复。其次，我的侄子曾经到过基地，也跟那边的地下组织有过接触，他将来很可能成为我们的同志。让他去一趟卡尔根，会是一次很有意义的训练。明白了吗——"

欧瓦的长脸拉得更长，露出大颗大颗的牙齿。"这么说，你一定对结果大吃一惊。我相信，现在行商世界人尽皆知，都晓得是你的侄子假冒基地的名义，拐走骡的一名手下，给了骡一个宣战的借口。银河啊，蓝度，你可真会编故事。我难以相信你会跟这件事没有牵连。承认了吧，这是个精心策划的行动。"

蓝度甩了甩一头的白发。"不是出于我的策划，也不是我的侄子有意造成的。他如今成了基地的阶下囚，可能无法活着看到这个精心策划的行动大功告成。我刚刚收到他的讯息。不知道他用什么方法，把私人信囊偷偷传了出来，信囊通过战区辗转送达赫汶，然后又从那里转到这里。足足一个月，才到我手上。"

"信上写的是……"

蓝度用单掌撑着身子，以悲切的口吻说："恐怕我们要步上卡尔根前任统领的后尘。骡是一个突变种！"

这句话随即引起一阵不安。蓝度不难想象，对面两个人一定立刻心跳加速。

当曼金再度开口时，平稳的口气却一点也没有变。"你是怎么知道的？"

"只是我侄子这么说的，不过他曾经到过卡尔根。"

"是什么样的突变种？你知道，突变种有好多种类。"

蓝度勉力压下不耐烦的情绪。"没错，曼金，突变种有好多种类。好多种类！可是骡却只有一个。什么样的突变种能这样白手起家，先是聚集一股军队，据说，最初只是在一颗直径五英里的小行星上建立据点，然后攻占一颗行星，接下来是一个星系、一个星区——然后开始进攻基地，并在侯里哥击败基地的舰队。这一切，前后只有两三年的时间！"

欧瓦·葛利耸耸肩。“所以你认为，他终究会击败基地？”

“我不知道。假如他真的做到了呢？”

“抱歉，我可不想扯那么远。基地是不可能被打败的。听好，除了这个……嗯，这个少不更事的孩子传来的消息，我们没有获悉任何新的进展。我建议把这件事暂且摆在一边。骡已经打了那么多场胜仗，在此之前我们一点也不操心，除非他打下大半个银河，我看不出何必改变我们目前这种态度。对不对？”

蓝度皱起眉头，对方说的一堆歪理令他灰心。他对两人说：“目前为止，我们有没有跟骡作过任何接触？”

“没有。”两人齐声答道。

“其实，我们曾经尝试过，对不对？其实，除非我们跟他取得联系，召开这场大会并没有什么意义，对不对？其实，目前为止，大家都是喝得多想得少，说得多做得少——我是引自今天《拉多尔论坛报》上的一篇评论——这都是因为我们无法联络到骡。两位先生，我们总共拥有近千艘的星舰，只要时机一到，就能全体出动，一举攻下基地。我认为，我们应该改变计划。我认为，应该立刻把那一千艘星舰派出去——对抗骡！”

“你的意思是，去帮助茵德布尔那个暴君，还有基地那帮吸血鬼吗？”曼金带着恨意轻声追问。

蓝度不耐烦地举起手。“请省略不必要的形容词。我只是说‘对抗骡’，我不在乎是帮助谁。”

欧瓦·葛利站了起来。“蓝度，我不要跟这件事有任何牵扯。如果你迫不及待想进行政治自杀，今晚就可以向大会提出这个动议。”

他头也不回地走了出去，曼金沉默地跟在他后面。会场只剩下蓝度一个人，他花了一个小时，不断思索着根本没有答案的问题。

当天晚上的大会，他没有作任何发言。

第二天一大早，欧瓦·葛利却冲进蓝度的房间。当时，这位欧瓦·葛利只随便披了一件衣服，胡子没有刮，头也没有梳。

蓝度刚刚吃完早餐，隔着餐桌的杯盘瞪着他，被他的狼狈模样吓了一跳，连手中的烟斗都抓不稳。

欧瓦劈头就粗声喊道："涅蒙遭到来自太空的奇袭。"

蓝度眯起眼睛。"是基地吗？"

"是骡！是骡！"欧瓦拼命吼道，然后一口气地说："这是无故的、蓄意的攻击。我们的舰队中大多数的星舰，都已经加入国际联合舰队。留守的后备分遣队根本兵力不足，全被打得无影无踪。他们目前还没有登陆，也许根本不会登陆，因为根据我接到的报告，对方也损失了半数的星舰——但这毕竟是战争——我来找你，是想问你赫汶将采取什么立场。"

"我肯定，赫汶一定会固守'联盟宪章'的精神。但是，你知道吗？他一样会攻击我们的。"

"这个骡是个疯子，他能打败整个宇宙吗？"他蹒跚地走到餐桌旁坐下，抓住蓝度的手腕，"我们极少数的生还者报告说，骡……敌人拥有一种新式武器，一种核场抑制器。"

"一种什么？"

欧瓦说："我们大多数的星舰，都是因为核武器失灵才被打下来的。这种事不会是意外，也不会是遭到破坏，一定是骡的新武器造成的。这种新武器并不完美，时灵时不灵，也不难设法中和——我收到的紧急通知不够详细。但你看得出来，这种武器会改变战争的面貌，还可能使我们整个舰队变成一堆废铁。"

蓝度感到自己突然老了许多。他的脸垮下来，显得垂头丧气。"只怕这头怪兽长大了，即将把我们全部吞噬。但我们必须跟他拼一拼。"

17

声光琴

艾布林·米斯的住宅坐落在端点市一个还算纯朴的社区，基地所有的知识分子、学者，以及任何一个爱读书报的人，对这间房子都不会陌生。不过大家的主观印象不尽相同，端视各人读到的报道出自何处。对于某位心思细腻的传记作家，它是“从非学术的现实隐遁的象征”。某位社会专栏作家，曾经以一针见血的文字，提到室内“杂乱无章的、可怕的雄性气氛”。某位博士曾直率地描述它“有书卷气，但很不整齐”。某位与大学无缘的朋友则说：“随时可以来喝一杯，你还能把脚放在沙发上”。某位生性活泼、喜欢卖弄文采的每周新闻播报员，有一回提到：“离经叛道、激进、粗野的艾布林·米斯，他家的房间显得硬邦邦、实用而正经八百。”

此时，贝泰自己也在心中评价着这座住宅。根据第一手资料，她觉得“邋遢”是唯一的形容词。

除了刚到基地那几天，她在拘留期间的待遇都还不错。相较之下，在心理学家的家中等待半小时，似乎比那些日子难熬得多——或许有人正在暗中监视呢？至少，她过去一直和杜伦在一起……

若不是马巨擘垂下长鼻子，露出一副紧张得不得了的表情，这种迫人的气氛可能会令她更难过。

马巨擘并起细长的双腿，膝盖顶着尖尖的、松弛的下巴，仿佛试着要让自己缩成一团然后消失。贝泰自然而然伸出手来，做了一个温柔的手势为他打气。马巨擘怔了一怔，然后才露出微笑。

“毫无疑问，我亲爱的女士，似乎直到现在，我的身子还不肯相信我的脑子，总是以为别人还会伸手打我一顿。”

“马巨擘，你不用担心。有我跟你在一起，我不会让任何人伤害你。”

小丑的目光悄悄转向贝泰，又迅速缩回去。“可是他们原先不让我跟您——还有您那位好心的丈夫在一块。此外，我想告诉您，您也许会笑我，可是失去了友情，我感到十分寂寞。”

“我不会笑你的，我也有这种感觉。”

小丑显得开朗多了，将膝盖抱得更紧。“这个要来看我们的人，您还没有见过他吧？”他以谨慎的口气问道。

“没错。不过他是名人，我曾经在新闻幕中看过他，也听到过好些他的事情。马巨擘，我想他是好人，他不会想伤害我们。”

“是吗？”小丑仍然坐立不安，“亲爱的女士，也许您说得对，可是他以前曾经盘问过我，他的态度粗鲁，嗓门又大，令我忍不住发抖。他满口古怪的言语，所以对于他的问题，我使尽吃奶的力气也吐不出半个字。从前有个吟游诗人看我愣头愣脑，就唬我说在这种紧张时刻，心脏会塞到气管里，让人说不出话来，如今我几乎要相信他的话。”

“不过现在情况不同了。我们两个应付他一个，他没办法把我们两人都吓倒，对不对？”

“没错，我亲爱的女士。”

不知从哪里传来“砰”的一下关门声，接着是一阵咆哮逐渐逼近。当咆哮声到达门外时，凝聚成凶暴的一句“银——河呀，给我滚开这里！”门口立时闪过两名穿着制服的警卫，一溜烟就不见了。

艾布林·米斯皱着眉头走进房间，将一个仔细包装的东西放到地上，然后走过来跟贝泰随便握了握手。贝泰则回敬以粗犷的、男士的握手方式。米斯转向小丑后，又不禁回头望了望贝泰，这次目光在她身上停驻许久。

他问道：“结婚了？”

“是的，我们办过合法的手续。”

米斯顿了顿，又问：“幸福吗？”

“目前为止还好。”

米斯耸了耸肩，又转身面向马巨擘。他打开那包东西，问道：“孩子，知道这是什么吗？”

马巨擘立刻从座位中弹跳出去，一把抓住那个多键的乐器。他抚摸着上面无数的圆凸按键，突然兴奋得向后翻了一个筋斗，差点把旁边的家具都撞坏了。

他哇哇大叫道：“一把声光琴——而且制作得那么精致，能让死人都心花怒放。”他细长的手指慢慢地、温柔地抚摸着那个乐器，然后又轻快地滑过键盘，手指轮流按下一个个按键。空气中便出现了柔和的蔷薇色光辉，刚好充满每个人的视野。

艾布林·米斯说：“好啦，孩子，你说你会玩这种乐器，现在有机会了。不过，你最好先调调音，这是我从一家博物馆借出来的。”然后，米斯转身向贝泰说：“据我所知，基地没有任何人会侍候这玩意。”

他靠近了些，急促地说：“没有你在场，小丑就不肯开口。你愿意帮我吗？”

贝泰点了点头。

“太好了！”他说，“他的恐惧状态几乎已经定型，我怀疑他的精神耐力承受不了心灵探测器。如果我想从他那里得到任何讯息，必须先让他感到绝对自在。你了解吗？”

贝泰又点了点头。

“这把声光琴是我计划中的第一步。他说他会演奏这种乐器，根据他现在的反应，我们几乎可以确定，这玩意曾经带给他极大的快乐。所以不论他演奏得是好是坏，你都要显得很有兴趣、很欣赏。然后，你要对我表现出友善和信任。最重要的是，每件事都要看我的眼色行事。”米斯很快瞥了马巨擘一眼，看到他蜷缩在沙发的一角，迅速调整着声光琴的内部机件，一副全神贯注的样子。

米斯又像闲话家常般对贝泰说：“你听过声光琴的演奏吗？”

“听过一次，”贝泰也用很自然的口气说，“是在一场珍奇乐器演奏会中，没什么特别的印象。”

“嗯，我猜是因为表演的人不尽理想。如今几乎没有真正一流的演奏者。比起其他的乐器，比如说多键盘钢琴，声光琴并不需要全身上下如何协调，反而需要某种灵巧的心智。”接着他压低声音说，“这就是为什么对面那个皮包骨，有可能演奏得比咱们想象中要好。过半数的出色演奏家，在其他方面简直都是白痴。心理学之所以这么有意思，正是因为这种古怪现象还真不少。”

他显然是想要制造轻松的气氛，又补充道：“你知道这个怪里怪气的东西是什么原理？我特地研究了一下，目前我得到的结论是，它产生的电磁辐射能直接刺激脑部的视觉中枢，根本不必触及视神经。事实上，就是制造出一种原本不存在的感觉。你仔细想想，还真是挺神奇的。你平常听到的声音，并没有什么特别之处，不外是经过耳鼓、耳蜗的作用。但是——嘘！他准备好了。请你踢一下那个开关，在黑暗中效果更好。”

在一片昏暗中，马巨擘看起来只是一小团黑影，艾布林·米斯则是带着浓重呼吸声的一大团。贝泰满心期待地瞪大眼睛，起初却什么也看不到。空气中只存在着细微纤弱的颤动，音阶毫无规律地愈爬愈高。它在极高处徘徊，音量陡然升高，然后猛扑下来撞碎在地上，犹如纱窗外响起一声巨雷。

随着四散迸溅的旋律，一个色彩变幻不定的小球渐渐胀大，在半空中爆裂成众多不规则的团块，一起盘旋而上，然后迅速下落，如同相互交错的弧形彩带。那些团块又凝聚成无数颗小珠子，每颗的色彩都不尽相同——这时候，贝泰开始看出一点名堂了。

她发现如果闭起眼睛，彩色的图案反而更加清晰；每颗彩珠的每个小动作都带着特有的节奏；她还发现自己竟然无法确认这些色彩；此外彩珠其实并非珠状，而是许多小小的人形。

小小的人形，又像是小小的火苗，无数的人形在舞蹈，无数的火苗在闪耀，忽而从视线中消失，一会儿又无端地重现。相互间不断挪换着位置，然后再聚集成新的色彩。

贝泰不禁想到，晚上如果使劲闭起双眼，直到眼睛生疼，再睁开来耐心凝视，就会看到类似的小彩珠。她又联想到一些熟悉的景象：不停变幻颜色的碎花布在面前掠过，许多同心圆同时收缩，还有颤动不已的变形虫等等。不过如今眼前的景象规模更大，变化更多端——每颗小彩珠都是一个小小的人形。

他们成双成对向她扑来，她倒抽一口气，赶紧抬起双手。他们却一个个翻滚开来，不一会儿，贝泰便处身于耀眼的暴风雪中心。冷光跃过她的肩头，如滑雪般来到她的手臂，再从她僵凝的十指激射出去，在半空中缓缓聚集成闪亮的焦点。除此之外，还有上百种乐器的旋律，如泉水般淙淙流过，直到她无法从光影中分辨出那些音乐。

她很想知道艾布林·米斯是否也看到相同的景象，否则，他又看到些什么呢？这个疑问一闪而过，然后——

她继续凝视。那些小小的人形——他们真是小小的人形吗？其中有许多红发少女，她们旋转和屈身的动作太快了，令她的心灵无法专注。她们一个抓一个，组成星形的队形，然后一起开始旋转。音乐变成了模糊的笑声——是女孩们的笑声在贝泰耳中响起。

星形一个一个靠拢，彼此互相照耀，再慢慢聚合起来——由下而上，一座宫殿迅速形成。每一块砖都是一种特殊色彩，每一种色彩都闪闪发光，每一道闪光都不断变幻花样。她的目光被引导向上，仰望那二十座镶着宝石的尖塔。

一条闪闪发光的飞毯激射而出，在半空中回旋飘扬，织成一张无形的巨网，将所有的空间网罗在内。从网中又长出明灿的嫩条，在瞬间开枝散叶，每棵树木都唱出自己的歌。

贝泰坐在它的正中央。音乐在她周围迅疾喷溅，以抒情的步调四散纷飞。她伸出手，想触摸面前一棵小树，树上的小穗立即向下飘散，消失得无影无踪，带起一阵清脆悦耳的铃声。

音乐中突然加入二十个铙钹，同时一大团火焰在贝泰面前喷涌而出，再沿着无形的阶梯一级级倾泻下来，尽数流向她的裙缘，在那里飞溅并迅速流散。她的腰肢随即被火红的光芒围绕，裙边升起一道彩虹桥，桥上有好些小小的人形……

一座宫殿，一座花园，一望无际的彩虹桥，桥上有无数小小的男男女女，全都随着弦乐庄严的节奏起舞，最后一起涌向贝泰……

接着——似乎是令人惊讶的停顿，然后又出现裹足不前的动作，继而是一阵迅速的崩溃。所有的色彩立时远遁，集中成一个旋转的球体，愈缩愈小，渐渐上升，最后终于消失。

现在，又只剩下一片黑暗。

米斯伸出大脚探着踏板，然后一脚踩下，室内立刻大放光明，但那只是平淡无趣的太阳光。贝泰不停眨着眼睛，直到淌出眼泪，仿佛在追忆什么心爱的东西。艾布林·米斯矮胖的身躯一动不动，仍然维持着双眼圆瞪、瞠目结舌的表情。

只有马巨擘一个人活蹦乱跳，他兴奋无比地哼着歌，抱着声光琴爱不释手。

"我亲爱的女士，"他喘着气说，"这把琴的效果真可说是出神入化，在平衡和响应方面，它的灵敏和稳定几乎超出我的想象。有了这把琴，我简直可以创造奇迹。我亲爱的女士，您喜欢我的作品吗？"

"你的作品？"贝泰小声地说，"你自己的作品？"

看到她吃惊的模样，马巨擘的瘦脸一直涨红到长鼻子的尖端。"我亲爱的女士，的的确确是我自己的作品。骡并不喜欢它，可是我常常、常常从这首曲子中自得其乐。那是我小的时候，有一次，我看到一座宫殿——一座巨大的宫殿，外面镶满金银珠宝；我是在巡回演出的时候，从远远的地方看见的。里头的人穿着我做梦也想不到的华丽衣裳，而且每个人都高贵显赫，后来即使在骡身边，我也没有再见到过那么高贵的人。我这首曲子其实模仿得十分拙劣，可是我的脑子不灵光，不能表现得更好了。我称这首曲子为《天堂的记忆》。"

当马巨擘滔滔不绝的时候，米斯终于回过神。"来，"他说，"来，马巨擘，你愿不愿意为其他人这样表演？"

一时之间，小丑不知如何是好。"为其他人？"他用发颤的声音说。

“在基地各大音乐厅，为数千人表演。”米斯大声说道，“你愿不愿意做自己的主人，受众人的尊敬，并且赚很多钱，还有……还有……”他的想象力到此为止，“还有一切的一切。啊？你怎么说？”

“但是我怎么可能做到呢？伟大的先生，我只是个可怜的小丑，世上的好事永远没有我的份。”

心理学家深深吐了一口气，还用手背擦了擦额头上的汗水。他又说：“老弟，可是你很会表演声光琴。只要你愿意为市长还有他的‘联合企业’表演几场，这个世界就是你的了。你喜不喜欢这个主意？”

小丑很快瞥了贝泰一眼。“她会陪着我吗？”

贝泰哈哈大笑。“小傻瓜，当然会。你马上就要名利双收，现在我有可能离开你吗？”

“我要全部献给您。”马巨擘认真地答道，“其实，即使把银河系的财富都献给您，还是不足以报答您的恩情。”

“不过，”米斯故意随口说，“希望你能先帮我一个忙……”

“做什么？”

心理学家顿了一顿，然后微微一笑。“小小的表层探测器不会对你造成任何伤害，只会轻轻接触你的大脑表层而已。”

马巨擘眼中立刻显露无比的恐惧。“千万别用探测器，我见过它的厉害。它会把脑浆吸干，只留下一个空脑壳。骡就是用那东西对付叛徒，让那些人都变成行尸走肉，在大街小巷四处游荡，直到骡大发慈悲，把他们杀死为止。”他举起右手推开米斯。

“你说的是心灵探测器，”米斯耐着性子解释，“即使那种探测器，也只有误用时才会造成伤害。我用的这台是表层探测器，连婴儿也不会受伤。”

“马巨擘，他说得没错。”贝泰劝道，“这样做只是为了对付骡，好让他休想接近我们。把骡解决之后，你我下半辈子都能过着荣华富贵的日子。”

马巨擘伸出抖个不停的右手。“那么，您可不可以抓着我的手？”

贝泰双手握住他，小丑于是瞪大眼睛，看着那对闪闪发光的电极板向自己渐渐接近。

在茵德布尔市长的私人起居室中，艾布林·米斯坐在一张过分奢华的椅子上，仍旧表现得随随便便，对市长的礼遇一点也不领情。虽然矮小的市长今天显得坐立不安，米斯却只是毫不同情地冷眼旁观。这时，他将抽完的雪茄丢到地上，并且吐出一口烟丝。

“茵德布尔，顺便告诉你，如果你正在安排马洛大厅下回的音乐会，”他说，“你可以把那些演奏电子乐器的，全都踢回臭水沟里；只要把那个小畸形人找来，叫他为你表演声光琴就行了。茵德布尔——那简直不是人间的音乐。”

茵德布尔不高兴地说：“我把你找来，不是请你为我上音乐课的。骡的底细究竟如何？我要听这个，骡的底细究竟如何？”

“骡啊？嗯，我会告诉你的——我使用表层探测器，得到的资料有限。我不能用心灵探测器，那个畸形人对它有盲目的恐惧感，倘若硬要用，一旦电极接触到他，产生的排斥也许就会令他XXX的精神崩溃。无论如何，我带来一点情报，请你别再敲指甲好不好——

“首先，不用过分强调骡的体能。他也许很强壮，不过畸形人所说的关于这方面的神话，也许被他自己的恐怖记忆放大了许多倍。骡戴着一副古怪的眼镜，而他的眼睛能杀人，这明显表示他拥有精神力量。”

“这些我们当初就知道了。”市长不耐烦地说。

“那么探测器证实了这点，然后从这里出发，我开始用数学来推导。”

“所以呢？你要花多久时间才能完成？你这样子喋喋不休，我的耳朵快被你吵聋了。”

“据我的估计，大约再过一个月，我就能告诉你一些结果。当然，也可能没有结果。但是又有什么关系呢？假如这一切都在谢顿计划之外，我们的机会就太小了，XXX的太小了。”

茵德布尔恶狠狠地转身面向心理学家。“叛徒，我逮到你啦。你骗人！你还敢说和那些制造谣言的坏蛋不是一伙的？你们散播失败主义，搞得基地人心惶惶，让我的工作加倍困难。”

“我？我？”米斯也渐渐发火了。

茵德布尔对着他赌咒。“星际尘云在上，基地将会胜利——基地一定会胜利。”

“纵使我们在侯里哥吃了败仗？”

“那不是败仗。你也相信那些满天飞的谎言吗？是由于我们兵力悬殊，而且有人叛变……”

“什么人煽动叛变？”米斯以轻蔑的口气追问。

“贫民窟里那些满身虱子的民主分子。”茵德布尔回敬他一阵大吼，“舰队里面到处都是民主分子的细胞，这点我很早就知道了。虽然大部分都被铲除，但是难免有漏网之鱼，这就足以解释为什么会有二十艘星舰，竟然在会战最吃紧的时候投降。正因为这样，我们才被打败的。

“所以说，你这个出言不逊、举止粗野、头脑简单的所谓爱国者，你和那些民主分子到底有什么牵连？”

艾布林·米斯却只是耸耸肩。“你在胡说八道，你知道吗？后来的撤退又怎么说，西维纳又怎么会沦陷了一半？也是民主分子的杰作吗？”

“不，不是民主分子。”小个子市长露出诡异的笑容，“是我们主动撤退——基地每逢遭到攻击，一律都会以退为进，直到不可抗拒的历史发展，变得对我们有利为止。事实上，我已经看到了结果。事实上，由民主分子组成的所谓‘地下组织’已经发表一项声明，宣誓效忠并协助政府。这可能是个阴谋，以便掩护另一个更高明的诡计，但是我可以将计就计，不论那些混账叛徒打的什么主意，这项合作都可以大肆宣传一番。更好的是……”

“茵德布尔，更好的是什么？”

“你自己判断吧。两天前，所谓的‘独立行商协会’已经向骡宣战，因此基地舰队一口气增加了千艘星舰。你瞧，这个骡做得太过分了。他趁着我们内部分裂不和之际开战，可是面对他的来犯，我们马上团结起来，变得强大无比。他非输不可，这是必然的——始终如此。”

米斯仍然透着怀疑。“那么你的意思是说，谢顿连无法预料的突变种也计划在内。”

“突变种！我看不出他和人类有什么不同，你同样看不出来。我们听到的，只是一个叛变的上尉、两个异邦年轻人，还有一个笨头笨脑的小丑，这四个人的胡说八道。你忘记了最有力的证据——你自己的证据。”

“我自己的证据？”米斯顿时吃了一惊。

“你自己的证据。”市长冷冷一笑，“再过九个星期，时光穹窿又要开启了。这代表什么？代表将有一个危机。假如骡发动的攻击其实不算危机，‘真正的’危机又在哪里，穹窿又为什么要开启？回答我，你这个大肉球。”

心理学家又耸耸肩。“好吧，如果这样想能让你心安的话。不过，请你帮个忙，只是预防万一……万一老谢顿发表了演说，结果却出乎我们意料之外，请你让我也出席这个集会。”

“好吧，现在你可以滚了。这九个星期中，别让我再看到你。”

“我XXX的求之不得，你这又干又瘪的讨厌鬼。”米斯一面走，一面喃喃自语。

18

基地陷落

时光穹窿中有一种奇怪的气氛，从各个角度却都很难精确形容。一来不能说它年久失修，因为穹窿照明充足，状况良好，彩色的壁画栩栩如生，而一排排固定的座位宽敞舒适，显然是为了永久使用所设计的。二来也不能说它陈旧，因为三世纪的光阴并未留下显著的痕迹。此外，它绝对没有刻意令人产生敬畏或虔诚的情绪，因为一切陈设都简单朴素——事实上，几乎是没有任何陈设。

但在交代完所有难以描述的情状之后，还有一件事必须提一提——这件事和占了穹窿一半面积、显然空无一物的玻璃室有关。三个世纪以来，哈里·谢顿活生生的拟像出现过四次，就是坐在那里侃侃而谈。不过有两次，他并没有任何听众。

三个世纪、九个世代的岁月中，这位曾经目睹帝国昔日光荣的老人，一次又一次在穹窿中现身。直到现在，他对今日银河局势的了解与认识，仍在他的后代子孙之上。

这间空无一物的玻璃室，永远耐心等待着。

市长茵德布尔三世坐在私人礼车中，穿过静寂而透着不安的街道，第一个抵达了穹窿。跟他一起来的还有他的专用座椅，它比穹窿原有的座位都更高、更宽大。茵德布尔命令属下将他的座椅放在最前面，这样一来，除了面前空空如也的玻璃室，他可以掌握全场的局势。

左方一名表情严肃的官员，对他恭敬地低头行礼。“市长阁下，您今晚要做的正式宣布，我们已经安排好范围最广的次乙太广播。”

“很好。与此同时，介绍时光穹窿的星际特别节目要继续播出。当然，其中不得有任何形式的臆测或预测。大众的反应仍令人满意吗？”

“市长阁下，反应非常好。盛行一时的邪恶谣言又消退不少，大众的信心普遍恢复了。”

“很好！”他挥手示意那名官员退下，随手调整了一下考究的领带。

距离正午还有二十分钟！

从市长支持者中精挑细选出来的代表团——各大行商组织的重要负责人——此时三三两两走进来。他们根据财富的多寡，以及在市长心目中的地位，而有不同程度的豪华排场。人人都先趋前向市长问安，领受市长一两句亲切的招呼，再坐到指定的座位去。

穹窿某处突然出了一点状况，破坏了现场矫揉造作的气氛——来自赫汶的蓝度从人群中慢慢挤出来，不请自来地走到市长座椅前。

“市长阁下！”他喃喃道，同时鞠躬行礼。

茵德布尔皱起了眉头。“没有人批准你来觐见我。”

“市长阁下，我在一周前就已经申请了。”

“我很遗憾，但是和谢顿现身有关的国家大事，使得……”

“市长阁下，我也很遗憾，但是我必须请你收回成命，不要将独立行商的星舰混编在基地舰队中。”

由于自己的话被打断，茵德布尔气得满脸通红。“现在不是讨论问题的时候。”

“市长阁下，这是唯一的机会。”蓝度急切地悄声说，“身为独立行商世界的代表，我要告诉你，这项要求我们恕难从命。你必须赶在谢顿出手解决我们之间的问题之前，尽快撤销这个命令。一旦紧张的局势不再，到时想再安抚就太迟了，我们的联盟关系会立刻瓦解。”

茵德布尔以冷漠的目光瞪着蓝度。“你可知道我是基地的最高军事统帅？我到底有没有军事行动的决策权？”

“市长阁下，你当然有，但是你的决定有不当之处。”

“我没有察觉到任何不当。在这种紧要关头，允许你的舰队单独行动是很危险的事，这样正中敌人下怀。大使，不论是军事或政治方面，我们都必须团结。”

蓝度觉得喉咙几乎鲠住。他省略了对市长的敬称，脱口而出道:“因为谢顿即将现身，所以你感到安全无虞，就准备要对付我们了。一个月前，当我们的星舰在泰瑞尔击败骡的时候，你还表现得既软弱又听话。市长先生，我该提醒你，在会战中连吃五次败仗的是基地的舰队，而为你打了几场胜仗的，则是独立行商世界的星舰。”

茵德布尔阴狠地皱起眉头。“大使，你已经是端点星上不受欢迎的人物。今天傍晚就要请你限期离境。此外，你和端点星上颠覆政府的民主分子必有牵连，这一点，我们会——我们其实已经调查过了。”

蓝度回嘴道：“我走的时候，我们的星舰会跟我一起离去。我对你们的民主分子一无所知。我只知道，你们基地的星舰之所以向骡投降，并不是舰员的主意，而是由于高级军官的叛变，姑且不论他们是不是民主分子。我告诉你，在侯里哥那场战役中，基地的二十艘星舰尚未遭到任何攻击，少将指挥官便下令投降。那名少将还是你自己的亲信——当我的侄子从卡尔根来到基地时，就是那名少将主持他的审判。类似的案例我们知道不少，基地的舰队充满潜在的叛变，我们的星舰和战士可不要冒这种险。”

茵德布尔说：“在你离境之前，会有警卫全程监视你。”

在端点星高傲的统治阶层默默注视下，蓝度颓然离去。

距离正午还有十分钟！

贝泰与杜伦也已经到了，两人坐在最后几排。看到蓝度经过，他们赶紧起身和他打招呼。

蓝度淡淡一笑。“你们毕竟来了。是怎么争取到的？”

“马巨擘是我们的外交官。”杜伦咧嘴一笑，“茵德布尔一定要他以时光穹窿为主题，作一首声光琴的乐曲，当然要用茵德布尔自己当主角。马巨擘说除非有我们作伴，否则他就不出席，无论怎么说、怎么劝他都不妥协。艾布林·米斯和我们一道来，现在不知道跑到哪里去了。”然后，杜伦突然焦急而严肃地问道：“咦，叔叔，有什么不对劲？你看来不太舒服。”

蓝度点点头。“我同意。杜伦，我们加入得不是时候。当骡被解决后，只怕就要轮到我们了。”

一个身穿白色制服、外表刚直严肃的男子走过来，向他们行了一个利落的鞠躬礼。

贝泰伸出手来，黑眼珠洋溢着笑意。“普利吉上尉！你又恢复了太空勤务？”

上尉握住她的手，并且弯下腰来。“没有这回事。我知道是由于米斯博士的帮助，我今天才有出席的机会。不过我只能暂时离开，明天就要回地方义勇军报到。现在几点了？”

距离正午还有三分钟！

马巨擘脸上掺杂着悲惨、苦恼与沮丧的表情。他的身子缩成一团，仿佛又想让自己凭空消失。他的长鼻子鼻孔处皱缩起来，凝视地面的大眼睛则不安地左右游移。

他突然抓住贝泰的手，等到她弯下腰来，他悄声说：“我亲爱的女士，当我……当我表演声光琴的时候，您想，这么多伟大的人物，都会是我的听众吗？”

“我确定，谁都不会错过。”贝泰向他保证，还轻轻摇着他的手，“我还可以确定，他们会公认你是全银河最杰出的演奏家，你的演奏将是有史以来最精彩的。所以你要抬头挺胸，坐端正了。我们要有名家的架式。”

贝泰故意对他皱皱眉头，马巨擘回以微微一笑，缓缓将细长的四肢舒展开来。

正午到了——

玻璃室也不再空无一物。

很难确定有谁目睹了录像是如何出现的。这是个迅疾无比的变化，前一刻什么都没有，下一刻就已经在那里了。

在玻璃室中，是一个坐在轮椅上的人，他年迈且全身萎缩，脸孔布满皱纹，透出的目光却炯炯有神。他膝头上覆着一本书，当他开始说话的时候，整个人才显得有了生气。

他的声音轻柔地传来。“我是哈里·谢顿！”

一片鸦雀无声中，他以洪亮的声音说：“我是哈里·谢顿！光凭感觉，我不知道有没有人在这里，但是这不重要。最近几年，我还不太担心计划会出问题。在最初三个世纪，计划毫无偏差的几率是94.2%。”

他顿了顿，微笑了一下，然后以亲切和蔼的口气说：“对了，如果有人站着，可以坐下了。如果有谁想抽烟，也请便吧。我的肉身并不在这里，大家不必拘泥形式。

“现在，让我们讨论一下目前的问题。这是基地第一次面对——或是即将面对一场内战。目前为止，外来的威胁几乎已经消灭殆尽；根据心理史学严格的定律，这是必然的结果。基地如今面临的危机，是过分不守纪律的外围团体，对抗过分极权的中央政府。这是必要的过程，结果则至为明显。”

在座那些达官贵人的威严神气开始松动，茵德布尔则几乎站了起来。

贝泰身子向前倾，露出困惑的眼神。伟大的谢顿究竟在说些什么？这一分神，她就漏听了一两句。

“……达成妥协，满足了两方面的需要。独立行商的叛乱，为这个或许变得太过自信的政府，引进一个新的不确定因素。于是，基地重新拾回奋斗的精神。独立行商虽然战败，却增进了民主的健全发展……”

交头接耳的人愈来愈多，耳语的音量也不断升高，大家不禁开始感到恐惧。

贝泰咬着杜伦的耳朵说：“他为什么没提到骡？行商根本没有叛乱。”

杜伦的反应只是耸耸肩。

在逐渐升高的混乱中，轮椅上的人形继续兴高采烈地说：“……基地被迫进行这场必然的内战之后，一个崭新的、更坚强的联合政府是必需的且正面的结果。这时，只剩下旧帝国的残余势力，会阻挡基地继续扩张。但是在未来几年内，那些势力无论如何都不是问题。当然，我不能透露下一个危机的……”

谢顿的嘴唇继续动着，声音却被全场的喧嚣完全掩盖。

艾布林·米斯此时正在蓝度身边，一张脸涨得通红。他拼命吼道：“谢顿疯啦，他把危机搞错了。你们行商曾经计划过内战吗？”

蓝度低声答道：“没错，我们计划过。都是因为骡，我们才取消的。”

“那么这个骡是个新添的因素，谢顿的心理史学未曾考虑到。咦，怎么回事？”

在突如其来的一片死寂中，贝泰发现玻璃室恢复了空无一物的状态。墙壁上的核能照明全部失灵，空调设备也都不再运转。

刺耳的警报声不知在何处响起，音调忽高忽低不停交错。蓝度用口形说了一句：“太空空袭！”

艾布林·米斯将腕表贴近眼睛，突然大叫一声：“停了，我的银——河呀！这里有谁的表还会走？”他的叫声有如雷鸣。

立时有二十只手腕贴近二十对眼睛。几秒钟之后，便确定答案都是否定的。

“那么，”米斯下了一个骇人听闻的结论，“有股力量让时光穹窿中的核能通通消失了——是骡打来啦。”

茵德布尔哽咽的声音盖过全场的嘈杂。“大家坐好！骡还在五十秒差距之外。”

“那是一周前。”米斯吼了回去，“如今，端点星正遭到空袭。”

贝泰突然感到心中涌现一阵深沉的沮丧。她觉得这个情绪将自己紧紧缠住，直缠得她的喉咙发疼，几乎喘不过气来。

外面群众的喧闹声已经清晰可闻。穹窿的门突然被推开，一个愁眉苦脸的人闯进来，茵德布尔一口气冲到那人面前。

“市长阁下，”那人急促地小声对市长说：“全市的交通工具都动弹不得，对外通讯线路全部中断。第十舰队据报已被击溃，骡的舰队已经来到大气层外。参谋们……”

茵德布尔两眼一翻，如烂泥般倒在地板上。现在，穹窿内又是一片鸦雀无声。外面惊惶的群众愈聚愈多，却也个个闭紧嘴巴，凝重的恐惧气氛顿时弥漫各处。

茵德布尔被扶起来，并有葡萄酒送到他嘴边。他的眼睛还没来得及张开，嘴巴已经吐出两个字：“投降！”

贝泰感到自己几乎要哭出来——并非由于悲伤或屈辱，只是单纯出于可怕至极的绝望。艾布林·米斯上前拉拉她的袖子。“小姐，快走——”

她整个人从座位中被拉起来。

“我们要赶紧走，”米斯说，“你带着那个音乐家。”胖嘟嘟的科学家嘴唇泛白，还不停地打颤。

“马巨擘！”贝泰有气无力地叫道。小丑吓得缩成一团，双眼目光呆滞。

“骡，”他尖叫道，“骡来抓我了。”

贝泰伸手拉他，马巨擘却用力挣脱。杜伦赶紧上前，猛然一拳挥出去。马巨擘应声倒地，不省人事，杜伦将他扛在肩头，像是扛着一袋马铃薯。

第二天，骡的星舰尽数降落在端点星各个着陆场；每艘星舰都漆成深黑的保护色，看来丑陋无比。端点市的核能交通工具仍旧全部停摆，指挥进攻的将军坐在自己的地面车中，奔驰在市内空无一人的大街上。

二十四小时前，谢顿出现在基地原先的统治者面前；二十四小时后，骡发布了攻占基地的宣告，一分钟也不差。

基地体系内所有的行星，只剩下独立行商世界仍在顽强抵抗。骡在成为基地的征服者之后，随即将箭头转向他们。

19

寻找开始

孤独的赫汶行星是赫汶恒星唯一的伴随者，两者构成这个星区唯一的恒星系。此地接近银河系最前缘，往外便是星系间的虚无太空。这颗行星，如今被包围了。

就严格的军事观点而言，它的确被包围了。因为在银河系这一侧，距离赫汶二十秒差距外的任何区域，无处不在骡的前进据点控制之下。基地溃败后这四个月，赫汶的对外通讯早已像是被剃刀割裂的蜘蛛网。赫汶所属的星舰都向母星集结，赫汶成了唯一的战斗据点。

就其他角度而言，包围的压迫感似乎更为强烈。无助感和绝望早已渗透进来……

贝泰拖着沉重的脚步，走在画着粉红色波状条纹的通道上。她边走边数，经过一排排乳白色、高分子面板的餐桌，终于数到自己的座位。坐上高脚凳之后，她感到轻松了些，一面机械化地回应着仿佛听到的招呼，一面用酸疼的手背揉着酸疼的眼睛，并随手取来菜单。

她看到几道人工培养的蕈类做成的菜肴，感到一阵恶心反胃。这些食物在赫汶被视为珍馐，她的基地胃口却觉得难以下咽。然后她听到一阵啜泣，马上抬起头来。

在此之前，贝泰从未注意过裘娣。裘娣面貌平庸，还有个狮子鼻，虽是金发却毫不起眼。她用餐的座位在贝泰的斜对面，两人只是点头之交。现在裘娣哭得一把鼻涕一把眼泪，伤心地咬着一块湿透了的手帕；她不停地抽噎，直到脸庞都涨得通红。她的抗放射衣搭在肩上，已经皱得不成样子；透明面罩扎到了点心，她也根本视若无睹。

裘娣身边早已站着三个女孩，她们不停地轮流拍着她的肩膀，抚着她的头发，还胡乱说些安慰的话，可是显然毫无成果。贝泰走过去，加入她们的阵容。

“怎么回事？”她轻声问。

一个女孩回过头来，耸了耸肩，暗示着“我不知道”。然后，她感到这个动作不足以达意，于是将贝泰拉到一边去。

“我猜，她今天很不好过。她在担心她先生。”

“他在执行太空巡逻任务吗？”

“是的。”

贝泰友善地向裘娣伸出手。

“裘娣，你何不回家休息呢？”相较于先前那些软弱无力的空洞安慰，她这句话显得实际多了。

裘娣抬起头来，又气又恨地说：“这星期我已经请过一次假了……”

“那么你就再请一次。你若硬要待在这里，你可知道，下星期还会请三次假呢——所以你现在回家，等于是一种爱国行为。你们几位，有没有和她同一个部门的？好，那么请你帮她打卡。裘娣，你最好先到洗手间去一趟，把脸洗洗干净，顺便化化妆。去啊！走！”

贝泰走回自己的座位，再度拿起菜单，虽然松了一口气，心情却仍旧沮丧。这些情绪是会传染的。在这种令人神经紧绷的日子里，只要一个女孩开始哭泣，就会使得整个部门人心惶惶。

她终于硬着头皮作出决定，按下手肘边的一个按钮，并将菜单放回原处。

坐在她对面的那位高个子黑发少女说：“除了哭泣，我们也没什么好做的了，对不对？”

那少女说话的时候，过分丰满的嘴唇几乎没有动。贝泰注意到，少女的嘴唇是最新潮化妆术的杰作，呈现出一种似笑非笑的人工表情。

贝泰垂下眼睑，咀嚼着对方话中拐弯抹角的讥讽，同时无聊地看着午餐自动运送的过程：桌面上的瓷砖部分先向下沉，随即带着食物升上来。她仔细地撕开餐具的包装纸，轻轻搅拌着食物，直到菜肴全都凉了。

她说：“贺拉，你想不到别的事可做吗？”

“喔，对，”贺拉答道，“我可以！”她熟练地随手一弹，将手中的香烟弹进壁槽。它还没有掉下去，就被一阵小小的闪光吞噬。

“比如说，”贺拉合起保养得很好的一双纤纤玉手，放在下巴底下，“我认为我们能和骡达成一个非常好的协议，赶紧结束这一切的荒谬。话说回来，等到骡来接管此地，我可没有……唔……没有管道能及时逃走。”

贝泰光润的额头并没有皱起来，她的声音轻柔而冷淡。“你的兄弟或你的先生，没有一个在星舰上服役吧？”

“没有。正因为这样，我更不觉得该让别人的兄弟或丈夫牺牲生命。”

“假如我们投降，牺牲一定会更大。”

“基地投降了，结果安然无事。而我们的男人都参战去了，敌人却是整个银河系。”

贝泰耸耸肩，用甜美的声音说：“恐怕只有前者令你烦恼吧。”说完，她继续吃着大盘的蔬菜。但四周突然鸦雀无声，让她感到很不舒服。坐在附近的女孩，谁也不想对贺拉的讥评作任何反应。

贝泰终于吃完了，随手按下另一个按钮，餐桌便自动收拾干净，她则赶紧离开了餐厅。

与贝泰隔三个座位的另一个女孩，用欲盖弥彰的耳语问贺拉道：“她是谁啊？”

贺拉灵动的嘴唇翘起来，做出冷漠的表情。“她是我们协调官的侄媳妇，你不知道吗？”

“是吗？”好奇的女孩赶紧转过头去，刚好瞥见贝泰背影的最后一眼。“她在这里做什么？”

“只是当装配员。你不明白这年头流行爱国吗？这样做多么民主啊，真令我作呕。”

“贺拉，算了。”坐在贺拉旁边的胖女孩说，“她从来没有拿她叔叔来压我们，你就别再说了好吗？”

贺拉白了胖女孩一眼，根本不理会她，径自点燃了另一根香烟。

刚才那位好奇的女孩，现在正全神贯注，听着对面一位大眼睛的会计小姐滔滔不绝。会计小姐一口气说：“……当谢顿演讲时，她应该也在穹窿——你知道吗，是真的在穹窿里面。还有你知道吗，听说市长气得当场口吐白沫，还发生了不少骚动，以及诸如此类的事。骡登陆之前，她及时逃走，听说她的逃亡过程惊险万分——必须强行穿越封锁线等等。我真搞不懂，她为什么不把这些经历写成一本书，你知道吗，如今这些战争书籍可畅销呢。还有，她应该到过骡的大本营——你知道吗，就是卡尔根，而且……”

报时铃声响了起来，餐厅中的人渐渐离去。会计小姐的高论兀自不停，好奇的女孩只能在适当的时候，瞪着大眼睛点缀性地说：“真——的吗？”

贝泰回到家的时候，洞穴中巨大的照明已依次遮蔽起来，使得这座洞穴都市逐渐进入“黑夜”，意味着现在是“好人和勤奋工作者进入梦乡的时候”。

杜伦举着一片涂满奶油的面包，站在门口迎接她。

“你到哪里去了？”他嘴里满是食物，说话含混不清。然后，才用比较清楚的声音说：“我胡乱弄出来一顿晚餐。如果不好吃，你可别怪我。”

贝泰却张大眼睛，绕着他走了一圈。“杜！你的制服哪里去了？你穿便服做什么？”

“贝，这是命令。蓝度正在和艾布林·米斯密商大计，我不清楚他们讨论些什么。现在你知道得和我一样多了。”

“我也会一起去吗？”她冲动地向他走过去。

他先吻了她一下，才回答说：“我想是的。这个任务可能有危险。”

“什么事没有危险？”

“一点都没错。喔，对了，我已经派人去找马巨擘，他可能要跟我们一起去。”

“你的意思是，他在发动机总厂的演奏会要取消了？”

“显然。”

贝泰走进隔壁房间，坐到餐桌前，餐桌上的食物名符其实是“胡乱弄出来”的。她迅速而熟练地将三明治切成两半，并说：“取消演奏会真是太可惜了。工厂的女孩都万分期待，马巨擘自己也一样。”她摇了摇头，“他真是个古怪的家伙。”

“贝，他所做的，是激起了你的母性本能。将来我们会生个宝宝，那时你就会忘掉马巨擘了。”

贝泰一面啃着三明治，一面答道：“听你这么说，像是只有你才能激起我的母性本能。”

然后她放下三明治，表情顿时变得极其严肃认真。

“杜。”

“嗯——嗯？”

“杜，我到市政厅去了一趟——去生产局。所以今天才会这么晚回来。”

“你去那里做什么？”

“这……”她犹豫了一下，“情况愈来愈糟。我觉得自己再也无法忍受工厂的气氛。士气——荡然无存。女孩们毫无来由就哭成一团，不哭的也变得阴阳怪气。即使是小乖乖，现在也会闹别扭了。我的那个组，生产量还不到我加入那时的四分之一，而且每天一定有人请假。”

“好啦，”杜伦道，“回过来说生产局吧。你去那里做什么？”

“去打听一些事。杜，结果我发现，这种现象整个赫汶都一样。产量逐日递减，骚乱和不满与日俱增。那个局长只是耸耸肩——我在会客室坐了一个钟头才见到他，而我能进去，还是因为我是协调官的侄媳妇。局长表示，这个问题超出他的能力范围。坦白说，我认为他根本不关心。”

"好啦，贝，别又扯远了。"

"我不相信他关心这个问题。"贝泰极为激动，"我告诉你，一定有什么不对劲。这种可怕的挫折感，当初在时光穹窿中，谢顿让我们大失所望的时候，我有过相同的经验。你自己也感觉到了。"

"没错，我也感觉到了。"

"好，这种感觉又回来了。"她凶巴巴说，"我们再也无法对抗骡了。即使我们有足够的物力，却缺乏勇气、精神和意志力——杜，再抵抗也没有用了……"

在杜伦的记忆中，贝泰从未哭过，如今她也没有哭，至少不是真的在哭。杜伦将手轻轻搭在她肩上，细声说："宝贝，把这些忘了吧。我知道你的意思，可是我们什么也……"

"对，我们什么也不能做！每个人都这么说——我们就这样坐在这里，等着任人宰割。"

她开始解决剩下的三明治与半杯茶，杜伦则一声不响地去铺床。外面已经完全暗了下来。

蓝度刚刚被任命为赫汶各城邦的协调官——这是一个战时职务。他就任后，立刻申请到一间顶楼的宿舍。从这间宿舍的窗户，他可以对着城中的绿地与屋顶沉思默想。现在，随着洞穴照明一个个遮蔽起来，整座城市不再有任何的明暗光影。蓝度却无暇冥想这个变化的象征性意义。

他对艾布林·米斯说："赫汶有一句谚语：洞穴照明遮蔽时，便是好人和勤奋工作者进入梦乡的时候。"

米斯明亮的小眼睛紧盯着手中注满红色液体的高脚杯，对周遭的事物似乎都不感兴趣。"你最近睡得多吗？"

"不多！米斯，抱歉这么晚还把你找来。这些日子，我好像特别喜欢夜晚，这是不是很奇怪？赫汶人的作息相当规律，照明遮蔽时就上床睡觉，我自己也一样。可是现在不同了……”

“你是在逃避。”米斯断然地说，“清醒时刻，你身边总是围绕着一群人。你感觉到他们的目光、他们的希望都投注在你身上，令你承受不了。到了睡眠时刻，你才能够解脱。”

“那么，你也感觉到了？那种悲惨的挫败感？”

艾布林·米斯缓缓点了点头。“我感觉到了。这是一种集体精神状态，一种XXX的群众恐惧心理。银——河呀，蓝度，你在指望什么？你们整个的文化，导致了一种盲目的、可怜兮兮的信仰，认为过去有一位民族英雄，将每件事都计划好了；你们XXX的生活中每一个细节，也会被他照顾得好好的。这种思考模式具有宗教的特色，你该知道这意味着什么。”

“完全不知道。”

米斯并不热衷于解释自己的理论，一向如此。他只是若有所思地用手指来回拨弄着一根长雪茄，一面瞪着雪茄，一面咆哮道：“就是强烈信心反应的特色。除非受到很大的震撼，这种信念不会轻易动摇。然而一旦动摇，就会造成全面性的精神崩溃。轻者——歇斯底里，或是病态的不安全感；重者——发疯甚至自杀。”

蓝度咬着拇指的指甲。“换句话说，谢顿令我们大失所望之后，我们的精神支柱便消失了。我们倚靠它那么久，肌肉都萎缩了；失去这根支柱，我们便无法站立。”

“就是这样子。虽然是拙劣的比喻，不过就是这样子。”

“你呢，艾布林，你自己的肌肉又如何？”

心理学家深深抽了一口雪茄，再让那口烟慢慢喷出来。“生锈了，但还没有萎缩。我的职业，让我练就一点独立思考的能力。”

“你看到了一条路？”

“没看到，不过一定有。或许谢顿并未将骡计算在内，或许他不能保证我们的胜利。但是，他并没有说我们一定会被打败。他只是退出了这场游戏，我们从此要靠自己了。骡是可以击败的。”

“怎么做？”

“利用足以击败任何敌人的唯一法门——以己之长攻彼之短。蓝度，你想想看，骡并不是超人。如果他最后被打败了，每个人都能了解他失败的原因。问题是他仍然是个未知数，而相关的传说如滚雪球般不断膨胀。他应该是个突变种，可是，这又怎么样？对于无知大众而言，突变种意味着‘超人’。其实根本没有这种事。

“根据估计，银河系每天有几百万个突变种出生。在这几百万个突变种里面，除了百分之一二，其他都需要用显微镜和化学方法才能确定。而那些百分之一二的巨突变种，也就是肉眼看得出，或是直接能察觉的那些，除了其中的百分之一二，其余都是畸形人，不是被送到游乐中心或实验室，就是很快便夭折。剩下的那些极少数的巨突变种，他们的突变是正面的；这些异人大多对他人无害，他们通常有一项特殊能力，其他方面却都很普通——通常甚至更差。蓝度，你懂了吗？”

“我懂了。但是骡又如何呢？”

“假如骡真的是突变种，我们就能进一步假设他有一项特殊异能，而且无疑是精神方面的，可以用来征服各个世界。另一方面，骡必定也有他的短处，我们一定要找出来。假如那些短处不是很明显、很要命，他不会那么故作神秘，那样怕被人看到。前提是，他的确是突变种。”

“有没有其他的可能性？”

“也许有。关于骡是突变种的证据，都是基地情报局的汉·普利吉上尉提供的。他曾经访问过一些人，他们声称在骡的襁褓期或幼年期见过他——或者某个可能是骡的人。普利吉根据那些人不太可靠的记忆，得到这个惊人的结论。不过他的采样相当贫乏，搜集到的证据也很有可能是骡故意捏造的。因为，骡是变种超人的这个名声，对他当然是很大的助力。”

“真有意思。你是多久前想到这点的？”

“老实说，我从来没有把这个想法当真。这只是我们必须考虑的另一种可能性。蓝度，比如说，假使骡发现了一种能够压抑精神能量的辐射，类似他拥有的那种可以抑制核反应的装置，那又会如何，啊？这能不能解释我们如今的遭遇——以及基地当初的遭遇？”

蓝度仿佛沉浸在近乎无言的忧郁中。

他问道：“骡的那个小丑，你对他的研究有什么结果？”

艾布林·米斯却犹豫了一下。“目前为止没什么用。基地沦陷之前，我大胆地向市长夸下海口，主要是为了激励他的勇气——部分原因也是为我自己打气。可是，蓝度，假使我的数学工具够好，那么单单从小丑身上，我就能对骡进行完整的分析。这样我们就能解开他的谜，也就能解答那些困扰着我的古怪异象。”

“比如说？”

“老兄，想想看。骡随随便便就能打败基地的舰队，而独立行商的舰队虽然远比不上基地，但在硬碰硬的战役中，骡却从来无法迫使他们撤退。基地不堪一击就沦陷了；独立行商面对骡的所有兵力，却仍然能负隅顽抗。骡首先使用抑制场对付涅蒙的独立行商，破坏了他们的核能武器。由于措手不及，他们那次吃了败仗，却也学到如何对付抑制场。从此，他再用那种新武器对付独立行商，就再也没有讨过便宜。

“可是每当他用抑制场对付基地舰队，却一而再、再而三屡试不爽。它甚至还在端点星上发威。这究竟是为什么？据我们目前掌握的情报，这简直不合逻辑。所以说，必定还有我们不明白的因素。”

“出了叛徒吗？”

“蓝度，这是最不用大脑的胡说八道。简直是XXX的废话。基地上人人认为胜利站在自己这边，谁会背叛一个必胜的赢家？”

蓝度走到弧形窗前，瞪着窗外什么也看不见的一片漆黑。他说：“但是我们现在输定了，纵使骡有一千个弱点，纵使他百孔千疮……”

他并没有转身。但是他佝偻着背，而且背后的双手不安地互握着，在在都是肢体语言。他继续说：“艾布林，时光穹窿那场变故发生后，我们轻易逃了出来。其他人也应该能逃脱，却只有少数人做到，大多数人都没有逃。而只要有一流的人才和足够的时间，应该就能发明出对付抑制场的装置。基地舰队的所有星舰，应该都能像我们这样，飞到赫汶或附近的行星继续作战。但这样做的百分之一也没有，事实上，他们都投奔敌营了。

“这里大多数人似乎都对基地的地下组织期望甚高，但目前为止，他们根本没有什么行动。骡是足够精明的政治人物，他已经保证会保护大行商们的财产和利益，所以他们都向他投诚了。”

艾布林·米斯以顽强的口气说：“财阀一向都是我们的死对头。”

“他们也一向都掌握着权力。艾布林，听好。我们有理由相信，骡或者他的爪牙，已经和独立行商中的重要人物接触。在二十七个行商世界中，已知至少有十个已经向骡靠拢，另外可能还有十个正在动摇。而在赫汶这里，也有一些重要人物会欢迎骡的统治。只要放弃岌岌可危的政治权力，就能保有原先的经济实力，这显然是一种不可抗拒的诱惑。

“你认为赫汶无法抵抗骡的侵略吗？”

“我认为赫汶不会抵抗。”蓝度将布满愁容的脸转过来，面对着心理学家，“我认为赫汶在等着投降。我今晚找你来，就是要告诉你这件事。我要你离开赫汶。”

艾布林·米斯大吃一惊，圆嘟嘟的脸庞涨得更圆。“现在就走？”

蓝度感到极度的疲倦。“艾布林，你是基地最伟大的心理学家。真正的心理学大师都随着谢顿一起逝去，如今你就是这门学问的权威。想要击败骡，你是我们唯一的机会。你在这里不会有任何进展，你必须到帝国仅存的领域去。”

“去川陀？”

“是的。昔日的帝国如今仅剩最后的残骸，但是一定还有些什么藏在它的核心。艾布林，那里保存着重要的记录。你可以学到更多的数理心理学，也许就足以能诠释那个小丑的心灵。当然，他会跟你一起去。”

米斯冷淡地答道：“虽然他那么害怕骡，我仍怀疑他会愿意跟我去，除非你的侄媳妇也能同行。”

“这点我知道。正是因为这样，杜伦和贝泰也会跟你一块去。此外，艾布林，你还有一项更伟大的使命。三个世纪前，哈里·谢顿建立了两个基地，分别置于银河系的两端。你一定要找到那个‘第二基地’。”

20

谋反者

市长官邸——或者应该说，一度曾是市长官邸的雄伟建筑——隐隐约约耸立在黑暗中。端点市沦陷后便实施宵禁，整座城市现在一片死寂。而基地的夜空中，横跨着壮观而朦胧的乳白色“银河透镜”，此外便是几颗孤零零的恒星。

三个世纪以来，基地从一小群科学家私下的计划，发展到如今的贸易帝国，触角深入银河系各角落。而在短短半年间，它就从至高无上的地位，沦落为另一个沦陷区。

汉·普利吉上尉拒绝接受这个事实。

端点市寂静的夜晚一片肃杀之气，遭侵略者占据的官邸则没有一丝光明，在在是明显的象征。可是汉·普利吉上尉仍旧拒绝承认这一切，此时他已穿过官邸的外门，舌头底下还含着一颗微型核弹。

一个身影飘然向他靠近——上尉立即低下头去。

他们交头接耳的声音压得非常低。“上尉，警报系统一切如常。前进！它不会响的。”

上尉蹑手蹑脚地低头穿过低矮的拱道，经过两旁布满喷泉的小径，来到原本属于茵德布尔的花园。

四个月前在时光穹窿中发生的变故，如今仍然历历在目。那些记忆徘徊不去，纵使他万般不愿，点点滴滴仍然自动浮现，而且大多是在夜晚。

老谢顿苦口婆心的言语，没想到竟然错得那么离谱……穹窿中一片混乱……茵德布尔憔悴而人事不省的脸孔，和过分华丽的市长礼服多么不相衬……惊惶的民众迅速聚集，默默等待不可避免的投降声明……杜伦那个年轻人，将骡的小丑背在肩上，从侧门一溜烟地消失……

至于他自己，后来也总算逃离现场，却发现他的车子无法发动。

他挤在城外的乌合之众当中，左冲右撞一路向前走——目的地不明。

他盲目地摸索着各种“老鼠窝”——民主地下组织的大本营。这个地下组织发展了八十年，如今却逐渐销声匿迹。

所有的老鼠窝都唱着空城计。

第二天，时时可见黑色的异邦星舰出现在天空，并缓缓降落在城内建筑群中。无助与绝望的感觉郁积在汉·普利吉上尉心头，令他愈来愈沉重。

他急切地开始了他的旅程。

三十天内，他几乎徒步走了二百英里。他在路边发现一个刚死的尸体，那是一名水耕厂工人，便将工人制服剥下来换上。此外，他还留了浓密的红褐色络腮胡……

而且找到了地下组织的余党。

地点是牛顿市一个原本相当高雅的住宅区，如今却愈来愈肮脏污秽。那栋房子与左邻右舍没有任何不同，狭窄的房门口，有个精瘦的男子站在那里一动不动。那人有一对小眼睛，骨架很大，肌肉盘虬，两手握拳插在口袋里。

上尉喃喃道："我来自米兰。"

那人绷着脸，答了另一句暗语："米兰今年还早。"

上尉又说："不比去年更早。"

那人却依然挡在门口，问道："你到底是什么人？"

"难道你不是'狐狸'吗？"

"你总是用问句来回答别人的问话吗？"

上尉浅浅地吸了一口气，然后镇定地说："我是汉·普利吉，基地舰队的上尉军官，也是民主地下党党员。你到底要不要让我进去？"

"狐狸"这才向一旁让开，并说："我的本名叫欧如姆·波利。"

他伸出手来，上尉赶紧握住他的手。

屋内十分整洁，但装潢并不奢华。角落处摆着一个装饰用的书报投影机，上尉训练有素的眼睛立刻看出是一种伪装，它很可能是一挺口径很大的机铳。投影机的"镜头"刚好对着门口，而且显然可以遥控。

"狐狸"寻着大胡子客人的目光看去，露出僵硬的笑容。他说："没错！不过当初装设这玩意，是为了伺候茵德布尔和他豢养的那些吸血鬼。它根本无法对付骡，不是吗？没有任何武器能够对付骡。你饿不饿？"

上尉的下巴在大胡子底下暗暗抽动，然后他点了点头。

"请稍等，只要一分钟就好。""狐狸"从橱柜中拿出几个罐头，将其中两个摆到普利吉上尉面前，"把你的手指放在上面，感觉到够热的时候，就可以打开来吃。我的加热控制器坏掉了。这种事能提醒你如今正在打仗——或者说刚打过仗，不是吗？”

“狐狸”急促地说着平易近人的话语，可是口气一点也不平易近人——他的眼神也很冷淡，透露着重重心事。他在上尉对面坐下，又说：“假如我对你感到丝毫疑虑，你的座位上就只剩下一团焦痕了。知道吗？”

上尉并没有回答。他轻轻一压，罐头就自动打开了。

“狐狸”赶紧说：“是浓汤！抱歉，但目前粮食短缺。”

“我知道。”上尉说。他吃得很快，一直没有抬起头来。

“狐狸”说：“我见过你一次。我正在搜索记忆，可是胡子绝对不在我的记忆中。”

“我有三十天没刮胡子了。”然后，他怒吼道：“你到底要什么？我的暗语全部正确，我也有身份证明文件。”

对方却摆摆手。“喔，我相信你是普利吉没错。可是最近有许多人，他们不但知道正确的暗语、具有身份证明文件，而且明明就是那个人——但是他们都投效了骡。你听说过雷福吗？”

“听说过。”

“他投效了骡。”

“什么？他……”

“没错。大家都称他‘宁死不屈’。”“狐狸”做了一个大笑的口形，既没有声音也没有笑意。“还有威利克，投效了骡！盖雷和诺斯，投效了骡！普利吉又有何不可？我怎么能肯定呢？”

上尉却只是摇摇头。

“不过这点并不重要。”“狐狸”柔声地说，“如果诺斯叛变了，他们就一定知道我的名字——所以你若仍是同志，我们如今见了面，你今后的处境会比我更危险。”

上尉终于吃完了，他靠着椅背说道："如果你这里没有组织，我要到哪里才能找到组织？基地或许已经投降，但是我还没有。"

"有道理！上尉，你不能永远流浪。如今，基地公民若想出远门，必须具备旅行许可证，你知道吗？而且还需要身份证，你有吗？此外，凡是基地舰队的军官，都要到最近的占领军司令部报到。包括你在内，对吗？"

"没错。"上尉的声音听来很坚决，"你以为我逃跑是因为害怕吗？当初卡尔根被骡攻陷之后，不久我就到了那里。一个月之内，前任统领手下的军官通通遭到监禁，因为若有任何叛乱，他们便是现成的军事指挥官。地下组织一向明白一个道理：倘若不能至少控制一部分舰队，革命就不可能成功。骡本人显然也了解这一点。"

"狐狸"若有所悟地点点头。"分析得合情合理，骡做得很彻底。"

"我在第一时间就把制服丢弃，并且留起胡子。其他人后来可能也有机会采取同样的行动。"

"你结婚了吗？"

"我的妻子去世了，我们没有子女。"

"这么说，你没有亲人能充当人质。"

"没错。"

"你想听听我的忠告吗？"

"只要你有。"

"我不知道骡的策略，也不知道他的意图，不过目前为止，技工都没有受到任何伤害。而且工资还提高了，各种核武器的生产量也突然暴涨。"

"是吗？听来好像准备继续侵略。"

"我不知道。骡是婊子养的老狐狸，他这么做，也许只是要安抚工人，希望他们归顺。假如连谢顿也无法用心理史学预测骡的行径，我可不要自不量力。但你刚好穿着工人制服，这倒提醒了我们，对不对？”

“我并不是技工。”

“你在军中修过核子学这门课吧？”

“当然修过。”

“那就够了。核场轴承公司就在这座城里，你去应征，告诉他们说你有经验。那些当年帮茵德布尔管理工厂的混蛋，目前仍旧是工厂的负责人——为骡在效命。他们不会盘问你的，因为他们亟需更多的工人，帮他们牟取更大的暴利。他们会发给你一张身份证，你还能在员工住宅区申请到一间宿舍。你现在就赶紧去吧。”

就是这样，原属国家舰队的汉·普利吉上尉摇身一变，成了“核场轴承公司四十五厂”的防护罩技工罗·莫洛。他的身份从情报员，降级成一名“谋反者”——由于这个转变，导致他在几个月后，进入茵德布尔的私人花园。

在花园中，普利吉上尉看了看手中的辐射计。官邸内的“警报场”仍在运作，他只好耐心等待。他嘴里的那颗核弹只剩下半小时的寿命，他不时用舌头小心翼翼拨弄着。

辐射计终于变成一片不祥的黑暗，上尉赶紧向前走。

直到目前为止，一切进行得很顺利。

他冷静而客观地寻思，核弹剩下的寿命与自己的刚好一样，它的死亡等于自己的死亡——同时也是骡的死亡。

而那一瞬间，为期四个月的个人战争将达到最高潮。他刚开始逃亡，这场战争便已展开，等到进了牛顿工厂……

整整两个月，普利吉上尉穿着铅质的围裙，戴着厚重的面罩。不知不觉间，他外表的军人本色被磨光了。如今他只是一名劳工，靠双手挣钱，晚上在城里消磨时间，而且绝口不谈政治。

整整两个月，他没有再见到“狐狸”。

然后，有一天，某人在他的工作台前绊倒，他的口袋就多了一张小纸片，上面写的是“狐狸”两字。他顺手将纸片扔进核能焚化槽，然后继续工作。纸片立时消失无踪，产生了相当于一毫微伏特的能量。

那天晚上，他来到“狐狸”家，见到另外两位久仰大名的人物。不久，四个人便玩起扑克牌。

他们一面打牌，让筹码在大家手中转来转去，一面开始闲聊起来。

上尉说：“这是一个根本的错误。你们仍旧活在早已消失的过去。八十年来，我们的组织一直在等待正确的历史时刻。我们盲目信仰谢顿的心理史学——它最重要的前提之一，就是个人行为绝对不算数，绝不足以创造历史。因为复杂的社会和经济巨流会将他淹没，使他成为历史的傀儡。”他细心地整理手中的牌，估计了一下这副牌的点数，然后扔出一个筹码，并说：“何不干脆杀掉骡？”

“好吧，这样做有什么好处？”坐在他左边那人凶巴巴地问。

“你看，”上尉丢出两张牌，然后说，“就是这种态度在作祟。一个人只是银河人口的千兆分之一，不可能因为一个人死了，银河系就会停止转动。但骡却不是人，他是个突变种。他已经颠覆了谢顿的计划，如果你愿意分析其中的涵义，会发现这意味着他——一个突变种——推翻了谢顿整个的心理史学。他若从未出世，基地不可能沦陷。他若从世上消失，基地就不会继续沦陷。

“想想看，民主分子和市长以及行商斗了八十年，总是采取温和间接的方式。让我们试试暗杀吧。”

“怎么做？”“狐狸”不置可否地插嘴问道。

上尉缓缓地答道:“我花了三个月的时间思考这个问题，一直没有想到答案。来到这里之后，五分钟内就有了灵感。”他瞥了瞥坐在他右方那个人，那人面带微笑，脸庞宽阔而红润。“你曾经是茵德布尔市长的侍从官，我不晓得你也是地下组织的一员。”

“而我，也不知道你竟然也是。”

“好，那么，身为市长的侍从官，由于职责所在，你必须定期检查官邸的警报系统。”

“是的。”

“如今，骡就住在那个官邸。”

“是这么公布的——不过身为征服者，骡算是十分谦逊，他从来不作演讲或发表声明，也未曾在任何场合公开露面。”

“这件事人尽皆知，不会影响我们的计划。你，前任侍从官，我们有你就够了。”

摊牌之后，“狐狸”将筹码通通收去。他又慢慢地发牌，开始新的一局。

曾经担任侍从官的那个人，将牌一张一张拿起来。“上尉，真抱歉。我虽然负责检查警报系统，但那只是例行公事。我对它的构造一窍不通。”

“这点我也想到了，不过控制器的线路已经印在你的脑海。假如探测得足够深——我是说用心灵探测器。”

侍从官红润的脸庞顿时变得煞白，并且垮了下来，手中的牌也被他猛然一把捏皱。“心灵探测器？”

“你不必担心，”上尉用精明的口吻说，“我知道如何使用。你绝不会受到伤害，顶多虚弱几天罢了。如果真发生这种事，就算是你的冒险和你付出的代价吧。在我们中间，一定有人能从警报控制器推算出波长的组合，也一定有人会制造定时的小型核弹。最后，由我自己把核弹带到骡的身边。”

四个人把牌丢开，聚在一块研究起来。

上尉宣布：“起事那天傍晚，在端点市的官邸附近安排一场骚动。不必真正打斗，制造一阵混乱，然后一轰而散就行了。只要能把官邸警卫吸引过去……或者，至少分散他们的注意力……”

从那天起，他们足足准备了一个月。从国家舰队上尉军官变成谋反者的汉·普利吉，身份再度降级，变成了一名“刺客”。

现在，刺客普利吉上尉进入了官邸，对于自己善用心理学，他感到一阵冷漠的骄傲。由于外面配置完善的警报系统，官邸里面不会有什么警卫。实际的情况，是根本没有警卫。

官邸平面图深深印在他的脑海。现在他就像一个小黑点，在铺着地毯的坡道上迅疾无声地移动。来到坡道尽头之后，他紧贴着墙壁，开始等待时机。

他面前是一间私人起居室，一道小门紧紧锁着。在这道门后面，一定就是那个屡建奇功的突变种。他来早了一点——核弹还有十分钟的寿命。

五分钟过去了，周遭仍是一片死寂。骡只剩下五分钟好活了，普利吉上尉也一样……

他突然起了一阵冲动，起身向前走去。这个行刺计划不可能失败了。当核弹爆炸时，官邸会随之消失，炸得片瓦不存。仅仅隔着一扇门，仅仅十码的距离，不会有什么差别。可是在同归于尽之前，他想亲眼看看骡的真面目。

他终于豁出去，抬头挺胸向前走，猛力敲着门……

门应声而开，随即射出眩目的光线。

普利吉上尉错愕片刻，随即恢复镇定。一名外表严肃、身穿暗黑色制服的男子，站在小房间正中央，气定神闲地抬起头来。

那人身前吊着一个鱼缸，他随手轻轻敲了一下，鱼缸就迅速摇晃起来，把那些色彩艳丽的名贵金鱼吓得上下乱窜。

他说:“上尉，进来！”

上尉的舌头打着颤，舌头下面的小金属球仿佛开始膨胀——他也知道这是不可能的事。但是无论如何，核弹的生命已经进入最后一分钟。

穿制服的人又说:“你最好把那颗无聊的药丸吐出来，否则你没办法说话。它不会爆炸的。”

最后一分钟过去了，上尉怔怔地慢慢低下头，将银色小球吐到手掌上，然后使尽力气掷向墙壁。一下细微尖锐的叮当声之后，小球从半空中反弹回来，在光线照耀下闪闪生辉。

穿制服的人耸耸肩。“好啦，别理会那玩意了。上尉，它无论如何对你没有好处。抱歉我并不是骡，在你面前的只是他的总督。”

“你是怎么知道的？”上尉以沙哑的声音喃喃问道。

“只能怪我们的高效率反谍报系统。你们那个小小的叛乱团体，我念得出每一个成员的名字，还数得出你们每一步的计划……”

“而你一直不采取行动？”

“有何不可？我在此地最重要的任务之一，就是要把你们这些人揪出来。尤其是你。几个月前，你还是‘牛顿轴承厂’的工人，那时我就可以逮捕你，但是现在这样更好。即使你自己没有想出这个计划，我的手下也会有人提出极为类似的建议。这个结局十分戏剧化，算得上是一种黑色幽默。”

上尉以凌厉的目光瞪着对方。“我有同感，现在是否一切都结束了？”

“好戏刚刚开始。来，上尉，坐下来。让我们把成仁取义那一套留给那些傻瓜。上尉，你非常有才干。根据我的情报，你是基地上第一个了解到骡有超凡能力的人。从那时候开始，你就对骡的早年发生了兴趣，不顾一切搜集他的资料。拐走骡的小丑那件事你也有份，对了，小丑至今还没有找到，为了这件事，我们还要好好算个总账。当然，骡也了解你的才干；有些人会害怕敌人太厉害，但骡可不是那种人，因为他有化敌为友的本领。”

“你拐弯抹角半天，就是为了说这句话？喔，不可能！”

“喔，绝对可能！这就是今晚这出喜剧的真正目的。你是个聪明人，可是你对付骡的小小阴谋却失败得很滑稽。就算称之为阴谋，也不能抬高它的身价。在毫无胜算的情况下白白送死，这就是你所接受的军事教育吗？”

“首先必须确定是否真的毫无胜算。”

“当然确定。”总督以温和的口气强调，“骡已经征服了基地。为了达成更伟大的目标，他立刻将基地变成一座兵工厂。”

“什么更伟大的目标？”

“征服整个银河系，将四分五裂的众多世界统一成新的帝国。你这个冥顽不灵的爱国者，骡正是要实现你们那个谢顿的梦想，只不过比他的预期提早七百年。而在实现的过程中，你可以帮助我们。”

“我一定可以，但是我也一定不肯。”

“据我了解，”总督劝道，“只剩三个独立行商世界还在作困兽斗，但不会支撑太久的。他们是基地体系的最后一点武力。你还不肯认输吗？”

“没错。”

“你终究会的。心悦诚服的归顺是最有效的，但其他方式也有异曲同工之妙。可惜骡不在这里，他正照例率领大军征讨顽抗的行商。不过他和我们一直保持联络，你不需要等太久。”

“等什么？”

“等他来使你‘回转’。”

“那个骡，”上尉以冰冷的口气说，“会发现他根本做不到。”

“不会的，我自己就无法抗拒。你认不出我了吗？想一想，你到过卡尔根，所以一定见过我。我那时戴单片眼镜，穿着一件毛皮衬里的深红色长袍，头上戴着一顶高筒帽……”

上尉感到一阵寒意，全身僵硬起来。“你就是卡尔根的统领？”

“是的，但我现在是骡的麾下一名忠心耿耿的总督。你看，他的感化力量多强大。”

21

星空插曲

他们成功地突破了封锁。从来不曾有任何舰队，能滴水不漏地监视广袤的太空中每一个角落、每一寸空隙。只要有一艘船舰，一名优异的驾驶，再加上中等的运气，应该就能找到漏洞突围而出。

杜伦镇定地驾着状况欠佳的太空船，从一颗恒星附近跃迁到另一颗恒星周围。若说恒星的质量会使星际跃迁困难重重且后果难料，它也会令敌人的侦测装置失灵，或者几乎无法使用。

一旦冲出敌方星舰形成的包围网，就等于穿越遭到封锁的死寂太空——在次乙太也被严密封锁的情况下，没有任何讯息得以往返。三个多月来，杜伦第一次不再感到孤独。

一个星期过去了，敌方的新闻节目总是播报无聊且自我吹嘘的战争捷报，详述敌方对基地体系控制的进展。在这一星期中，杜伦的武装太空商船历经数次匆促的跃迁，从银河外缘一路向核心进发。

艾布林·米斯在驾驶舱外大声叫嚷，正在看星图的杜伦眨眨眼睛，站了起来。

“怎么回事？”杜伦走进中央那间小舱房。由于乘客过多，贝泰已将这间舱房改装成起居舱。

米斯摇了摇头。“我若知道才有鬼呢。骡的播报员正要报道一则特殊战报，我想你也许希望听听。”

“也好。贝泰呢？”

“她在厨舱里忙着布置餐桌、研究菜单——或者诸如此类的无聊事。”

杜伦在马巨擘睡的便床上坐下来等着。骡的“特殊战报”几乎使用千篇一律的宣传手法。首先播放一段军乐，再来是播报员谄媚的花言巧语。然后出现一些无关紧要的小新闻，一则接着一则掠过荧幕。接着是短暂的间歇，接着再响起号角，还有逐渐提高的欢呼，最后则达到高潮。

杜伦忍受着这些精神轰炸，米斯则在喃喃自语。

新闻播报员喋喋不休，他用战地记者的做作口吻，叙述着太空中一场激战过后，到处可见熔融的金属，以及四散纷飞的血肉。

“由沙敏中将率领的快速巡弋舰中队，今天对伊斯的特遣队施以痛击……”播报员刻意不带表情的面容逐渐淡去，荧幕背景变成漆黑的太空，一排排星舰在激战中迅速划过长空。然后在无声的爆炸中，继续传来播报员的声音：“这场战役中最惊人的行动，是重型巡弋舰星团号对抗三艘‘新星级’的敌舰，这乃是一场殊死战……”

荧幕的画面转换了角度，并且拉近镜头。一艘巨大的星舰喷出耀眼的光焰，将对方一艘星舰照得通红，后者一个急转跳出焦距，随即掉过头来，向巨舰猛撞过去。星团号陡然一倾，与敌舰仅仅擦身而过，却将敌舰猛力反弹回去。

播报员用平稳而不带任何感情的声音，一直报道到敌方尽数遭到歼灭为止。

短暂的停顿后，又开始报道涅蒙的战事，几乎是大同小异的画面与叙述。不过这次加入一个新题材，那是有关攻击性登陆的冗长报道——被夷为焦土的城市、挤成一团的战俘、星舰再度升空的画面……

涅蒙撑不了多久了。

报道再度暂停，照例又响起刺耳的金属管乐。荧幕的画面逐渐化作一个长长的回廊，两旁站满气势非凡的士兵；穿着顾问官制服的政府发言人，从回廊尽头趾高气昂地快步走过来。

一片凝重的静寂。

发言人终于开始讲话，声音听来严肃、缓慢而冷酷：

“奉元首命令，在此作如下宣布：长久以来，一直以武力反抗元首意志的赫汶星，如今已向我方正式投降。此时此刻，元首的军队业已占领该行星。反抗力量四处窜逃，变成一群乌合之众，已迅速被消灭殆尽。”

画面再度转换成原先那名播报员，他一本正经地宣布，将随时插播其他重要的发展。

然后节目就换成舞蹈音乐，艾布林·米斯随手一拨，切断了电视幕的电源。

杜伦站起来，步履蹒跚地走了开，一句话也没有说。心理学家并未试图阻止他。

当贝泰走出厨舱时，米斯做个手势，示意她别开口。

他说：“他们攻下了赫汶。”

贝泰叫道：“这么快？”她的眼睛睁得老大，透出深深的疑惑。

“根本没有抵抗，根本没有任何XX……”他及时把后面的话吞回去，“你最好让杜伦静一静，这对他可不是什么好消息。这顿饭，我们就别等他了。”

贝泰又望了望驾驶舱，然后无可奈何地转过头来。“好吧！”

马巨擘默默坐在餐桌旁。他既不说话也不吃东西，只是以充满恐惧的眼睛瞪着前方，仿佛恐惧感消耗了体内所有的元气。

艾布林·米斯心不在焉地拨弄着果冻，并粗声说道：“其他两个行商世界还在抵抗。他们奋战到底，前仆后继，宁死不降。只有赫汶，就像基地一样……”

“但究竟为什么？为什么呢？”

心理学家摇摇头。“这是那个大问号中的一个小环节。每一项不可思议的疑点，都是解开骡真面目的一个线索。第一点，当独立行商世界仍在顽抗时，他如何能一举征服基地，而且几乎兵不血刃。那种抑制核反应的武器，其实根本微不足道——这件事我们曾经一再地讨论，我都快要烦死了——而且，那种武器只有对付基地时才有效。”

“我曾经向蓝度提出一个假设，”艾布林灰白的眉毛皱在一起，“骡可能有一种辐射式‘意志抑制器’。赫汶可能就是受到这种东西的作用。可是，为什么不用它来对付涅蒙和伊斯呢？那两个世界如今还在疯狂地拼命抵抗，除了骡原有的兵力，还需要动用基地舰队的半数才能打败他们。是的，我注意到基地的星舰也在攻击阵容中。”

贝泰小声说：“先是基地，然后是赫汶。灾难似乎一直跟着我们，我们却总是在千钧一发之际逃脱。这种事会一直持续下去吗？”

艾布林·米斯并没有注意听，他好像正在跟自己进行讨论。“可是还有另一个问题——另一个问题。贝泰，你还记得一则新闻吗？他们在端点星没有找到骡的小丑，怀疑他逃到了赫汶，或是被原来绑架他的人带去那里。贝泰，他似乎始终很重要，但我们还没有找到原因。马巨擘一定知道什么事，会对骡造成致命伤。我可以肯定这一点。”

马巨擘已经脸色煞白，全身打颤。他为自己辩护道：“伟大的先生……尊贵的大爷……真的，我发誓，我这个不灵光的脑袋，没法子满足您的要求。我已经知无不言，言无不尽。而且，您还用了探测器，从我的笨脑袋抽出我所知道的一切，还包括我自己以为不知道的事。”

“我知道……我知道。我指的是一件小事，一个很小的线索，以致你我都未能察觉它的本质。但我必须把它找出来——因为涅蒙和伊斯很快就会沦陷，到那个时候，整个基地体系就只剩下我们几个了。”

进入银河核心区域之后，恒星开始变得密集而拥挤。各星体的重力场累加起来，达到了相当的强度，对星际跃迁产生了不可忽略的微扰。

直到某次跃迁后，太空船出现在一颗红巨星的烈焰中，杜伦方才察觉这个危机。他们不眠不休奋战了十二个小时，才终于挣脱强大的重力场，逃离了这颗红巨星的势力范围。

由于星图的范围有限，而且不论是操作太空船，或是进行航道的数学演算，杜伦都缺乏足够的经验，他只好在每次跃迁之前，花上几天的工夫仔细计算。

后来，这个工作变成一项团队行动。艾布林·米斯负责检查杜伦的数学计算；贝泰负责利用各种方法测试可能的航道；就连马巨擘都有事可做，他负责利用计算机做例行运算——学会如何操作后，这份工作为马巨擘带来极大的乐趣，而且他做得又快又好。

大约一个月之后，贝泰已经能从“银河透镜”的三维模型中，研读蜿蜒曲折的红色航道。根据这个航道，他们距离银河中心已经不远。她以讽刺的口吻开玩笑说：“你知道它像什么吗？像是一条十英尺长的蚯蚓，还患了严重的消化不良症。我看，你迟早会带我们回赫汶去。”

“我一定会的，”杜伦没好气地说，同时把星图扯得嘎嘎作响，“除非你给我闭嘴。”

“提到这点，”贝泰继续说，“也许有一条直线的航道，就像子午线那么直。”

“是吗？嗯，首先，你这个小傻瓜，如果光凭运气，至少需要五百艘船舰，花五百年的时间才找得到这种航道。我用的这些廉价的三流星图，上面根本没有显示。此外，这种直线航道最好尽量避开，途中也许挤满了敌舰。还有……”

“喔，看在银河的份上，请你停止这些义正辞严、没完没了的唠叨。”她用双手拉扯他的头发。

杜伦吼道：“哎哟！放开我！”随即抓住她的手腕，往下猛拉。于是杜伦与贝泰一起滚到地板上，两个人和一张椅子扭成一团。不久，扭打变成了气喘吁吁的角力，夹杂着阵阵气结的笑声，以及各种犯规的动作。

直到马巨擘屏着气息走进来，杜伦才赶紧挣脱。

“什么事？”

小丑脸上挤满了忧虑的线条，又大又长的鼻子显得毫无血色。“尊贵的先生，仪器的读数突然变得好古怪。不过我有自知之明，不敢乱碰任何东西……”

两秒钟后，杜伦已经来到驾驶舱。他对马巨擘轻声说：“把艾布林·米斯叫醒，请他到这里来。”

贝泰正在用手指整理着弄乱的头发，突然听到杜伦对她说：“贝，我们被侦测到了。”

“被侦测到了？”贝泰立刻垂下手臂，“被什么人？”

“天晓得，”杜伦喃喃道，“但是我想对方一定有武器，而且已经进入射程，正在瞄准我们。”

他坐下来，低声报出太空船的识别码，经由次乙太传送出去。

当穿着浴袍的艾布林·米斯睡眼惺忪地走进来时，杜伦以反常的冷静口吻说：“我们似乎闯进了一个内围小王国的领域，它叫做‘菲利亚自治领’。”

“从来没听过。”米斯粗声道。

“嗯，我也没听过。”杜伦回答，“无论如何，我们被一艘菲利亚星舰拦了下来，我不知道会发生什么事。”

菲利亚缉私舰的舰长带着六名武装人员，强行登上他们的太空船。他个子矮小，头发稀疏，嘴唇很薄，皮肤粗糙。坐下后，他先猛力咳嗽一声，然后打开原本挟在腋下的卷宗，翻到空白的一页。

“你们的护照，还有太空船的航行许可证，请拿出来。”

“我们没有这些东西。”杜伦答道。

“没有，啊？”他抓起挂在腰带上的麦克风，流利地说：“三男一女，证件不齐。”他在卷宗上也做了记录。

他又问：“你们从哪里来？”

“西维纳。”杜伦谨慎地回答。

“那地方在哪里？”

“距离此地二万秒差距，川陀以西八十度……”

“够了，够了！”杜伦可以看出对方写下的是：“出发地点——银河外缘”。

菲利亚舰长又问：“你们要去哪里？”

杜伦回答:“去川陀星区。”

“目的是什么?”

“观光旅行。”

“载有任何货物吗?”

“没有。”

“嗯——嗯,我们会好好检查。”他点了点头,立刻有两个人开始行动。杜伦并没有试图阻止。

“你们为什么会进入菲利亚的领域?”菲利亚舰长的眼神变得不太友善。

“我们根本不知道。我没有适用的星图。”

“未携带详细星图,依法得缴100信用点的罚金。此外,当然,你们还得缴交关税,以及其他的费用。”

他又对着麦克风说了几句——但这次听的比说的更多。然后,他对杜伦道:“你懂得核工吗?”

“一点点。”杜伦谨慎地回答。

“是吗?”菲利亚舰长阖起卷宗,补充道:“银河外缘的人,据说都有这方面的丰富知识。穿上外衣,跟我们来。”

贝泰向前走一步。“你们准备对他怎么样?”

杜伦轻轻将她推开,再以冷静的口气问:“你要我到哪里去?”

“我们的发动机需要做一点调整。他也要跟你一块来。”他伸出的手指不偏不倚指着马巨擘,小丑顿时哭丧着脸,褐色的眼睛睁得老大。

“他和修发动机有什么关系?”杜伦厉声问道。

舰长冷冷地抬起头来。“据报,这附近的星空有强盗出没。其中一名凶徒的形容跟他有点相像。我得确定一下他的身份,这纯粹是例行公事。”

杜伦仍在犹豫，但六个人加六把手铳却极具说服力。他只好到壁柜去拿衣服。

一个小时后，他从菲利亚缉私舰的地板上站起来，怒吼道：“我看不出发动机有任何问题。汇流条的位置正确，L型管输送正常，核反应分析也都合格。谁是这里的负责人？”

首席工程师轻声回答：“我。”

“好，那你送我出去——”

他被带到军官甲板，来到一间小小的会客室，里面只有一个低阶的少尉军官。

“跟我一起来的人在哪里？”

“请等一等。”少尉说。

十五分钟后，马巨擘也被带到会客室。

“他们对你做了什么？”杜伦急促地问。

“没有，什么都没有。”马巨擘缓缓摇了摇头。

依照菲利亚的法律，他们总共付了250信用点——其中有50点是“立即释放金”。破财消灾后，他们重新回到自由的星空。

贝泰勉强笑了几声，并说：“我们不值得他们护送一下吗？难道不该将我们送到边境，再一脚把我们踢走吗？”

杜伦绷着脸答道：“那根本不是什么菲利亚缉私舰——我们暂时还不准备离开。你们过来这里。”

大家都聚到他身边。

他余悸犹存地说：“那是一艘基地星舰，那些人都是骡的手下。”

艾布林手中的雪茄立刻掉到地板上，他俯身捡起来，然后说：“这里有基地星舰？我们距离基地足足有一万五千秒差距。”

“我们既然能在这里，他们又为什么不能来？银河啊，艾布林，你以为我不会辨识船舰吗？我看到他们的发动机，就足以肯定了。我告诉你，那是基地的发动机，而那艘星舰是基地的星舰。”

“他们是如何来到这里的？”贝泰实事求是地问，“在太空中，两艘船舰不期而遇的机会是多少？”

“这又有什么关系？”杜伦愤愤地反问，“这只能说明我们被跟踪了。”

“被跟踪？”贝泰大声抗议，“在超空间里被跟踪？”

艾布林·米斯不耐烦地插嘴道：“这是做得到的——只要有够好的船舰和最好的驾驶。不过我认为可能性不大。”

“我并没有湮没航迹，”杜伦坚持自己的说法，“我也始终维持着正常速度。瞎子也算得出我们的航道。”

“见鬼了。”贝泰吼道，“你的每一个跃迁都歪歪扭扭，观测到我们的初始方向也毫无用处。而且不只一次，我们在跃迁后，刚好从反方向跳出来。”

“我们是在浪费时间，”杜伦也火了，咬牙切齿地说，“那是骡控制下的一艘基地星舰。它把我们拦下来，搜查我们的太空船，又将马巨擘带走，还将他隔离——而我是一名人质，可以防止你们两人起疑时轻举妄动。我们现在就把它从太空中轰掉。”

“等一等。”艾布林·米斯一把抓住他，“因为你怀疑那是敌舰，就要把我们通通害死吗？老弟，想想看，那些王八蛋若是经过超空间，一路追踪我们大半个臭银河，又怎么可能在检查我们的太空船之后，就轻易放了我们？”

“他们还想知道我们要去哪里。”

“那么，他们又为何拦下我们，让我们提高警觉？你知道吗，你这种说法是自相矛盾。”

“我就是要照自己的意思去做。艾布林，放开手，否则我要揍人了。”

此时马巨擘正以特技的身手，站在他最喜欢的那个椅背上。他突然激动地向前一探身，长鼻子的鼻孔张得老大。“我想插一句嘴，请您们多多包涵。我这个不中用的脑袋，忽然间冒出一个古怪的想法。”

贝泰预料到杜伦马上就要发火，赶紧和艾布林一起按住他。“马巨擘，你尽管说，我们都会用心听。”

于是马巨擘说：“我被带到那艘星舰去的时候，简直吓得魂不附体，所以本来就空空如也的脑袋，变得更迷糊更痴呆了。说实话，大多数的事我完全不记得。好像有很多人瞪着我，说着我根本听不懂的话。但是到了最后——仿佛是一道阳光穿透云缝——我看到一张熟悉的脸孔。我只瞥了他一眼，只是隐隐约约的一瞥——却在我的记忆中，留下强烈和鲜明的印象。”

杜伦说：“那是谁？”

“很久很久以前，您第一次解救我的时候，那个跟我们在一起的上尉。”

马巨擘显然是想制造一个惊人的高潮，而从他长鼻子底下咧开的笑容，看得出他明白自己的意图成功了。

“汉……普利吉……上尉？”米斯严厉地问道，“你确定吗？真的确定吗？”

“伟大的先生，我可以发誓。”马巨擘将瘦骨嶙峋的手掌放在瘦弱的胸口，“即使把我带到骡面前，即使他用所有的威力否定这件事，我也敢向他发誓，坚持这是事实。”

贝泰不解地问道：“那么这究竟是怎么回事？”

小丑热切地面对着她。“我亲爱的女士，我有一个理论。它是突如其来的灵感，仿佛是银河圣灵想好了，再轻轻带进我心中。”

他刻意提高声音，以便压下杜伦半途插入的抗议。

“我亲爱的女士，”他完全是对着贝泰一个人说话，“假如这位上尉和我们一样，也是驾着太空船逃跑；假如他和我们一样，也是为了某个目的而在太空奔波；假如他是突然撞见我们的——他就会怀疑是我们在跟踪他，而且想要偷袭他，就像我们怀疑他一样。那么他自导自演了这出戏，又有什么难以解释的呢？”

“可是，他要我们去他的星舰干什么？”杜伦追问：“这说不通。”

“啊，说得通，说得通。”小丑大叫大嚷，辩才无碍，“他派出一名手下，那人并不认识我们，但他却利用麦克风，向上尉描述我们几个的长相。上尉一听到他对我的描述，一定立刻大吃一惊——因为说句老实话，尽管银河这么大，长得像我这个皮包骨的却没几个。既然认出我来，您们其他人的身份也就确定了。”

“所以他就放我们走了？”

“对于他正在进行的任务，还有他的秘密，我们又知道多少？他既然查出我们并非敌人，又何必让自己的身份曝光，让自己的计划横生变数呢？”

贝泰缓缓说道：“杜，别再固执了。他说的都有道理。”

“很有可能。”米斯附和道。

面对大家一致的反对，杜伦似乎无可奈何。在小丑滔滔不绝的解释中，仍有一点什么困扰着他；一定有什么不对劲的地方。但是他也说不出所以然来，而且无论如何，他的怒气已经消了。

“有那么几分钟，”他轻声道，“我还以为至少能打下一艘骡的星舰。”

他随即想到赫汶的沦陷，目光不禁黯淡下来。

其他三人都能了解他的心情。

新川陀：……原名迪里卡丝的一颗小型行星，于“大浩劫”后改名。在将近一世纪的岁月中，它是“第一帝国”最后一个皇朝的所在地。新川陀是个徒具虚名的世界，领导着一个名存实亡的帝国，其存在仅具政治上的象征意义。新川陀皇朝的第一位皇帝……

——《银河百科全书》

22

魂断新川陀

这个世界叫新川陀！也就是新的川陀！一旦你叫出这个名称，就把它与原先那个伟大的川陀类似之处都说完了。在两秒差距外，旧川陀的太阳仍在发热发光，而上个世纪的银河帝国首都，还在太空中永恒的轨道上默默运行。

旧川陀上甚至还有居民。人数并不多——或许一亿人吧；五十年前，那里还挤满四百亿人口。那个巨大的金属世界，如今到处都是残破的碎片。从围绕整个世界的金属基础向上延伸的高塔建筑，一座座都成了断垣残壁，上面的弹孔与焦痕仍旧清晰可见——这就是四十年前“大浩劫”所留下的遗迹。

说来也真奇怪，一个作为银河中心达两千年之久的世界——曾经统治着无尽的太空，上面住着无数位高权重的官员，以及权倾一时的立法者——竟然在一个月之内毁灭殆尽。说来也真奇怪，在前一个仟年之间，这个世界曾多次被征服，帝国也曾因此多次迁都，它却从未遭到破坏；而在后一个仟年，又不断爆发内战与宫廷革命，它也依旧安然无恙——如今它却终于成为一团废墟。说来也真奇怪，这个“银河的光荣”就这样变成了一具腐尸。

真是情何以堪！

人类历经五十个世代所造就的心血结晶，应该在许多世纪后才会化为腐朽。只有人类自己的堕落，才有办法提早为它送终。

数百亿居民罹难后，幸存的数百万人拆掉行星表面闪闪发光的金属基础，让禁锢上千年的土壤再度暴露阳光下。

他们周遭仍保存着完善的机械设备，以及人类为对抗大自然而制造的精良工业产品。于是，他们重新回到土地的怀抱。在空旷的交通要道上，种植起小麦与玉米；在高塔的阴影下，放牧着成群的绵羊。

反观新川陀——当初在川陀巨大的阴影下，这颗行星只能算偏远的乡村。后来那个走投无路的皇室，从“大浩劫”的烽火中仓皇逃离，来到这个最后的避难所——在这里勉强支撑下去，直到叛乱的风潮终于平息。如今，皇室仍在此地做着虚幻的帝王梦，统治着帝国最后一点可怜兮兮的残躯。

二十个农业世界，组成当今的银河帝国！

达勾柏特九世乃是银河的皇帝、宇宙的共主。他统治着这二十个农业世界，以及那些桀骜难驯的地主与民风强悍的农民。

在那个腥风血雨的日子，达勾柏特九世跟随父皇来到新川陀，当时他才二十五岁。如今，他的双眼与心灵仍充满着昔日帝国的光荣和强盛。但是他的儿子——未来的达勾柏特十世，则出生在新川陀。

二十个世界，就是他所认识的一切。

裘德·柯玛生所拥有的敞篷飞车，是新川陀同类交通工具中最高级的一部；它的外表染着珍珠色涂料，还镶着稀有合金的装饰，根本无需挂上任何代表主人身份的徽章——这当然其来有自。并非由于柯玛生是新川陀最大的地主，那样想是倒因为果。早年，他是年轻皇储的玩伴与“守护神”，当时皇储对正值中年的皇帝就充满叛逆的情绪。如今，他则是中年皇储的玩伴与“守护神”，而皇储早已骑在年迈的皇帝头上，并且恨透了他。

裘德·柯玛生正坐在自己的飞车上，巡视着他名下的大片土地，以及绵延数英里、随风摇曳的麦子，以及许多巨型打谷机与收割机，以及众多佃农与农机操作工——通通都是他的财产。他一面巡视，一面认真思考自己的问题。

在柯玛生身边，坐着他的专用司机。那名司机弯腰驼背，身形憔悴，他驾着飞车轻缓地乘风而上，脸上则一直带着笑容。

裘德·柯玛生迎着风，对着空气与天空说：“殷奇尼，你还记得我跟你讲的事吗？”

殷奇尼所剩无几的灰发被风吹了起来。他咧开薄薄的嘴唇，露出稀疏的牙齿，两颊上的垂直皱纹加深许多。好像他从来不知道，自己的笑容比哭更难看。当他轻声说话的时候，齿缝间传出阵阵的咻咻声。

“老爷，我记得，我也仔细想过了。”

“殷奇尼，你想到什么呢？”这句问话明显带着不耐烦的意思。

殷奇尼没忘记自己曾经年轻英俊过，并且是旧川陀的一名贵族。殷奇尼也记得，他到达新川陀的时候就已经破了相，而且未老先衰。由于大地主裘德·柯玛生的恩典，他才得以苟活下来。为了报答这份大恩大德，他随时提供各式各样的鬼点子。想到这里，他轻轻叹了一口气。

他又小声地说：“老爷，基地来的那些访客，我们轻而易举就能拿下。尤其是，老爷，他们只有一艘太空船，又只有一个能动武的人。我们可得好好欢迎他们。”

“欢迎？”柯玛生以沮丧的口吻说，“也许吧。不过那些人都是魔术师，可能威力无比。”

“呸，”殷奇尼喃喃道，“所谓距离产生幻象。基地只是个普通的世界，它的公民也只是普通人。如果拿武器轰他们，他们照样一命呜呼。”

殷奇尼维持着正确的航线，飞过一条蜿蜒而闪烁的河流。他又继续轻声说：“不是听说有一个人，把银河外缘各个世界搅得天翻地覆吗？”

柯玛生突然起疑。“这件事你知道多少？”

他的专用司机这回没有露出笑容。“老爷，我毫不知情，只不过随口问问。”

大地主只犹豫了一下子。他毫不客气，单刀直入地说：“你的任何问题都不是随口问问，你这种探听情报的方法，早晚会让你的细脖子被老虎钳夹扁。不过——我可以告诉你！那个人叫做骡，几个月前，他的一名属下曾经来过这里，那是为了……一件公事。我正在等另一个人……嗯……把这件事做个了结。”

“这些新来的访客呢？他们难道不是你要等的人吗？”

“他们没有任何身份证明文件。”

“据说基地被攻陷了……”

“我可没有告诉你这种事。”

“大家都这么讲。”殷奇尼继续泰然自若地说，“如果这个消息正确，这些人可能就是逃出来的难民，可以把他们抓起来交给骡的手下，以表现我们真诚的友谊。”

“是吗？”柯玛生不太确定。

“此外，老爷，既然大家都明白诛杀功臣的历史规律，我们这么做，只是正当的自卫手段罢了。我们原本就有心灵探测器，现在又有了四个基地人的脑袋。基地有许多秘密值得我们挖掘，而骡的秘密更需要挖掘。这样一来，我们和骡的友谊就能稍微平等一点。”

在平稳的高空中，柯玛生因为自己突如其来的想法而打了一个冷战。“可是万一基地没有沦陷，万一那些消息都是假的呢。据说，有预言保证基地不可能沦陷。”

“老爷，这年头已经不流行卜卦算命了。”

“殷奇尼，但它若是根本没有沦陷呢。想想看！若是基地没有沦陷。骡对我做了许多保证，可是……”他发觉自己扯得太远，赶紧拉回原来的话题。“那就是说，他在吹牛。然而牛皮容易吹，做起来却困难。”

殷奇尼轻声笑了笑。“做起来却困难，的确没错，但有开始就有希望。放眼银河系，恐怕银河尽头的那个基地，要算是最可怕的。”

“别忘了还有太子呢。”柯玛生喃喃道，几乎是自言自语。

“老爷，这么说，他也在跟骡打交道？”

柯玛生几乎无法压抑突然浮现的自满。“并不尽然，他可不像我。但是他现在愈来愈狂妄，愈来愈难以控制。他已经被恶魔附身了。如果我把这些人抓起来，他会为了自己的目的而将他们带走——因为他这个人还真有几分狡猾——我还没准备要跟他翻脸。”他厌恶地皱着眉头，肥厚的双颊也垂了下来。

“昨天我瞥见了那些异邦人。”灰发的司机扯到另一个话题，“那个黑头发的女人很不寻常。她走起路来像男人一样毫无顾忌，还有她的皮肤苍白得惊人，和她乌溜溜的黑发形成强烈对比。”在他有气无力的嘶哑声音中，似乎透出几丝兴奋，令柯玛生突然讶异地转头瞪着他。

殷奇尼继续说："我想，那个太子不论多么狡猾，也不会拒绝接受合理的妥协方案。你可以把其他人留下来，只要把那个女孩让给他……"

柯玛生立即茅塞顿开。"好主意！真是个好主意！殷奇尼，掉头回去！还有，殷奇尼，如果一切顺利，我们就继续讨论还你自由的细节问题。"

似乎是冥冥之中自有定数，柯玛生刚回到家，就在他的书房发现了一个私人信囊。它是以极少数人知道的波长传送来的。柯玛生的肥脸露出微笑。骡的手下快要到了，这代表基地真的沦陷了。

贝泰朦胧的视觉，依然残留着那座"宫殿"的影像，盖过了她现在看到的真实景象。在她内心深处，仿佛感到有点失望。那个房间很小，几乎可说既朴素又平凡。那座"宫殿"甚至比不上基地的市长官邸。而达勾柏特九世……

皇帝究竟应该像什么样子，贝泰心中有个定见。他不应该好像一位慈祥的祖父，不应该显得瘦削、苍白而衰老——也不该亲自为客人倒茶，或是对客人表现得过分殷切。

事实却刚好相反。

贝泰抓稳茶杯，达勾柏特九世一面为她倒茶，一面咯咯笑着。

"亲爱的女士，我感到万分高兴。我有一阵子没参加庆典，也没有接见廷臣了。如今，来自外围世界的访客，我已经没有机会亲自欢迎。因为我年事已高，这些琐事已交给太子处理。你们还没有见过太子吗？他是个好孩子。或许有点任性，不过他还年轻。要不要加一个香料袋？不要吗？"

杜伦试图插嘴。"启禀陛下……"

"什么事？"

"启禀陛下，我们并不是要来打扰您……"

"没有这回事，绝不会打扰我的。今晚将为你们举行迎宾国宴，不过在此之前，我们可以随意。我想想，你们刚才说是从哪里来的？我们好像很久没有举行迎宾国宴了。你们说来自安纳克里昂星省吗？"

"启禀陛下，我们是从基地来的！"

"是的，基地，我现在想起来了。我知道它在哪里，它位于安纳克里昂星省。我从来没有去过那里，御医不允许我做长途旅行。我不记得安纳克里昂总督最近曾有任何奏章。那里的情况怎么样？"他以关切的口吻问道。

"启禀陛下，"杜伦含糊地说，"我没有带来任何申诉状。"

"那实在太好了，我要嘉奖那位总督。"

杜伦以无奈的眼光望着艾布林·米斯，后者粗率的声音立刻响起。"启禀陛下，我们听说必须得到您的御准，才能参观位于川陀的帝国图书馆。"

"川陀？"老皇帝柔声问道："川陀？"

然后，他瘦削的脸庞显现一阵茫然的痛苦。"川陀？"他细声说，"我现在想起来了。我正在进行一个军事反攻计划，准备率领庞大的舰队打回川陀。你们跟我一起去，让我们并肩作战，打垮吉尔模那个叛徒，重建伟大的帝国！"

他佝偻的脊背挺直了，他的声音变得洪亮，一时之间，他的目光也转趋凌厉。然后，他眨了眨眼睛，又轻声说："可是吉尔模已经死了。我好像想起来——没错，没错！吉尔模已经死了！川陀也死了——目前似乎就是如此——你们刚才说是从哪里来的？"

马巨擘忽然对贝泰耳语道："这个人真的就是皇帝吗？我以为皇

帝应该比普通人更伟大、更英明。”

贝泰挥手示意他闭嘴，然后说：“倘若陛下能为我们签一张许可状，准许我们到川陀去，对双方的合作会很有帮助。”

“到川陀去？”老皇帝表情呆滞，显得一片茫然。

“启禀陛下，我们是代表安纳克里昂总督前来觐见陛下的。他要我们代为启奏陛下，吉尔模还活着……”

“还活着！还活着！”达勾柏特惊吼道，“他在哪里？又要打仗了！”

“启禀陛下，现在还不能公开这件事。他的行踪至今不明。总督派我们来启奏陛下这个事实，但我们必须到川陀去，才有办法找到他的藏身之处。一旦发现……”

“没错，没错……非得把他找到不可……”老皇帝蹒跚地走到墙边，用发颤的手指碰了碰小型光电管。他空等了一会儿，又喃喃道：“我的侍臣还没有来，我不能再等他们了。”

他在一张白纸上胡乱写了几个字，最后附上一个龙飞凤舞的签名式。然后他说：“吉尔模早晚会领教皇帝的厉害，你们刚才说是从哪里来的？安纳克里昂？那里的情况怎么样？皇帝的威名依然至高无上吗？”

贝泰从他松软的手指间取过那张纸。“陛下深受百姓爱戴，陛下对百姓的慈爱妇孺皆知。”

“我应该起驾到安纳克里昂，去巡视我的好百姓，可是御医说……我不记得他说过什么，不过……”他抬起头，苍老灰暗的眼珠又有了生气，“你们刚才提到吉尔模吗？”

“启禀陛下，没有。”

“他不会再猖狂了。回去就这样告诉你们的同胞。川陀会屹立不摇！父皇正率领舰队御驾亲征；吉尔模那个叛徒，还有他手下那些大逆不道的乌合之众，都会被困死在太空中。”

他摇摇晃晃地走回座位，目光再度失去神采。他问道：“我刚才说了些什么？”

杜伦站起来，深深一鞠躬。“陛下对我们亲切无比，可惜我们觐见的时间已经结束了。”

达勾柏特九世站起身来，挺直了脊背，看着他的访客一个个倒退着退到门外。一时之间，他看来真像是一位皇帝。

而四名访客退出门外，立刻有二十名武装人员一拥而上，将他们团团围住。

一柄轻武器发出一道闪光……

贝泰感到自己的意识逐渐恢复，却没有“我在哪里？”那种感觉。她清清楚楚记得那位自称皇帝的古怪老者，还有埋伏在外的那些人。她的手指关节仍在隐隐作痛，代表她曾遭到麻痹枪的攻击。

她继续闭着眼睛，用心倾听身边每一个声音。

共有两个人在说话。其中一人说得很慢，口气也很小心，表面的奉承下却隐藏着狡猾。另一个声音嘶哑含混，几乎带着醉意，而且说话时口沫四溅。这两个声音都令贝泰感到嫌恶。

嘶哑的声音显然是主子。

贝泰最先听到的几句话是：“那个老疯子，他永远死不了。这实在令我厌烦、令我恼怒。柯玛生，我要赶快行动，我的年纪也不小了。”

“启禀殿下，让我们先研究一下这些人有什么用处。我们可能会发现奇异的力量，是你父亲所无法提供的。”

在一阵兴致勃勃的耳语中，嘶哑的声音愈来愈小。贝泰只听到几个字：“……这女孩……”另外那个谄媚的声音则变作淫秽的低笑声，然后再用哥俩好的口气说：“达勾柏特，你一点也没有老。没有人不知道，你还像个二十岁的少年郎。”

两人一起哈哈大笑。贝泰的血液都快凝结了，达勾柏特——殿下——老皇帝曾经提到他有一个任性的太子。这时，贝泰已能体会刚才那段对话的含意。可是在现实生活中，不应该发生这种事……

她听到一阵缓慢而激动的咒骂，那是杜伦的声音。

她张开眼睛，发现杜伦正在瞪着她。杜伦显得放心了一点，又用凶狠的口气说：“你们这种强盗行径，我们会请陛下主持公道。放开我们。”

直到现在，贝泰才发觉自己的手腕被强力吸附场固定在墙上，脚踝也被地板紧紧吸住。

声音嘶哑的男子向杜伦走近。他挺着一个大肚子，头发稀疏，眼袋浮肿，还有两个黑眼圈。他穿着由银色发泡金属镶边的紧身上衣，戴着一顶有遮檐的帽子，上面还插着一根俗丽的羽毛。

他冷笑一声，仿佛听到了最有趣的笑话。“陛下？那个可怜的疯老头？”

“我有他签署的通行证。任何臣民都不得妨碍我们的自由。”

“你这太空飞来的垃圾，我可不是什么臣民。我是摄政兼皇储，你得这样称呼我。至于我那个既可怜又痴呆的老子，他喜欢偶尔见见访客，我们也就随他去玩。这能让他重温一下虚幻的帝王梦。但是，当然没有其他意义。”

然后他来到贝泰身前，贝泰抬起头，以不屑的眼光瞪着他。皇储俯下身，他的呼吸中有浓重的薄荷味。

他说：“柯玛生，她的眼睛真标致——她睁开眼睛更漂亮了。我想她会令我满意。这是一道能令我胃口大开的异国佳肴，对吗？”

杜伦徒劳无功地挣扎了一阵子，皇储根本不理会他，贝泰则感到体内涌出一股寒意。艾布林·米斯仍然昏迷，他的头无力地垂到胸前，可是马巨擘的眼睛却张开了，令贝泰感到有些讶异。她注意到马巨擘的眼睛张得很大，仿佛已经醒来好一阵子。他那对褐色的大眼珠转向贝泰，透过呆滞的表情凝望着她。

他将头撇向皇储，一面点头，一面呜咽道："那家伙拿走了我的声光琴。"

皇储猛然一转身。"丑八怪，这是你的吗？"他将背在肩上的乐器甩到手中，贝泰这才注意到，他肩上的绿色带子就是声光琴的吊带。

他笨手笨脚地拨弄着声光琴，想要按出一个和弦，却没有弄出半点声响。"丑八怪，你会演奏吗？"

马巨擘点了一下头。

杜伦突然说："你劫持了一艘基地的太空船。即使陛下不替我们讨回公道，基地也会的。"

另外那个人——柯玛生，此时慢条斯理地答道："什么基地？还是骡已经不叫骡了？"

没有人回答这个问题。皇储咧嘴一笑，露出又大又参差不齐的牙齿。他关掉小丑身上的吸附场，使劲推他站起来，又将声光琴塞到他手中。

"丑八怪，为我们演奏一曲。"皇储说，"为我们这位异邦美人，演奏一首爱和美的小夜曲。让她知道我父亲的乡下茅舍并不是宫殿，但我能带她到真正的宫殿去，在那里，她可以在玫瑰露中游泳——她将知道太子的爱是如何炽烈。丑八怪，为太子的爱高歌一曲。"

他将一只粗壮的大腿放在大理石桌上，小腿来回摇晃着，并带着轻浮的笑意瞪着贝泰，令贝泰心中升起一股怒火。杜伦使尽力气设法挣脱吸附场，累得汗流浃背，一脸痛苦的表情。艾布林·米斯忽然动了动，发出一声呻吟。

马巨擘喘着气说："我的手指麻木，没法子演奏……"

"丑八怪，给我弹！"皇储吼道。他对柯玛生做了一个手势，灯光便暗了下来。在一片昏暗中，他双臂交握胸前，等着欣赏表演。

马巨擘的手指在众多按键上来回跳跃，动作迅疾并充满节奏感。一道色彩鲜明的彩虹，突然不知从何处滑跃出来。然后响起一个低柔的调子，曲调悠扬婉转，如泣如诉。在一阵悲壮的笑声中，乐曲陡然拔高，背后还透出阴沉的钟声。

黑暗似乎变得愈来愈浓，愈来愈稠。贝泰面前好像有着一层层无形的毛毯，音乐就从其中钻出来。从黑暗深处射出了微弱的光线，仿佛坑洞中透出的一线烛光。

她自然而然一眨不眨地张大眼睛。光线逐渐增强，但仍然十分朦胧，带着暧昧不明的色彩摇曳不定。此时，音乐忽然变得刺耳而邪恶，而且愈来愈嚣张。光线的变化也开始加剧，随着邪恶的节奏快速摆动。好像有什么怪物在光影中翻腾，它长着剧毒的金属鳞片，还张着血盆大口。而音乐也随着那只怪物翻腾和咧嘴。

贝泰在诡异莫名的情绪中挣扎，总算从内心的喘息中定下神来。这使她不禁想到时光穹窿中的经历，以及在赫汶的最后那段日子。当时她感受到的，正是同样的恐惧、烦厌，以及如蛛网般粘缠的消沉与绝望。这种无形的压迫感，令她全身蜷缩起来。

音乐在她耳边喧闹不休，如同一阵可怖的狂笑。就像是拿倒了望远镜，她看到尽头处小圈圈中仍是那个翻腾扭动的怪物，直到她奋力转过头去，恐怖的怪物才终于消失。这时，她的额头早已淌着冷汗。

音乐也在此时停止。它至少持续了一刻钟，贝泰顿时觉得大大松了一口气。室内重新大放光明，马巨擘的脸庞距离贝泰很近，他满头大汗，目光涣散，神情哀伤。

“我亲爱的女士，”他气喘吁吁地说，“您还好吧？”

“还好，”她悄声回答，“但是你为什么演奏这种音乐？”

她看了看室内其他人。杜伦与米斯仍被粘在墙上，显得有气无力，但她的目光很快越过他们。她看到皇储以怪异的姿势仰卧在桌脚，柯玛生则张大嘴在狂乱呻吟，还不停淌着口水。

当马巨擘向他走近时，柯玛生吓得缩成一团，发疯般哀叫起来。

马巨擘转过身来，迅速松开其他三人。

杜伦一跃而起，双手握紧拳头，使劲抓住大地主的脖子，猛力将他拉起来。“你跟我们走。我们需要你——确保我们安然回到太空船。”

两小时后，在太空船的厨舱中，贝泰亲手做了一个特大号的派。马巨擘庆祝安返太空的方法，就是抛开一切餐桌礼仪，拼命将派塞进嘴里。

“好吃吗，马巨擘？”

“嗯、嗯、嗯！”

“马巨擘？”

“啊，我亲爱的女士？”

“你刚才演奏的究竟是什么？”

小丑不知如何是好。“我……我还是别说为妙。那是我以前学的，而声光琴对神经系统的影响最巨大。当然啦，我亲爱的女士，那是一种邪门的音乐，不适合您这种天真无邪的心灵。”

“喔，得了吧，马巨擘。我可没有那么天真无邪，你别拍我的马屁了。我所看到的，是不是和那两个人看到的一样？”

“但愿不一样。我只想让他们两人看见。如果您看到了什么，那只是瞥见边缘的一点点——而且还是远远瞥见。”

“那就够呛了。你可知道，你把太子弄得昏迷不醒？”

马巨擘嘴里含着一大块派，以模糊却冷酷的声音说：“我亲爱的女士，我把他给杀了。”

“什么？”贝泰痛苦地吞下这个消息。

“当我停止演奏的时候，他就已经死了，否则我还会继续。我并没有理会那个柯玛生，他对我们最大的威胁，顶多是死亡或酷刑。可是，我亲爱的女士，那个太子却用淫邪的眼光望着您，而且……”他又气又窘，顿时语塞了。

贝泰心中兴起好些奇怪的念头，她断然把它们压下去。“马巨擘，你真有一副侠义心肠。”

“喔，我亲爱的女士。”他将红鼻头埋到派里面，不知道为什么，却没有继续吃。

艾布林·米斯从舷窗向外看，川陀已经在望——它的金属外壳闪耀着明亮的光芒。杜伦也站在舷窗旁。

他以苦涩的语调说：“艾布林，我们白跑一趟了。骡的手下已经捷足先登。”

艾布林·米斯抬起手来擦擦额头，那只手似乎不再像以前那般丰满。他的声音听来像是漫不经心的喃喃自语。

杜伦又气又恼。“我是说，那些人知道基地已经沦陷。我是说……”

“啊？”米斯茫然地抬起头。然后，他将右手轻轻放在杜伦的手腕上，显然完全忘了刚才的谈话。“杜伦，我……我一直凝望着川陀。你可知道……在我们抵达新川陀的时候……我就有一种怪异至极的感觉。那是一种冲动，是在我内心不停激荡的一种冲动。杜伦，我做得到；我知道我做得到。在我心中，所有的事情一清二楚——从来也没有那么清楚过。”

杜伦瞪着他——然后耸耸肩。这段对话并未为他带来什么信心。

他试探性地问："米斯？"

"什么事？"

"当我们离开新川陀的时候，你没有看见另一艘太空船降落吧？"

米斯只想了一下。"没有。"

"我看见了。我想，可能只是我的想象，但也可能是那艘菲利亚缉私舰。"

"汉·普利吉上尉率领的那一艘？"

"天晓得是由谁率领的。根据马巨擘的说法——米斯，它跟踪我们到这里了。"

艾布林·米斯没有回应。

杜伦焦急地问："你是不是哪里不对劲？你还好吗？"

米斯露出深谋远虑、澄澈而奇特的眼神，却没有回答这个问题。

23

川陀废墟

想要在巨大的川陀世界上标出某个地点，竟然是银河中独一无二的难题。因为方圆千英里范围之内，没有任何陆地或海洋能当参考坐标。若从云缝间向下俯瞰，也看不到任何河流、湖泊或岛屿。

这个金属覆盖的世界，长久以来一直是个单一的大都会。只有其上的皇宫旧址，是异乡人从外太空唯一能辨识的目标。因此，贝泰号在川陀上空维持着普通飞车的高度，一面环绕着这个世界，一面辛苦地寻找目标。

他们先来到极地，那里的金属尖塔全遭冰雪掩覆，显示气候调节机制已经损坏或遭弃置。从极地向南飞，偶尔能看到地面上有些目标，与他们在新川陀取得的简陋地图对应得上——或说有某种程度的对应关系。

但是当目标出现时，它却肯定错不了。覆盖着整个行星的金属壳层，在此出现五十英里长的裂隙。不寻常的绿地占地几百平方英里，拥抱着庄严典雅的皇宫旧址。

贝泰号先在空中盘旋一阵子，然后缓缓调整方向。只有巨大的超级跑道可供参考，它们在地图上是长直的箭头，实物则像平滑而闪耀的丝带。

他们摸索到地图所示的川陀大学所在地，再飞到附近一处宽阔的平地——这里显然曾是极忙碌的着陆场——让太空船降落下来。

直到没入金属丛林后，他们才发现从空中看来光洁美丽的金属表面，其实是一片破败、歪扭、近似废墟的建筑群，处处透着“大浩劫”后的凄凉。一座座尖塔拦腰折断，平滑的墙壁变得歪七扭八、斑痕累累。突然间，他们瞥见一块露天的黑色土壤——或许有几百亩大小——上面还有农作物。

当那艘太空船小心翼翼降落时，李·森特正等在那里。那艘船外型陌生，显然不是新川陀来的，他不禁暗叹了一声。外太空来的陌生船舰，以及来意不明的外星人士，都可能意味着短暂的太平岁月即将结束，又要回到战祸连年、尸横遍野的“大时代”。森特是农民团体的领导人，并负责管理此地的古籍。从书本中他了解到旧时的历史，而他不希望这些历史重演。

陌生太空船降落地面的过程或许只有十分钟，但在这段时间中，无数往事迅速掠过他的脑海。他首先想到幼年时代的大农庄——在他的记忆中，只有一群人忙碌工作的画面。然后，许多年轻家族一起迁徙到其他星球。当时他只有十岁，是父母的独子，只感到茫然与恐惧。

不久出现一些新的建筑；巨大的金属板被挖起来丢到一旁；农民开始翻挖曝光的土壤，稀释其盐分，恢复其生机；附近原有的建筑物，有些被推倒并铲平，其余的则改建成住宅区。

农民忙着耕作与收割，同时不忘和邻近的农场建立友好关系……

那是一段发展与扩张的岁月，自治的生活愈来愈上轨道。下一代在土地中成长茁壮，这些勤奋的年轻人逐渐当家做主。森特获选为农民团体领导人的大日子来临了，当天，是他十八岁以后头一次没刮胡子。等到长满络腮胡，他就是货真价实的领导人了。

如今却有外人闯进这个世界，这段与世隔绝、如牧歌般的短暂岁月可能要结束了。

太空船着陆了。当舷门打开时，森特一言不发地注视着。有四个人走出来，都表现得小心翼翼、机警万分。其中三人是男性，他们外表各异，一个是老者，一个是青年，另一个瘦得可怜，鼻子却长得过分。此外还有一名女子，跟他们大摇大摆地走在一起。森特向前走去，右手离开了他光洁的黑胡子。

他做了一个全人类共通的和平手势。双手放在面前，粗壮长茧的手掌朝上。

那名年轻男子向前走了两步，并做出相同的动作。“我带着和平而来。”

对方的口音非常陌生，不过那句话他还听得懂，而且听来很受用。他以庄重的语气答道：“和平至上。农民团体欢迎你们，并将竭诚招待。你们饿了吗？我们有吃的。你们渴了吗？我们有喝的。”

对方慢慢地回答：“我们感谢你们的好意，等我们回到自己的世界，会为你们的团体广为宣扬。”

这是个奇怪的回答，不过相当中听。站在森特后面的农民都露出微笑，而从附近建筑物中，还有不少农妇走了出来。

来到森特的住处后，他从隐密的角落取出一个盒子，打开上面的锁，再推开镶着镜子的盒盖，里面是专为重要场合准备的、又长又粗的雪茄。他将雪茄盒逐一递向每位客人，轮到那名女子时，他犹豫了一下。她和男士们坐在一起；对于这种恬不知耻的行为，这些异邦男士显然同意，甚至视为理所当然。于是，他硬邦邦地将雪茄盒递过去。

她拿了一根雪茄，回报一个微笑，便开始享受吞云吐雾的乐趣。李·森特必须尽力压抑不断冒起的嫌恶情绪。

用餐之前有过一段生硬的对话，客套地谈到在川陀从事农业的情形。

那名老者首先问道："水耕农业发展得如何？像川陀这样的世界，水耕当然是不二的选择。"

森特缓缓摇了摇头，他感到有些茫然。他的知识都是从书本上读到的，他并不熟悉那些事物。"我想，你是指利用化学肥料的人工栽培法？不，在川陀行不通。水耕需要许多工业配合——比如说庞大的化学工业。遇到战乱或天灾，工业一旦停摆，大家就得挨饿了。此外，不是每样食物都能用人工栽培，有些会因此流失养分。土壤又便宜又好——而且永远可靠。"

"你们生产的粮食够吃吗？"

"绝对够吃，虽然种类不多。我们还饲养家禽来生蛋，饲养乳牛羊来供应乳制品——不过肉类倒是需要跟其他世界交易。"

"交易？"年轻男子似乎突然有了兴趣，"所以你们也有贸易。可是你们出口什么呢？"

"金属。"这个答案简单明了，"你们自己看一看，我们的金属存量无穷无尽，而且都是现成的。新川陀的人驾着太空船前来，拆掉我们指定地区的金属板，用肉类、罐头水果、浓缩食品、农业机具等作交换。他们获得金属，我们的耕地面积也增加了，双方都受惠。"

他们享用了面包、乳酪，还有极美味的蔬菜盅。等到冷冻水果——餐桌上唯一的进口食物——端上来的时候，这些异邦人表达了真正的来意。年轻男子拿出川陀的地图。

李·森特冷静地研究着那张地图。等到对方说完了，他才表情严肃地说："大学校园是保留区，我们农夫不在那里种植作物。没有必要的话，我们甚至不走进去。它是硕果仅存的几处古迹之一，我们希望都能保持完整。"

"我们是来寻求知识的，不会破坏任何东西。我们可以把太空船押在这里。"老者提出这个建议——口气急切而激动。

"这样的话，我就可以带你们去。"森特说。

当晚，四个异邦人入睡后，李·森特向新川陀送出一道讯息。

24

回转者

他们进入大学校园，置身建筑物之间的空旷地带后，发现此地果然毫无人迹。放眼望去，只有庄严与孤寂的气氛。

这几位来自基地的异邦人，对于“大浩劫”那段腥风血雨、天翻地覆的日子一无所知。他们完全不知道皇帝被打垮后，川陀所发生的一连串变故——大学生们虽然毫无作战经验，个个吓得脸色苍白，却英勇地抓起借来的武器，组成一支志愿军，誓死保卫这个银河学术圣地。他们也从未听说过“七日战争”，以及当吉尔模的铁蹄蹂躏川陀世界的时候，虽然连皇宫都无法幸免，川陀大学却因休战而逃过一劫。

这几位来自基地、首度进入校园的访客，目前唯一能体会的是，在这个从废墟中重生的世界里，此处是一个宁谧、优雅的圣地，仍然保留着往昔的荣光。

就这点而言，他们可算是入侵者。笼罩四面八方的空虚显然并不欢迎他们。这里似乎仍然弥漫着学术气息，因而对侵扰表现出不悦与不安。

外表看来，图书馆是一幢小型建筑物。事实上，它绝大部分的结构都深埋地底，以提供一个宁静的冥想空间。艾布林·米斯来到接待室，驻足在精美的壁画前。

他小声地说——在此地自然而然会压低声音："我想我们走过了头，目录室应该在后面。我现在就去那里。"

他的额头泛红，右手微微打颤。"杜伦，我绝不能受到打扰。你能不能帮我送饭？"

"任凭吩咐，我们会尽一切力量帮助你。你需不需要我们当你的助手……"

"不要，我必须单独工作……"

"你认为能找到你想要找的吗？"

艾布林·米斯以充满自信的口气答道："我知道我做得到！"

结婚以来，杜伦与贝泰现在这段时期的生活，才算是最接近普通的"小俩口过日子"。不过，这是一种特殊的"过日子"方式。他们住在一座宏伟的建筑物里面，过着很不相称的简朴生活。他们的食物大多来自李·森特的农场，而他们用来交换食物的，则是任何一艘太空商船都不缺的小型核能装置。

马巨擘在图书馆的阅览室中，自己学会了如何使用投影机，便一头栽进冒险与传奇小说的世界，几乎变得跟艾布林·米斯一样废寝忘食。

艾布林不眠不休地投入研究工作，并坚持要在"心理学参考图书室"搭一个吊床。他的脸庞变得愈来愈瘦削，愈来愈苍白。他说话不像以前那样中气十足，口头禅般的咒骂也不知不觉消失无踪。有时他还得花好大的力气，才能分辨出谁是杜伦、谁是贝泰。

跟马巨擘在一起的时候，米斯才比较正常。马巨擘负责为他送餐点，常常顺便留下来，一坐就是几小时，竟然全神贯注地看着这位老心理学家工作——抄写数不清的数学方程式；不断比较各个书报胶卷的内容；挤出全身的精力，朝着只有他看得见的目标拼命努力。

杜伦走进昏暗的房间，来到贝泰身边，突然大叫一声："贝泰！"

贝泰吃了一惊，显得有些心虚。"啊？杜，你找我吗？"

"我当然是找你。你坐在那里到底在干什么？自从我们来到川陀，你就处处不对劲。你是怎么了？"

"喔，杜，别说了。"她厌倦地答道。

"喔，杜，别说了！"他不耐烦地模仿她。接着，他忽然又温柔地说："贝，你不想告诉我是怎么回事吗？我看得出你有心事。"

"没有！杜，我没有心事。如果你继续这样唠唠叨叨，我会给你烦死。我只不过……在想。"

"在想什么？"

"没什么。好吧，是关于骡、赫汶、基地，还有一切的一切。我还在想艾布林·米斯，以及他会不会找到有关第二基地的线索，以及果真找到的话，第二基地会不会肯帮我们——以及上百万件其他的事。你满意了吗？"她的声音愈来愈激动。

"如果你只是在胡思乱想，请你现在就停止好吗？这样是在自寻烦恼，对目前的情况于事无补。"

贝泰站起来，勉强笑了笑。"好吧，我现在开心了。你看，我不是高兴得笑了吗？"

外面突然传来马巨擘焦急的叫声。"我亲爱的女士——"

"什么事？进来——"

贝泰说到一半猛然住口，因为门推开后，出现的竟是一张宽大冷峻的脸孔……

“普利吉。”杜伦惊叫。

贝泰喘了几口气。“上尉！你是怎么找到我们的？”

汉·普利吉走了进来。他的声音清晰而平板，完全不带任何感情。“我现在的官阶是上校——在骡的麾下。”

“在……骡的麾下！”杜伦的声音愈来愈小。室内三个人面面相觑，形成一幅静止画面。

目睹这种场面，马巨擘吓得躲到杜伦身后。不过没有人注意到他。

贝泰双手互相紧握，却仍然在发抖。“你要来逮捕我们吗？你真的投靠他们了？”

上校立刻回答说：“我不是来逮捕你们的，我的指令中并没有提到你们。如何对待你们，我有选择的自由，而我选择和你们重叙旧谊，只要你们不反对。”

杜伦压抑着愤怒的表情，以致脸孔都扭曲了。“你是怎么找到我们的？所以说，你真的在那艘菲利亚缉私舰上？你是跟踪我们来的？”

普利吉毫无表情的木然脸孔，似乎闪过一丝窘态。“我的确在那艘菲利亚舰上！我当初遇到你们……嗯……只不过是巧合。”

“这种巧合，数学上的几率等于零。”

“不。只能说极不可能，所以我的说法仍然成立。无论如何，你们曾向那些菲利亚人承认，说你们要前往川陀星区——当然，其实并没有一个叫做菲利亚的国家。由于骡早就和新川陀有了接触，要把你们扣在那里是轻而易举。可惜的是，在我抵达之前，你们已经跑掉了。我总算来得及命令川陀的农场，一旦你们到达川陀，立刻要向我报告。接到报告后，我马上赶了来。我可以坐下吗？我带来的是友谊，请相信我。”

他径自坐下。杜伦垂着头，脑子一片空白。贝泰动手准备茶点，却没有半点热诚或亲切。

杜伦猛然抬起头来。“好吧，‘上校’，你到底在等什么？你的友谊又是什么？如果不是逮捕我们，那又是什么呢？保护管束吗？叫你的人进来，命令他们动手吧。”

普利吉很有耐心地摇摇头。“不，杜伦。我这次来见你们，是出于我个人的意愿，我是想来劝劝你们，别再做任何徒劳无功的努力。倘若劝不动，我马上就走，如此而已。”

“如此而已？好，那就打开传声筒，开始你的宣传演说，说完就请便。贝泰，别帮我倒茶。”

普利吉接过茶杯，郑重地向贝泰道谢。他一面轻啜着茶，一面用有力的目光凝视着杜伦。然后他说：“骡的确是个突变种。他的突变简直无懈可击……”

“为什么？究竟是怎样的突变？”杜伦没好气地问。“我想你现在会告诉我们了，是吗？”

“是的，我会的。即使你们知道这个秘密，对他也毫无损失。你可知道——他有办法调整人类的情感平衡。这听来像是小把戏，却具有天下无敌的威力。”

贝泰插嘴道：“情感平衡？”她皱起眉头，“请你解释一下好吗？我不太了解。”

“我的意思是，他能在一名威猛的将领心中，轻而易举注入任何形式的情感，例如对骡的绝对忠诚，以及百分之百相信骡会胜利。他的将领都受到如此的情感控制。他们绝不会背叛他，信心也绝不会动摇——而这种控制是永久性的。最顽强的敌人，也会变作最忠心的下属。像卡尔根那个统领，就是心甘情愿地投降，如今成为骡派驻基地的总督。”

“而你——”贝泰刻毒地补充道，“背叛了你的信仰，成为骡派到川陀的特使。我明白了！”

“我还没有说完。骡的这种天赋异禀，反过来用效果甚至更好。绝望也是一种情感！在关键时刻，基地上的重要人物、赫汶星上的重要人物——都绝望了。他们的世界都没有怎么抵抗，就轻易投降了。”

“你的意思是说，”贝泰紧张地追问，“我在时光穹窿中会产生那种感觉，是由于骡在拨弄我的情感？”

“他也拨弄我的情感，拨弄大家的情感。赫汶快沦陷的时候，情形又如何？”

贝泰转过头去。

普利吉上校继续一本正经地说：“既然能够对付整个世界，它自然可以对付个人。它能让你心甘情愿投降，让你成为死心塌地的忠仆，这种力量有谁能够抗衡？”

杜伦缓缓地说：“我又怎么知道你说的是事实？”

“否则，你要如何解释基地和赫汶的沦陷？否则，你又如何解释我的‘回转’？老兄，想想看！目前为止，你——或是我——或是整个银河系，对抗骡的成绩究竟如何？是不是毫无成效？”

杜伦感到对方在向自己挑战。“银河在上，我能解释！”他突然感到信心十足，高声叫道：“那个万能的骡和新川陀早就有联络，你自己说过，扣押我们就是他的意思，啊？那些联络人如今非死即伤。皇储被我们杀了，另一个变成哭哭啼啼的白痴。骡没有成功地阻止我们，至少这次他失败了。”

“喔，不，完全不是那么回事。那两个不是我们的人，那个皇储是个沉迷酒色的庸才。另外那个人，柯玛生，简直就是超级大笨蛋。他虽然在自己的世界中有权有势，其实却是个既刻毒又邪恶的无能之辈。我们和这两个人其实没有什么瓜葛。就某方面而言，他们只能算傀儡……”

“扣押我们，或说试图这么做的，正是他们两个人。”

“还是不对。柯玛生有个贴身奴隶，名叫殷奇尼，扣押你们是他的主意。那个家伙年纪很大了，不过对我们暂时还有利用价值。所以不能让你们杀掉他，你懂了吧。”

贝泰猛然转过来面对着他。她根本没有碰自己倒的茶。“可是，根据你的说法，你自己的情感已经被动了手脚。你对骡产生了信心——一种不自然的、病态的信心。你的见解又有什么价值？你已经完全失去客观思考的能力。”

“你错了。”上校又缓缓摇了摇头，“我只有情感被定型，我的理性仍和过去一模一样。制约后的情感也许会对理性造成某方面的影响，但并非强迫性的。反之，我摆脱了过去的情感羁绊，有些事反而能看得更清楚。

“我现在看得出来，骡的计划是睿智而崇高的。在我的心意‘回转’之后，我领悟到他从七年前发迹到现在的所有经历。他利用与生俱来的精神力量，首先收服一队佣兵。利用这些佣兵，加上他自己的力量，他攻占了一颗行星。利用该行星的兵力，加上他自己的力量，他不断扩张势力范围，终于能够对付卡尔根的统领。每一步都环环相扣，合理可行。卡尔根成为他的囊中物之后，他便拥有第一流的舰队，利用这支舰队，加上他自己的力量，他就能够攻打基地了。

“基地具有关键性的地位，它是银河系最重要的工业重镇。如今基地的核能科技落在他手里，他其实已经是银河之主。利用这些科技，加上他自己的力量，他就能迫使帝国的残余势力俯首称臣，而最后——一旦那个又老又疯、不久于人世的皇帝死去，他就能为自己加冕，成为有名有实的皇帝。有了这个名位，加上他自己的力量，银河中还有哪个世界敢反抗他？

“过去七年间，他已经建立了一个新的帝国。换句话说，谢顿的心理史学需要再花七百年才能完成的功业，他利用七年时间就能达成目标。银河即将重享和平与秩序。

“而你们不可能阻止他——就如同人力无法阻止行星运转一样。”

普利吉说完后，室内维持好一阵子的沉默。他剩下的半杯茶已经凉了，于是他将凉茶倒掉，重新添了一杯，一口一口慢慢喝着。杜伦愤怒地咬着指甲，贝泰则是脸色苍白，表情僵凝。

然后贝泰以细弱的声音说：“我们还是不信。如果骡希望我们信服，让他自己到这里来，亲自制约我们。我想，你在‘回转’之前，一定奋力抵抗到最后一刻，是不是？”

“的确如此。”普利吉上校严肃地说。

“那就让我们保有相同的权利。”

普利吉上校站起来。他以断然的态度，干脆地说：“那么我走了。正如我刚才所说，我目前的任务和你们毫无瓜葛。因此，我想没有必要报告你们的行踪。这算不上什么恩惠，如果骡希望阻止你们，他无疑会另行派人执行这个任务，而你们就一定会被阻止。不过，我自己犯不着多管闲事。”

“谢谢你。”贝泰含糊地说。

“至于马巨擘，他在哪里？马巨擘，出来。我不会伤害你……”

“找他做什么？”贝泰问道，声音突然变得激昂。

“没什么，我的指令中也没有提到他。我听说他是骡指名寻找的对象，但既然如此，在合适的时候骡一定能找到他。我什么也不会说。我们握握手好吗？”

贝泰摇摇头，杜伦则用凶狠的目光勉强表现他的轻视。

上校钢铁般强健的臂膀似乎微微下垂。他大步走到门口，又转过身来说：“还有最后一件事。别以为我不晓得你们为何那么固执，我知道你们正在寻找第二基地。当时机来临时，骡便会采取行动。没有任何外力能够帮助你们——但由于我早就认识你们，也许是良心驱使我这么做。无论如何，我已尽力设法帮助你们，好让你们及时回头，避开最后的危险。告辞。”

他行了一个利落的军礼——便掉头走了。

贝泰转身面对哑口无言的杜伦，悄声道：“他们连第二基地都知道了。”

而在图书馆一个幽深的角落，艾布林·米斯浑然不知这一切变故。在昏暗的空间中，他蜷缩在一丝光线下，得意洋洋地喃喃自语。

25

心理学家之死

普利吉来访那天，艾布林·米斯的生命只剩下最后两个星期。

在这两周中，贝泰总共和他碰过三次面。第一次是他们见到普利吉上校的那天晚上；第二次是一周后；第三次则是再过一周——也就是米斯生命的最后一天。

普利吉上校那天傍晚匆匆来去后，这对年轻夫妻由于惊恐过度，陷入一片愁云惨雾。当天晚上，他俩心情沉重地你一言我一语，先讨论了一个钟头。

贝泰说："杜，我们去告诉艾布林。"

杜伦有气无力地说："你想他又能帮什么忙？"

"我们只有两个人，必须找人分担一点这个重担。也许他真有办法。"

"他整个人都变了。身体愈来愈瘦，有点头重脚轻，还有点失魂落魄。"他的手指在半空中象征性地比画着，"有些时候，我觉得他再也不能帮我们什么。有些时候，我甚至觉得没有任何人能帮我们。”

“别这样！”贝泰的声音哽塞，她及时打住，顿了一下，“杜，别这样！你这么说，令我感到骡已经控制住我们。我们去告诉艾布林，杜——现在就去！”

艾布林·米斯从长书桌上抬起头来，稀疏的白发掉得差不多了。他看着两个朦胧的人影慢慢接近，嘴里发出一阵困倦而含糊的声音。

“啊？”他说，“有人来找我吗？”

贝泰半蹲下来说：“我们吵醒你了吗？是不是要我们走开？”

“走开？是谁？贝泰？不，不，留下来！不是还有椅子吗？我看见过……”他的手指胡乱指了指。

杜伦推过来两张椅子。贝泰坐下来，抓住心理学家软弱无力的右手。“博士，我们可以和你谈谈吗？”她难得用博士这个称谓。

“有什么不对劲吗？”他失神的眼睛稍微恢复一点光彩，松垮垮的两颊也重现一丝血色。“有什么不对劲吗？”

贝泰说：“普利吉上尉刚刚来过这里。杜，让我来说。博士，你还记得普利吉上尉吧？”

“记得——记得——”他捏了捏自己的嘴唇，又随即松开，“高个子，民主分子。”

“没错，就是他。他发现了骡的突变异能。博士，他刚刚来过，把一切都告诉了我们。”

“但这不是什么新发现。骡的突变早就让我弄明白了。”他感到万分惊讶，问道：“我没有告诉你们吗？难道我忘了告诉你们？”

“忘了告诉我们什么？”杜伦立刻反问。

“当然是关于骡的突变能力。他能影响别人的情感，这叫情感控制！我没有告诉你们吗？是什么害得我忘记的？”他慢慢咬着下唇，开始思索答案。

然后，他的声音逐渐有了活力，他的眼睛也张大了。仿佛原本迟钝的头脑，终于滑进一个涂满润滑油的轨道。他瞪着对面两人之间的空隙，用梦呓般的口气说：“这其实很简单，根本不需要专业知识。在心理史学的数学架构中，仅仅牵涉到三阶方程式而已，当然能够立刻得出结果。不过别管数学了，它也能用普通的语言说明——大略说明——而且相当合理。在心理史学中，这种现象并不常见。

“问问你们自己——有什么能够推翻哈里·谢顿精密规划的历史，啊？”他带着期望听到答案的表情，来回望着对面的两个人，“谢顿做过哪些原始假设？第一，在未来一千年间，人类社会并不会有基本的变化。

“比如说，假设银河系的科技产生重大突破，例如发现了能源的新原理，或是电子神经生物学的研究大功告成。这些结果所导致的社会变迁，将令谢顿的方程式变得落伍。不过这种事并没有发生，对不对？

“此外，假设基地以外的世界发明了一种新武器，足以和基地所有的武力相抗衡。这就可能导致无法挽救的偏差，虽说可能性不大。但是就连这种情况也没有出现。骡的核场抑制器只是一种简陋的武器，其实不难对付。虽然那么粗劣，那却是他唯一的一种新奇武器。

“然而，谢顿还有第二个假设，一个更微妙的假设！谢顿假设人类对各种刺激的反应是恒常不变的。倘若第一个假设至今仍旧成立，那么第二个假设一定已经垮台！一定出现了什么因素，使人类的情感反应扭曲和变质，否则谢顿的预测不可能失败，基地也不可能沦陷。而除了骡，还可能有别的因素吗？

“我说得对不对？我的推理有任何破绽吗？”

贝泰用丰腴的手掌轻拍他的手。“艾布林，没有破绽。”

米斯像小孩子一样高兴。“这个结论，以及其他许多结果，我都得来不费功夫。我告诉你们，有时我会怀疑自己起了什么变化。我似乎还记得过去常常面对无数的疑团，如今却通通一清二楚。难题全部消失了；无论碰到任何疑问，不知怎地，我在内心深处很快就能恍然大悟。而我的各种猜测、各种理论，好像总是能够找到佐证。我心中有一股冲动……始终驱策我向前……所以我停不下来……我不想吃也不想睡……只想不断继续研究……不断……继续……”

他的声音愈来愈小。他抬起颤抖的右手覆在额头，那只手臂枯瘦憔悴，布满一条条殷蓝色的血管。他刚才露出的狂热眼神，已在不知不觉间消逝无踪。

他又以较平静的口吻说：“所以，我从未告诉你们有关骡的突变能力，是吗？可是……你们是不是说已经知道了？”

“艾布林，是普利吉上尉告诉我们的。”贝泰答道，“你还记得吗？”

“他告诉你们的？”他的语气中透出愤怒，“但他又是如何发现的？”

“他已经被骡制约了。他成了骡的部下，如今是一名上校。他来找我们，是想劝我们向骡投降，并且告诉我们——你刚才说的那些。”

“所以骡知道我们在这里？我得加紧行动——马巨擘在哪里？他没有跟你们在一起吗？”

“马巨擘正在睡觉。”杜伦有些不耐烦地说，“你可知道，现在已经过了午夜。”

“是吗？那么——你们进来的时候，我是不是睡着了？”

“你的确睡着了。”贝泰坚决地说，“你现在也不准再继续工作，你应该上床休息。来，杜，帮我一下。艾布林，你别再推我，我没有把你抓去淋浴，已经算是你的运气。杜，把他的鞋子脱掉；明天你还要来，趁他还没有完全垮掉，把他拖到外面呼吸呼吸新鲜空气。艾布林，你看看你，身上都要长蜘蛛网了。你饿不饿？”

艾布林·米斯摇摇头，又从吊床中抬起头来，显得又气恼又茫然。“我要你们明天叫马巨擘来这里。”他喃喃道。

贝泰把被单拉到他的脖子周围。“不，是我明天会来这里，我会带着换洗衣物来。你需要好好洗个澡，然后到附近农场散散步，晒一点太阳。”

“我不要。”米斯以虚弱的口气说，“你听到了吗？我太忙了。”

他稀疏的银发铺散在枕头上，好像他脑后有一圈银色的光环。他以充满自信的语气，小声地说：“你们希望找到第二基地，对不对？”

杜伦迅速转身，在吊床旁边蹲下来。“艾布林，第二基地怎么样？”

心理学家从被单里伸出一只手，用孱弱的手指抓住杜伦的袖子。“建立两个基地的提案，首度出现于哈里·谢顿所主持的一个心理学大会上。杜伦，我已经找到那个大会的正式记录，总共二十五卷粗大的胶卷。我也已经浏览过各个摘要。”

“结果呢？”

“结果呢，你知道吗，只要你对心理史学稍有涉猎，就非常容易从中发现第一基地的正确位置。如果你看得懂那些方程式，便会发现它常常出现。可是，杜伦，没有人提到过第二基地，任何记录中都没有只字片语。”

杜伦皱起了眉头。“所以它不存在？”

“它当然存在，”米斯怒吼道，“谁说它不存在？只不过他们尽量不提。它的使命——以及它的一切——都比第一基地更隐晦，也隐藏得更好。你们难道看不出来吗？第二基地比第一基地更为重要。它是谢顿计划真正的关键、真正的主角！我已经找到谢顿大会的记录。骡还没有赢……”

贝泰轻轻把灯关掉。“睡觉吧！”

杜伦与贝泰走回自己的房间，没有再说一句话。

第二天，艾布林·米斯洗了一个澡，换了一身衣服。这是他最后一次见到川陀的太阳，最后一次感受到川陀的微风。当天晚上，他再度钻进图书馆中那个巨大幽深的角落，从此再也没有出来。

接下来一个星期，生活又恢复了常轨。在川陀的夜空中，新川陀的太阳是一颗静寂而明亮的恒星。农场正在忙着春耕，大学校园依旧保持遗世独立的静谧。银河仿佛一片空虚，骡好像从来未曾存在。

贝泰望着杜伦，心中这么想着。杜伦则一面仔细点燃雪茄，一面抬起头，透过地平线上无数金属尖塔间的隙缝，盯着支离破碎的蓝天。

“天气真好。”他说。

“没错。杜，我要买的东西，你都写下来了吗？”

“当然。半磅奶油、一打鸡蛋、四季豆……都记下来了。贝，我会买齐的。”

“很好。要确定蔬菜都是刚采下来的，可别买到陈年旧货。对了，你有没有看到马巨擘？”

“早餐后就没有再看到他了。我猜他又去找艾布林，陪他一块看书报胶卷。”

“好吧。别浪费任何时间，我等着那些鸡蛋做晚餐。”

杜伦一面走，一面回过头来笑了笑，同时挥了挥手。

杜伦的身影消失在金属迷宫后，贝泰立刻转身向后走。她在厨房门口犹豫了一下，又缓缓向后转，穿过柱廊，走入电梯，来到位于地底深处那个幽深的角落。

艾布林·米斯仍然在那里，他低着头，双眼对着投影机的接目镜，全身僵凝一动不动，全神贯注地进行研究。在他身旁，马巨擘蜷缩在一张椅子上，瞪着一双目光炯炯的大眼睛——看来像是一团胡乱堆起的木板，上面插着一根长长的大鼻子。

贝泰轻轻唤道："马巨擘——"

马巨擘爬起来，压低声音热情地说："我亲爱的女士！"

"马巨擘，"贝泰说，"杜伦到农场去了，好一阵子才会回来。你能不能做个好孩子，帮我带个信给他？我马上就可以写。"

"乐于效劳，我亲爱的女士。只要我派得上一点点小用场，随时乐意为您效绵薄之力。"

然后，就只剩下贝泰与一动不动的艾布林·米斯。她伸出手来，用力按在他的肩头。"艾布林——"

心理学家吃了一惊，气急败坏地吼道："怎么回事？"他眯起眼睛看了看，"贝泰，是你吗？马巨擘到哪里去了？"

"我把他支开了，我想和你独处一会儿。"她故意一字一顿地强调，"艾布林，我要和你谈谈。"

心理学家作势要继续看投影机，肩膀却被贝泰紧紧抓住。她清清楚楚摸到他衣服下面的骨头。自从他们来到川陀，米斯身上的筋肉似乎一寸寸剥离。如今他面容消瘦，脸色枯黄，好几天没有刮胡子。甚至坐着的时候，他的肩头也明显地垮下。

贝泰说："艾布林，马巨擘没有打扰你吧？他好像一天到晚都待在这里。"

"不，不，不！一点都没有。哎呀，我不介意他在这里。他很安静，从来不打扰我。有时候他还会帮我搬胶卷；好像我还没开口，他就知道我要找什么。你就别管他了。"

"很好——可是，艾布林，他难道不会让你纳闷吗？艾布林，你在听我说话吗？他难道不会让你纳闷吗？"

她把一张椅子拉到他旁边，然后坐下来瞪着他，仿佛想从他眼中看出答案。

艾布林·米斯摇摇头。"不会。你这话是什么意思？"

"我的意思是，普利吉上校和你都说骡能够制约人类的情感。可是你能肯定这一点吗？马巨擘本身不就是这个理论的反例？"

接下来是一阵沉默。

贝泰真想使劲摇晃这位心理学家，不过总算是忍住了。"艾布林，你到底是哪里不对劲？马巨擘是骡的小丑，他为什么没有被制约成充满敬爱和信心？那么多人和骡接触过，为什么只有他会憎恨骡？"

"可是……可是他的确被制约了。贝，我肯定！"一旦开口，他似乎就恢复了自信，"你以为骡对待他的小丑，需要像对待将领一样吗？他需要将领们对他产生信心和忠心，但是小丑却只需要充满畏惧。马巨擘经常性的惊恐是一种病态，你难道没有注意到吗？你认为一个心理正常的人，会时时刻刻表现得那么害怕吗？恐惧到了这种程度就变成滑稽。或许骡就觉得这样很滑稽——而且这也对他有利，因为我们早先从马巨擘那里得知的事，并不能肯定哪些真正有帮助。"

贝泰说："你的意思是，马巨擘提供的情报根本就是假的？"

“它是一种误导，它被病态的恐惧渲染了。骡并不像马巨擘所想象的，是个魁梧壮硕的巨人。除了精神力量之外，他很可能与常人无异。但是，他大概喜欢让可怜的马巨擘以为他是超人……”心理学家耸耸肩，“总之，马巨擘的情报不再重要。”

“那么，什么才重要呢？”

米斯只是甩开贝泰的手，回到投影机的怀抱。

“那么，什么才重要呢？”她又重复一遍，“第二基地吗？”

心理学家突然扬起目光。“我对你这么说过吗？我不记得对你说过任何事，我还没有准备好。我究竟对你说过什么？”

“什么都没说过。”贝泰激动地说，“喔，银河啊，你什么都没有告诉过我，但是我希望你赶紧说，因为我快要烦死了。这一切什么时候才会结束？”

艾布林·米斯带着几丝悔意凝视着她。“好吧，我……我亲爱的孩子，我不是有意要让你伤心。有些时候，我会忘记……谁才是我的朋友。有些时候，我觉得自己一句话都不能透露。我必须守口如瓶——但这是为了防范骡，而不是防你，亲爱的孩子。”他轻拍她的肩膀，勉强表现得和蔼可亲。

她追问道：“到底有没有第二基地的线索？”

米斯自然而然压低声音，仿佛是在耳语。“你知道谢顿掩盖线索的工作，做得多么彻底吗？我花了一个月的时间研究谢顿大会的记录，在那个奇异的灵感出现前，却连一点进展也没有。即使现在，它似乎……仍旧隐晦。大会上发表的那些论文，大多数都显然毫不相干，而且一律晦涩难解。我曾经不止一次怀疑，那些出席大会的学者，他们是否真正了解谢顿的想法。有时我认为，他只是利用这个大会做幌子，实际上却独力建立……”

“两个基地？”贝泰追问。

"第二基地！我们的基地相当单纯。第二基地则始终只是一个名字。它偶尔被提到，但若真有什么智慧的结晶，却一定深藏在数学结构里面。有很多细节我还完全不懂，但是过去这七天，我已将零星的线索拼凑起来，拼出一个大概的图像。

"第一号基地是自然科学家的世界。它将银河系濒临失传的科学集中起来，而且能够确保这些科学的复兴。然而，唯独心理学家没有包括在内。这是个特殊的例外，一定有某种目的。一般的解释是，谢顿的心理史学的前提必须是它的研究对象——人类群体——对于未来的发展都毫不知情，因此对于各种情况的反应都是自然而然的，它的威力才能发挥到极致。我亲爱的孩子，你听得懂吗……"

"博士，我听得懂。"

"那么你仔细听好。第二号基地则是心灵科学家的世界，它是我们那个世界的镜像。那里的主流科学不是物理学，而是心理学。"然后，他得意洋洋地说："懂了吗？"

"不懂。"

"贝泰，想想看，动动你的脑子。哈里·谢顿了解他的心理史学只能预测几率，无法确定任何事。凡事都会有失误的几率，而随着时光的流逝，这个几率会以几何数列的方式增加。谢顿自然会尽可能弥补这个缺失。我们的基地借着科学而蓬勃发展；它能打败敌人的武器，征服敌人的军队。换句话说，以有形的力量对抗有形的力量。可是遇到像骡这样的突变种，用精神的力量发动攻击，我们又有什么办法？"

"那就得由第二基地的心理学家出马！"贝泰感到精神鼓舞起来。

"没错，没错，没错！正是这样！"

“可是目前为止，他们什么都还没有做。”

“你怎么知道他们什么都没有做？”

贝泰想了一下。“我不知道。你有他们采取行动的证据吗？”

“没有。我不知道的因素还多得很。第二基地现在还不可能羽翼丰满，正如我们一样。我们一直慢慢发展，实力一天天茁壮，他们一定也是这样。天晓得他们如今的实力究竟如何。他们强大到足以对付骡了吗？最重要的是，他们了解其中的危险吗？他们有没有精明能干的领导者？”

“但是只要他们遵循谢顿计划，骡就必定会被第二基地打败。”

“啊，”艾布林·米斯瘦削的脸庞皱起来，显得若有所思，“又来啦？可是第二基地的任务比第一基地更为艰难。它的复杂度比我们大得太多，失误的几率也因而成正比。假如第二基地都无法击败骡，那可就糟了——糟透了。也许，这就是人类文明的终结。”

“不可能。”

“可能的。只要骡的后代遗传到他的精神力量——你明白了吗？‘智人’将无法和他们抗衡。银河中会出现一种新的强势族群、一种新的贵族，而‘智人’将被贬成次等生物和奴隶。有没有道理？”

“没错，有道理。”

“即使由于某种因素，使得骡未能建立一个皇朝，他仍然能靠自己的力量，支撑一个畸形的新帝国。这个帝国将随着他的死亡而灰飞烟灭，银河系则会恢复到他出现之前的局势。唯一不同的是，两个基地将不复存在，而使那个真正的、良善的‘第二帝国’胎死腹中。这代表着上万年的蛮荒状态，代表着人类看不见任何希望。”

“我们能做些什么呢？我们能警告第二基地吗？”

“我们必须这么做，否则他们可能一直不知情，终致被骡消灭，我们不能冒这种险——问题是我们没有办法警告他们。”

“没有办法吗？”

“我不知道他们在哪里。据说他们在‘银河的另一端’，但这却是仅有的线索，所以有几百万个世界都可能是第二基地。”

“可是，艾布林，它们难道都没有提到吗？”她随手指了指摆满桌面的一大堆胶卷。

“没有，没有提到。至少，我还一直没有找到。他们藏得那么隐密，一定有重大意义。一定有什么原因……”他再度露出迷惑的眼神，“我希望你马上离开。我已经浪费太多时间，所剩无几了——所剩无几了。”

他掉过头去，皱着眉头，一脸不悦。

马巨擘轻巧的脚步声逐渐接近。“我亲爱的女士，您的丈夫回来了。”

艾布林·米斯没有跟小丑打招呼，他已经开始在用投影机了。

当天傍晚，听完贝泰的转述，杜伦说道：“贝，你认为他说的都是对的？你并不认为他……”他犹豫地住了口。

“杜，他说的都对。他生病了，这点我知道。他的那些变化，人瘦了好多，说话古里古怪，都代表他生病了。但是当他提到骡、第二基地，或者和他现在的工作有关的话题时，请你还是相信他。他的思想仍和外太空一样澄澈透明。他知道自己在说些什么，我相信他。”

“那么我们还有希望。”这句话算是半个疑问句。

“我……我还没有想清楚。可能有！可能没有！从现在起，我要随身带一把手铳。”她一面说话，一面举起手中那柄闪闪发光的武器，“只是以防万一，杜，只是以防万一。”

“以防什么万一？”

贝泰近乎歇斯底里地哈哈大笑。“你别管了。也许我也有点疯了——就像艾布林·米斯一样。”

那时，艾布林·米斯还有七天好活，而这七天无声无息地一天接着一天溜走。

对杜伦而言，这些日子过得恍恍惚惚。暖和的天气与无聊的静寂令他昏昏欲睡。仿佛周遭的一切都失去生机，进入永恒的冬眠状态。

米斯仍然躲在地底深处，他的工作似乎没有任何成绩，也没有透露任何风声。他将自己完全封闭，连杜伦与贝泰都见不到他了。只有居中跑腿的马巨擘，是米斯依然存在的间接证据。马巨擘现在变得沉默寡言、心事重重，他每天仍蹑手蹑脚将食物送进去，然后在幽暗中瞪大眼睛，一动不动地看着米斯工作。

贝泰则愈来愈孤僻，原本的活泼开朗消失了，天生的自信心也开始动摇。她也常常一个人躲起来，怔怔地想着自己的心事。杜伦有一次还看到她默默轻抚着手中的武器，而她则赶紧藏起手铳，勉强挤出一个笑容。

“贝，你拿着那玩意做什么？”

“拿着就是拿着。难道犯罪吗？”

“你会把你的笨脑袋轰掉。”

“那就轰掉好了。反正没什么损失！”

婚姻生活教了杜伦一件事，那就是跟心情欠佳的女性争辩是白费力气。他耸耸肩，默默走了开。

最后那一天，马巨擘突然气喘吁吁跑到他俩面前。他紧紧抓住杜伦与贝泰，脸上露出惊恐的神色。“老博士请您们去一趟，他的情况不妙。”

他的情况果然不妙。他躺在床上，眼睛异常地睁得老大，异常地炯炯有神。他脏得不像样，几乎让人认不出他是谁。

“艾布林！”贝泰大叫。

“听我说几句话。”心理学家以阴惨的声音说，同时用枯瘦的手肘吃力地撑起身子。“听我说几句话。我已经不行了，我要把工作传给你们。我没有做任何笔记，零星的计算我也全销毁了。绝不能让别人知道，一切都要装在你们脑子里。”

“马巨擘，”贝泰毫不客气地直接对他说，“到楼上去！”

小丑心不甘、情不愿地站起来，退后了一步。他悲凄的目光始终停留在米斯身上。

米斯无力地挥挥手。“他没有关系，让他留下来。马巨擘，别走。”

小丑立刻坐下来。贝泰凝视着地板，慢慢地，慢慢地，她的牙齿咬住了下唇。

米斯用嘶哑而细微的声音说：“我确信第二基地能够胜利，除非骡先下手为强。它藏得很秘密，它必须如此，这有重大的意义。你们必须到那里去，你们的消息极为重要……能够改变一切。你们听懂了吗？”

杜伦痛苦地大声吼道：“懂，懂！艾布林，告诉我们怎么去那里。它到底在哪里？”

“我现在就告诉你们。”他用奄奄一息的声音说。

他却没有说出来。

脸色煞白的贝泰举起手铳并立即发射，激起一阵轰然巨响。米斯的上半身完全消失，后面的墙壁还出现一个破碎的窟窿。那柄手铳随即从贝泰麻木的手指间滑落到地板上。

26

寻找结束

没有任何人说任何一句话。轰击的回声一波波传到外面各个房间，渐渐变成愈来愈小而模糊不清的隆隆声。而回声在完全消逝前，还来得及掩盖贝泰的手铳掉落地板的声响，压制马巨擘高亢的惨叫，并且淹没杜伦含糊的怒吼。

接着，是好一阵子凝重的死寂。

贝泰的头低垂下来。灯光照不到她的脸，却将半空中一滴泪珠映得闪闪生辉。自从长大后，贝泰从来没有哭过。

杜伦的肌肉拼命抽搐，几乎就要爆裂，他却没有放松的意思——他觉得咬紧的牙齿似乎再也不会张开。马巨擘的脸庞则一片死灰，像是一副毫无生气的假面具。

杜伦终于从紧咬着的牙关中，硬挤出一阵含混的声音。“原来你已经是骡的女人，他征服了你！”

贝泰抬起头，撅着嘴，发出一阵痛苦的狂笑。“我，是骡的女人？这太讽刺了。”

她勉强露出一丝微笑，并将头发向后甩。渐渐地，她的声音恢复正常，或说接近正常。“杜伦，一切都结束了；现在我可以说了。我还能活多久，自己也不知道。但至少我可以开始说……”

杜伦紧绷的肌肉松弛下来，变得软弱无力又毫无生气。“贝，你要说什么？还有什么好说的？”

“我要说说那些尾随我们的灾难。杜，我们以前曾经讨论过，你不记得了吗？为什么敌人总是跟在我们的脚后跟，却从来没有真正抓到我们。我们到过基地，不久基地就沦陷了，当时独立行商仍在奋战——但我们及时逃到赫汶。当其他的行商世界仍在顽抗时，赫汶却率先瓦解——而我们又一次及时逃脱。我们去了新川陀，如今新川陀无疑也投靠了骡。”

杜伦仔细听完，摇了摇头。“我不明白你的意思。”

“杜，这种境遇不可能出现在真实生活中。你我只是微不足道的小人物，不可能在短短一年间，太空啊，不停地卷入一个又一个的政治漩涡——除非我们带着那个漩涡打转。除非我们随身带着那个祸源！现在你明白了吗？”

杜伦紧抿嘴唇，目光凝注在一团血肉模糊的尸块上。几分钟前，那还是个活生生的人，他感到无比的恐怖与恶心。

“让我们出去，贝，让我们到外面去。”

外面是阴天。阵阵微风轻轻拂过，吹乱了贝泰的头发。马巨擘蹑手蹑脚地跟在他们后面，在勉强听得到他们谈话的距离，他心神不宁地来回走动。

杜伦以紧绷的声音说：“你杀了艾布林·米斯，是因为你相信他就是那个祸源？”他以为从她眼中得到了答案，又悄声说：“他就是骡？”他虽然这么说，却不相信——不能相信自己这句话的含意。

贝泰突然尖声大笑。“可怜的艾布林是骡？银河啊，不对！假使他是骡，我不可能杀得了他。他会及时察觉伴随着动作的情感变化，将它转化成敬爱、忠诚、崇拜、恐惧，随他高兴。不，我会杀死艾布林，正因为他并不是骡。我杀死他，是因为他已经知道第二基地的位置，再迟两秒钟，他就会把这个秘密告诉骡。”

“就会把这个秘密告诉骡……”杜伦傻愣愣地重复着这句话，“告诉骡……”

他忽然发出一声尖叫，露出恐惧的表情，转身向小丑望去。假如马巨擘听到他们说些什么，一定会吓得缩成一团，人事不省。

“不会是马巨擘吧？”杜伦悄声问道。

“听好！”贝泰说，“你还记不记得在新川陀发生的事？喔，杜，你自己想想看——”

他仍旧摇了摇头，喃喃地反驳她。

贝泰不耐烦地继续说：“在新川陀，有个人在我们面前暴毙。根本没有任何人碰到他，我说得对不对？马巨擘只是演奏声光琴，而他停止的时候，那个皇储就死了。这还不奇怪吗？一个什么都怕、动不动就吓得发抖的人，竟然有本事随心所欲置人于死地，这难道不诡异吗？”

“那种音乐和光影的效果……”杜伦说，“能对情感产生深厚的影响……”

“是的，对情感产生影响，而且效果极大。而影响他人的情感，正好是骡的专长。我想，这点还能视为巧合。马巨擘能借着暗示取人性命，本身却充满了恐惧。嗯，多半是骡影响了他的心智，这还可以解释得通。可是，杜伦，杀死皇储的那段声光琴演奏，我自己也接触了一点。只是一点点——却足以使我又感到那种绝望，它和当初我在时光穹窿中、在赫汶星上感受到的一模一样。杜伦，那种特殊的感受，我是不可能弄错的。”

杜伦的脸色变得愈来愈凝重。“我……当初也感觉到了。不过我忘了，我从未想到……”

“那时，我第一次想到这个可能。起初只是一个模糊的感觉——或者可以称为直觉。除此之外，我没有进一步的线索。后来，普利吉告诉我们有关骡的历史，以及他的突变异能，我才顿时恍然大悟。在时光穹窿中制造绝望感的是骡，在新川陀制造绝望感的是马巨擘。两种情感完全一样，因此，骡和马巨擘应该是同一个人。杜，这是不是很合理呢？就像几何学的公理——甲等于乙，甲等于丙，则乙就等于丙。”

她已经接近歇斯底里，但仍然勉力维持着冷静。她继续说：“这个发现令我害怕得要死。假如马巨擘就是骡，他就能知道我的情感——然后矫正这些情感，以符合他自己的需要。我不敢让他察觉，所以尽量避开他。还好，他也避着我；他把注意力全部放在艾布林·米斯身上。我早就计划好了，准备在米斯泄露口风之前杀掉他。我秘密计划着——尽可能不露任何痕迹——自己都不敢跟自己讨论。假如我有办法杀死骡——但是我不能冒这个险。他一定会发觉，而我就会一败涂地。”

她的情感似乎要榨干了。

杜伦仍然坚决不同意，他粗声说道：“这绝对不可能。看看那个可怜兮兮的家伙，他怎么会是骡？他甚至没有听到我们在说什么。”

可是当他的视线循着手指的方向延伸，马巨擘却已经机敏地站起来，眼中透出阴沉而锐利的目光。他不再有一丝古怪的口音：“朋友，我听到她说的话了。只不过我正坐在这里，正在沉思一件事实：聪明睿智又深谋远虑的我，为何犯下这种错误，令我失败得那么惨。”

杜伦跌跌撞撞地连退好几步，似乎害怕“小丑”会碰到自己，或者沾染上他所呼出的气息。

马巨擘点点头，回答了对方那个无言的问题。“我就是骡。”

他似乎不再是一个丑怪的畸形人，细长的四肢、又尖又长的鼻子看来一点也不可笑了。他的恐惧已荡然无存，现在他的行为举止既坚决又镇定。

他一下子就掌握住状况，显示他对应付这种场面极有经验。

他以宽大的口吻说：“你们坐下来吧。坐下，爱怎么坐就怎么坐，尽量放轻松。游戏已经结束，我想讲一个故事给你们听。这是我的弱点——我希望别人了解我。”

他凝望着贝泰，褐色眼珠透出的仍是那个小丑“马巨擘”充满温柔与伤感的眼神。

“我的童年实在不堪回首。”他开始了叙述，迫不及待地说得很快：“这点或许你们能够了解。我的瘦弱是先天的，我的鼻子也是生来如此。所以我不可能有一个正常的童年。我的母亲来不及看我一眼就去世了，而我从来不知道父亲是谁。我的成长过程是自生自灭，心灵遭受数不尽的创伤和折磨，以致充塞着自怜和仇恨。我被视为一个古怪的小孩。大家对我敬而远之，大多是出于嫌恶，少数则是由于害怕。在我身边，常会发生意想不到的怪事——不过，不提这些了！正是由于这些怪事太多，才使得普利吉上尉在调查我的童年时，了解到我是个突变种。这个事实，我直到二十几岁才真正发觉。”

杜伦与贝泰茫然地听着。每一句话都像一个浪头，两人坐在原地一动不动，几乎没有听进多少。小丑——骡，在两人面前踱着碎步，他面对着自己环抱胸前的双手，继续滔滔不绝地说：

“对于自己这种不寻常的能力，我似乎是慢慢体会出来的，简直慢得不可思议。即使在我完全了解之后，我还是不敢相信。对我而言，人的心灵就像刻度盘，其上的指针所指示的，就是那个人最主要的情感。这个比喻并不高明，但除此之外，我又要如何解释呢？慢慢地，我发现自己有办法接触到那些心灵，将指针拨到我所希望的位置，并让它永远固定在那里。又过了很久之后，我才了解别人都没有这种本事。

“我体认到自己具有超人的能力，随之而来的念头，便是要用它来补偿我悲惨的早年。也许你们能了解这一点，也许你们能试着去了解。身为畸形人，绝不是一件容易的事——尤其是对于这个事实，我自己完全心知肚明。那些刻毒的嘲笑和言语！与众不同！非我族类！

“你们从未尝过那种滋味！”

他抬头望着天空，又摇摇晃晃地踮起脚尖，面无表情地沉浸在回忆中。“但是我终于学会如何自处，并且决定要将银河踩在脚下。好，银河目前是他们的，我就耐着性子等待——足足二十二年之久。现在该轮到我了！该让你们这些人尝尝那种滋味！不过银河占了绝大的优势——我只有一个！对方却有千兆人！”

他顿了一顿，向贝泰迅速瞄了一眼。“可是我也有弱点，我自己做不了任何事。如果我想攫取权力，就得假借他人之手。必须透过中间人，我才能有所成就。一向如此！正如普利吉所说的，我先利用一个江洋大盗，得到了第一个小行星据点。再通过一个实业家，首度占领一颗行星作为根据地。然后又透过许许多多的人，包括那位卡尔根统领，我攻下了卡尔根，拥有了一支舰队。然后，下一个目标便是基地——这时你们两位出场了。

“基地，”他柔声道，“我从未面对过那么艰巨的目标。想要攻下基地，我必须先收服、打垮或中和基地绝大多数的统治阶级。我可以从头做起——但也有捷径可循，于是我决定抄捷径。毕竟，一名大力士若能举起五百磅的重物，并不代表他喜欢永远举着不放。我控制情感的过程并不简单，除非绝对必要，我会尽量避免使用。所以在我对付基地的首波行动中，我希望能找到盟友。

"我化装成小丑，开始寻找基地的间谍。我确定基地派出一至数名的间谍，到卡尔根来调查我的底细。现在我知道，当初我要找的是汉·普利吉。由于意想不到的好运，我却先碰到你们两位。我拥有精神感应力，却没有高段的读心术，而你，我亲爱的女士，你是从基地来的。我误以为你就是我的目标。这并不是严重的错误，因为普利吉后来还是加入我们，却是导致致命错误的第一步。"

杜伦直到此时才挪动了一下，并用愤怒的语调说："等一等。你的意思是，当我手中只有一柄麻痹枪，却勇敢地面对那名中尉，奋不顾身拯救你的时候——其实是你控制了我的情感。"他又气急败坏地问道："你的意思是，从头到尾我都受到你的控制？"

骡脸上露出极淡的笑意。"有何不可？你认为不太可能吗？那么问问你自己——假如你的心智正常，有可能为了一个从没见过的丑怪陌生人，而甘冒生命危险吗？我想，当你冷静下来之后，一定曾对自己的行动惊讶不已。"

"没错，"贝泰恍惚地答道，"他的确惊讶。这是很自然的。"

"其实，"骡继续说，"杜伦当初并没有危险。那名中尉早就接到明确的指令，他一定会放我们走的。于是我们三个人，再加上后来的普利吉，便一起到了基地——看看，我的计划进行得多么顺利。普利吉在接受军事审判时，我们三人也在场，当时我忙得很。那个军事法庭的审判官，后来战时担任一支分遣舰队的指挥官。结果他们轻易就投降了，我的舰队因此赢得侯里哥之役，以及其他几场小型战役。

“透过普利吉，我接触到米斯博士。米斯送给我一把声光琴，这完全出于他的自愿，却大大简化了我的工作。只不过，这并非完全出于他的自愿。”

贝泰突然打岔道：“那些演奏会！我曾经想过其中的关联，现在我明白了。”

“没错，”骡说，“声光琴是一种精神聚焦装置，就某方面而言，它就是一种简单的情感控制器。利用声光琴，我能同时影响许多人的情感；如果只对付一个人，效果则会更好。在端点星陷落之前，还有赫汶陷落之前，我在那两个地方所举行的演奏会，都制造了普遍的失败意识。假使没有声光琴，我应该也能让那个皇储受到重创，却不可能要他的命。懂了吗？

“但是我最重要的发现，仍然要算艾布林·米斯。他也许能够……”他口气中透着懊恼，赶紧跳到下一句话，“关于情感控制，有一点是你们都不知道的。直觉、预感、洞察力，随便你怎么称呼，反正也能视为一种情感。至少，我能把它当成情感处理。你们并不了解，对不对？”

他停了一下，并未听到任何否认。“人类心灵的工作效率很低，通常只达到百分之二十。偶尔，会突然迸发较强的精神力量，我们就通称为直觉、预感或洞察力。我很早就发现，我能诱使大脑持续进行高效率的运作。受我影响的人有致命的危险，却能产生建设性的成果——在进攻基地的战争中，我方所使用的核场抑制器，就是一名卡尔根技师在精神高压下研发出来的。照例，我假他人之手为我工作。

“艾布林·米斯是我最重要的目标。他的潜力极高，而我正需要他这种人。甚至在我对基地开战之前，我已经派出代表跟帝国谈判。从那时候起，我便开始寻找第二基地。当然，我并没有找到。当然，我知道必须把它找出来——而艾布林·米斯正是这个难题的答案。当他的大脑处于高效率状态时，他有可能重新导出哈里·谢顿当年的结果。

“他做到了一部分。我驱使他发挥到极限，这个过程极为残酷，却必须坚持到底。最后他已奄奄一息，却还有一口气……”懊恼的情绪又打断了他的叙述，“他应该能活到把秘密吐出来。然后，我们三人就能一起进军第二基地。那将是最后一场战役——若非我犯了那个错误。”

杜伦以冷酷的声音说：“你为什么要说这么一大堆？你究竟犯了什么错误，和……和你讲的这些又有什么关联？”

“唉，尊夫人正是我的错误。尊夫人与众不同，在我一生中，从来没有遇到像她这样的人。我……我……”骡的声音陡然间变了调，他费了很大力气才恢复过来。当他继续说下去的时候，整个人都显得阴森可怖。“我尚未调拨她的情感，她就开始喜欢我。她既不嫌弃我，也不觉得我滑稽。她就是喜欢我！

“你难道不明白吗？你看不出这对我有多大意义吗？过去从来没有人……唉，我……非常珍惜。虽然我能操控每个人的情感，却被自己的情感愚弄了。我并未碰触她的心灵，你懂了吧；我完全没有影响她。我太过珍惜那份自然的情感。这就是我的错误——首要的错误。

“你，杜伦，一直在我控制之下。你从未怀疑我，从未质疑我，也从未发现我有任何特别或奇怪之处。比如说，当那艘‘菲利亚’星舰拦下我们的时候。对了，他们会知道我们的位置，是因为我一直和他们保持联系，正如我一直和将领们保持联系一样。当他们拦下我们的时候，我被带到他们的星舰上，其实是去制约囚禁在那里的汉·普利吉。当我离开的时候，他已经是骡的一名上校，而且成为那艘星舰的指挥官。杜伦，整个过程实在太明显，连你都应该看得出来。你却接受了我所提出的解释，虽然它漏洞百出。明白我的意思吗？”

杜伦露出痛苦的表情，反问道：“你如何和你的将领们保持联络？”

“这不是什么难事。超波发射器操作简便又容易携带。实际上，我也不会被人发现！万一有人撞见我在收发讯号，他的记忆就会被我切掉一小片。这种情况偶尔会发生。

“在新川陀的时候，我自己的愚蠢情感再度背叛了我。贝泰虽然不在我的控制下，但我若能保持头脑冷静，不去对付那个皇储，她也绝不会开始怀疑我。可是皇储对贝泰不怀好意，这点惹恼了我，所以我杀了他。这是个愚蠢的举动，其实我们只要悄悄逃走即可。

“你虽然起疑，但还是不太肯定。而我却一错再错，我不该放任普利吉对你们苦口婆心地喋喋不休，也不该把全副精神放在米斯身上，因而忽略了你……”他耸了耸肩。

“你都说完了吗？”贝泰问道。

“都说完了。”

“现在，你准备怎么办？”

“我会继续我的计划。我也知道，在如今这个退化的时代，不太可能再找到像艾布林·米斯那样既聪明又受过完整训练的专家。我必须另行设法寻找第二基地。就某个角度而言，你们的确击败了我。”

现在贝泰也站起来，露出胜利的表情。“就某个角度而言？只是某个角度？我们将你彻底击败了！除了基地，你其他的胜利都微不足道，因为银河系如今是一片蛮荒的虚空。

“而攻占基地也只能算小小的胜利，因为对于像你这种意料之外的危机，基地本来就没有胜算。你真正的敌人是第二基地——第、二、基、地——而第二基地一定会击败你。你唯一的机会，是在它准备好之前找到它并消灭它。

“现在你已经做不到了。从现在开始，他们会加紧准备，每分钟都不会浪费。此时此刻，此、时、此、刻，整个机制也许已经启动。当它攻击你的时候，你就会知道了。你短暂的权力即将消失，而你会像其他那些曾经不可一世的征服者一样，在一页血腥的历史上迅速而卑贱地一闪而过。”

她大口大口地呼吸，几乎由于太过激动而喘不过气来。“杜伦和我，我们已经击败了你。我如今死也瞑目。”

骡的一双伤感的褐色眼睛，仍是马巨擘那一双伤感又充满爱意的褐色眼睛。“我不会杀你或你的丈夫。毕竟，你们两人不可能再对我造成进一步的伤害；而且杀了你们也不能让艾布林·米斯起死回生。我的错误是咎由自取，我自己承担全部责任。你的丈夫和你自己都可以离开！平安地走吧，就冲着我所谓的——友谊。”

然后，他突然又露出高傲的神情。“无论如何，我仍旧是骡，是银河系最有权势的人。我依然会击败第二基地。”

贝泰不放过对他的最后一击，她以坚定、冷静而信心十足的口吻说：“你休想！我对谢顿的智慧仍充满信心。你是你这个皇朝的开国者，却也是最后一任皇帝。”

骡像是被击中了要害。“我的皇朝？是的，我也想过，常常在想。我应该建立一个皇朝，还应该找一位理想的皇后。”

贝泰顿时体会出他眼神中的含意，吓得全身僵凝。

骡却摇摇头。“我感应到你心中的厌恶，但那是个傻念头。倘若不是如今这种情况，我轻而易举便能让你感到快乐。那种至高无上的喜悦虽然是人力的结果，却和真实的情感无分轩轾。可惜事实就是如此，我自称为骡——并不是因为我有过人的力量——显然不是——”

他转身就走，没有回头再看一眼。

读客®

科幻文库

跟着读客读科幻，经典科幻全看遍

太空歌剧、赛博朋克、奇幻史诗……

中国、美国、英国、俄罗斯、波兰、加拿大、日本、牙买加……

读客汇聚雨果奖、星云奖、轨迹奖获奖作品

精挑细选顶尖的科幻奇幻经典

陪伴读者一起探索人类文明的过去、现在和未来

亿亿万万年，直至宇宙尽头

阿西莫夫
银河帝国系列

基地系列

银河帝国：基地（Foundation）

银河帝国2：基地与帝国（Foundation and Empire）

银河帝国3：第二基地（Second Foundation）

银河帝国4：基地前奏（Prelude to Foundation）

银河帝国5：迈向基地（Forward the Foundation）

银河帝国6：基地边缘（Foundation's Edge）

银河帝国7：基地与地球（Foundation and Earth）

机器人系列

银河帝国8：我，机器人（I, Robot）

银河帝国9：钢穴（The Caves of Steel）

银河帝国10：裸阳（The Naked Sun）

银河帝国11：曙光中的机器人（The Robots of Dawn）

银河帝国12：机器人与帝国（Robots and Empire）

帝国系列

银河帝国13：繁星若尘（The Stars, Like Dust）

银河帝国14：星空暗流（The Currents of Space）

银河帝国15：苍穹一粟（Pebble in the Sky）

图书在版编目（CIP）数据

银河帝国．基地与帝国 /（美）阿西莫夫(Asimov,I.) 著；叶李华译．-- 南京：江苏凤凰文艺出版社，2015（2023.3 重印）
（读客全球顶级畅销小说文库）
ISBN 978-7-5399-8325-7

Ⅰ．①银… Ⅱ．①阿… ②叶… Ⅲ．①长篇小说－美国－现代 Ⅳ．① I712.45

中国版本图书馆 CIP 数据核字 (2015) 第 097374 号

银河帝国． 基地与帝国

［美］艾萨克·阿西莫夫 著　　叶李华 译

责任编辑　丁小卉
特约编辑　朱亦红　许姗姗
封面设计　李子琪
责任印制　刘　巍
出版发行　江苏凤凰文艺出版社
　　　　　南京市中央路 165 号，邮编：210009
网　　址　http://www.jswenyi.com
印　　刷　三河市龙大印装有限公司
开　　本　890 毫米 ×1270 毫米 1/32
印　　张　9
字　　数　208 千字
版　　次　2015 年 9 月第 1 版
印　　次　2023 年 3 月第 52 次印刷
标准书号　ISBN 978 – 7 – 5399 – 8325 – 7
定　　价　45.00 元
